鄉音

潘滔题

胡旺生 著

陕西新华出版传媒集团
太白文艺出版社·西安

图书在版编目（CIP）数据

乡音 / 胡旺生著. -- 西安：太白文艺出版社，2022.9
ISBN 978-7-5513-2154-9

Ⅰ.①乡… Ⅱ.①胡… Ⅲ.①散文集－中国－当代 Ⅳ.①I267

中国版本图书馆CIP数据核字(2022)第024882号

乡音
XIANG YIN

作　　者	胡旺生
责任编辑	杨德风　刘　琪
封面设计	陈丽萍
内文图片	刘建文
版式设计	武汉成功之路文化传媒公司
出版发行	陕西新华出版传媒集团
	太 白 文 艺 出 版 社
经　　销	新华书店
印　　刷	武汉鑫佳捷印务有限公司
开　　本	787mm×1092mm　1/16
字　　数	210千字
印　　张	15.25
版　　次	2022年9月第1版
印　　次	2022年9月第1次印刷
书　　号	ISBN 978-7-5513-2154-9
定　　价	88.00元

版权所有　翻印必究
如有印装质量问题，可寄出版社印刷部调换
联系电话：029-81206800
出版社地址：西安市曲江新区登记路1388号（邮编：710061）
营销中心电话：029-87277748　029-87217872

有温度的文字即是文学

——《乡音》序

高晓晖

我与胡旺生先生还未曾谋面，但这并不意味着我不熟悉胡旺生先生。拜读《乡音》书稿之后，我便与胡先生自然而然地熟悉起来了。他的言谈举止、行为做派、人生轨迹、兴趣爱好、血亲家眷、文朋诗友、乡亲父老……这一切的一切，都以一册图文并茂的书稿，真切地袒呈在我们面前。《乡音》是胡先生为"重整记忆"而打造的，他认为，"这样或许会对我认识自己和别人认识我起到一点作用"。我想，这册《乡音》是达到了胡先生的预期的。

《乡音》有序言也有后记，主体部分分为"寸草春晖""梦回乡关""相知恨晚""桑阴种瓜""锦绣山河"5个小辑。如此精心编选，能看出胡先生作为职业编辑的讲究。《乡音》虽有分辑，但通篇离不开一个"情"字。亲情、乡情、儿女情、家国情，字字情真意切。胡先生是在整理记忆，几乎事无巨细，虔心记录，但我发现，胡先生笔下的文字都是热烈的、温暖的。我猜想在胡先生的记忆中，难免会留存一些灰暗的、阴冷的片段或者瞬间，但这样的片段或者瞬间，被胡先生摒弃了。由此看来，关于文学，胡先生是有着自己的价值判断的。

在一定意义上，胡先生是赞赏"朴素的智慧"的。他所有的表达，都是出水芙蓉式的天然，不做作、不矫饰，循着"修辞立其诚"的为文之道徐徐前行。同时，胡先生也是推崇并践行"有温度的文字"的，每每执笔，总不忘把向上、向善、向美当作为文的金科玉律。写到舅舅，他说"舅舅的一生可谓命途多舛，幼年丧父、中年丧子、老年多病都让他赶上了。但即使是这样，舅舅也从来没有丧失掉对生活的信心，他始终是乐观向上的。他这种精神也一直在激励着我,使我有一种向上的力量"(《舅舅,我为您祝福》)。写到"黑组长",胡先生表示,"这位抗美援朝时的连指导员从部队带回了严肃认真的作风,说话做事有一股狠劲儿"。为古河兴建教学楼,他劳心劳力,上下游说,讲到动情处,他"忍不住淌出了眼泪"。听说要写他的报道,他会突然板起脸,说你"乱弹琴"。他认为,古河的每一位教师都比他更值得一写。《我们的"黑组长"》虽篇幅短小,但"黑组长"的精气神却跃然纸上。写到绿色,胡先生目之所及,是南国的青翠欲滴,但南国的绿不是家乡的绿,家乡的绿是"清淡而又沉稳"的,所以他说,"我爱这南方深重的绿,更爱家乡那平淡的绿"(《绿》)。胡先生文尚素朴,这里似乎透露了他喜好平淡的内在养成之缘由。

《乡音》是一部非常个人化的文本,也正是因为它的个人化,才凸显出了特定时代的标本意义。胡先生讲述的是他自己的故事以及与他相关的故事,他成了新时代的"这一个"。他个人的成长、家庭的变化、家乡的变化,都真切地浓缩着一个时代变迁的影迹。

《乡音》可以看作是一部个人写真集。在这部写真集中,胡先生在努力袒露自己,让人感受到他内心的光亮与温暖。巴金先生说:"我们的新文学是散播火种的文学,我从它得到温暖,也把火传给别人。"很难说胡先生是否已经完全达到了巴金先生期待的状态,但阅读他的文字,我们或多或少能感受到有丝丝缕缕的暖意从字里行间流露出来。点燃内心的光亮,照亮自己的同时也温暖别人,《乡音》的魅力当源于此吧。

是为序。

(高晓晖,著名作家及文学评论家,湖北省作家协会副主席)

重整记忆

——自序

2021年9月的一天，在从湘西返回武汉的车上，华中农业大学的冯兰教授建议我要好好地学学普通话，她说我的乡音太重了，一听就知道是黄冈罗田人，这与我教师、编辑、记者的身份很不匹配。冯兰老师是资深的社会学教授，著名的礼仪教育专家，虽说已七十多岁了，但一举手一投足都显得气质十足，那一口标准的普通话更是响亮清脆、韵味悠长，令人倾慕不已。冯教授说这话自然是因为和我有推心置腹的交情，不然她不会这样揭我短处的。她说我和她是忘年交，我们有很多共同语言。在我们打交道的这几年间，她给过我不少帮助。不过我倒不认可忘年交的说法，她算是我的一个大姐姐，还有，我是真心把她当作老师的。

我的普通话不行是有原因的。从小学到高中再到师范学校，老师讲课说的全是方言，我们说的也全是方言，甚至当年我在乡下教书都是用方言。后来到了城市里虽然说普通话，但毕竟还是"罗田普通话"的成分居多，听起来有种怪怪的感觉。人说习惯成自然，随着时间的推移，自己习以为常，别人也就见怪不怪了，但我也懊恼过自己在与人交流表达上的这个不足之处。现在冯教授重新提起了这个话题，我觉得其实真正关心你的老师和朋友对你的一言一行还是很在意的。从那天起，我暗暗下了决心，一定要好好学习普通话，每天坚持与萱萱和禾禾对话，因为萱萱和禾禾不会说罗田话，她们只会讲普通话。

萱萱和禾禾是我的孙女，每当看到她们欢蹦乱跳的身影，我

仿佛看到了自己儿时的一幕幕。尽管这些往事在我的文章里有一些零星的记录，但毕竟没有做过成体系的叙述。现在我要把它们重新梳理，这样或许会对我认识自己和别人认识我起到一点作用。

一

1963年草上树、谷归仓的那个金色秋天，在爷爷和父亲期盼中，我出生在白莲河畔，清晨朦胧中，我的啼哭声和大喇叭播送的移民搬迁通知声杂糅在了一起。伯父一家四口搬到了城关公社的鸟雀林村，以至于后来我和父亲去伯父家要走上一整天的路。早晨6点吃了早饭，我们带上干粮就出发，我一路紧跑慢赶，却总跟不上父亲的步伐，总是会落后父亲三百步左右。在儿时的我眼里，那条路仿佛有无限长。太阳下山时我们终于到达了伯父家，我整个人累到趴下，差不多坐在椅子上就起不来了。即便如此，除了舅舅家外我最爱去的地方还是伯父家。那时伯父家比我们家的条件要好很多，大妈是那种会过日子的女人，大哥大姐都长到了能挣工分的年纪，所以他们家不存在吃不饱、穿不暖的情况。无论我们在伯父家住几天，大妈都会做可口的饭菜，不像我们家一天三顿都是红苕。

我的童年虽然够不上凄惨的程度，但也称得上是极度贫困了。爷爷失明多年，父亲是那种树叶落下来都怕打破头的人，而母亲又过于实在，除了自己挣到的工分，她连生产队的一根草都不会要。我和妹妹年纪还小,这样的日子过得自然很艰难。现在看到萱萱和禾禾才刚入小学和幼儿园就有好几个很漂亮的书包,而我那时从小学到高中一直背的是母亲手工缝制的布袋子,连文具盒都没有买过一个,不禁生出许多感慨。

那时的贫富差距没有现在大,穷和富也就是几斤粮食、几件衣服的差距,所以孩子们还是能玩到一起的。我们上山捡蘑菇下河摸鱼虾,"阵阵不离穆桂英",我也是小伙伴们当中较为活跃的一个。玩耍时不是忘却了母亲盼咐我去汪大奶李大婶家借油借盐,就是忘了中午还得去凤姐家借火柴。待到我灰头土脸地从外面回来,看到母亲喷火的眼睛才猛然记起还有任务没有完成,自然是少不了一顿骂的。但从小到大我只挨过母亲的一次打。那一次我用粪锄将小伙伴叶子的额角挖出了血,叶子妈找我母亲诉说,母亲听后将我拉到叶子妈面前狠狠揍了一顿,说叶子的眼睛要是有个好歹,就把我赔给她家。母亲从来没有生过这么大的气,那一刻我真的被吓住了。我在哭的同时偷偷瞄了母亲一眼,看到母亲的眼里也满是泪水。

这唯一一次挨打也让我深深记住了做什么事情都不能出格,要有所表现也只能在学习成绩上。初中三年级之前,我的各门功课还算是比较优异的。到了初中三年级以后,有关三角函数之类的东西我实在搞不懂也没有兴趣,我的兴趣完全转移到了文学上。那时爱好文学绝对是一种潮流,可我并非在赶时髦,而是真的喜欢。

小学二年级,我爱不释手的是连环画;小学五年级,一本老版的《三国演义》被我"啃"下来了,而且我还认识了很多繁体字;初中一年级,上中下三本一套的《水浒传》也被我读完了,当时是和一位同学一起分享的这本大部头,所以我们就颠倒了次序去看它,哪怕是开头成了结尾,结尾成了开头,也丝毫没有影响我阅读的兴致。

初三的时候,我发现了一个巨大的宝库。一个偶然的机会我钻到了学校图书室,一下子惊呆了,那里面有我一直梦寐以求的书籍。那时的学校图书室可不像现在这样随时开放,想要借本书看,没有特殊门路还真是不行。在班上和我走得最近的是知甜,知甜的爸爸刚好是学校的教导主任，学校图书室的钥匙就在他爸爸手里。这样，我就有了读遍图书室所有文学书籍的机会。初三这一年，我读了五十多部小说，印象最深的是曲波的《山呼海啸》。在这之前我读过他的《林海雪原》，这两本书讲的都是英雄的故事。这些英雄让我心潮澎湃、热血沸腾。奇怪的是《林海雪原》后来多次被翻拍成电影、电视剧，而《山呼海啸》却没有，也许是因为《林海雪原》里有个杨子荣吧。现在回想起来，初三那一年的发现既害了我也成全了我：说害了我是因为我的数学成绩自此一塌糊涂，别人忙着考高中考大学，而我却在忙着写文章写小说；说成全了我是我的文学功底全赖那几年的积累，后来尽管作家梦没有实现，但是编辑、记者这些行当我全干过了。说到我文学底蕴的积累还少不了一个人的悉心指导，这个人是我高一高二的语文老师兼班主任叶伟鹏。叶老师本身也是一个文学爱好者，和大诗人瞿钢是好朋友，写过小说，改编过鼓书。他风趣幽默，文学素养很高，同学们都爱听他的课。他也是很喜欢我的，也许是因为我们有着相同的爱好。早读和晚自习时，叶老师习惯读瞿钢的诗和他自己的作品，有时也读我的作文，这极大地鼓舞了我的斗志，我想要成为高尔基、巴金第二，但这也最大程度地拉开了我与其他同学在其他功课上的差距。

数学成绩溃不成军，这让我觉得挺对不起方卿老师的。这位从我小学三年级就开始教我数学的老师认真负责的教学态度令我至今难忘。方老师只有四十多岁，却已满头白发，那是历经沧桑的印记。在那个不唯成绩论的年代，方老师却对我们严格到了极点，上课必须认真听讲，作业必须认真完成。否则，他那个"五爪龙"就会钉到你的头上，钉得你泪水直流。为此他没有少挨上面的批评,但是依然我行我素。

方老师在我们村的小学教了三年,本来我们上了初中就跳出了他的"势力圈子",但没想到读了半学期后,初一的学生被调整到了各村或联村开办的学校,我们又回到了方老师的"管辖范围"。不过此时的我们已不再是小学生了,中学生的各项开支是小学生没法比的。于是方老师除了教好我们的数学外,还带着我们去挖碗石。那时提倡勤工俭学,挖碗石可以挣学费,还可以买学习用具,甚至可以买一些糖果解馋。每次去外面挖碗石,最吃亏的还是方老师,我们毕竟力气小,都是他竭尽全力去挖。看到他的衣衫完全被汗水浸湿,我心里的感激之情油然而生。我读了两年初中,不仅没有交过一分钱的学杂费和书费,反而还拿回家五块多钱,对于我这样的家庭来说,方老师就是我的恩人。

方老师退休后我去看过他几次。他的身体不好,还得了阿尔茨海默症,差不多忘记了所有的事情,也忘记了我。但是我永远也不会忘记他,我的心中永远充满着对他的感激。

除了叶伟鹏老师和方卿老师之外,让我一直心怀感恩的还有袁光宇、李幕华、方定和、方仕文、周保国和刘剑这几位老师。这些老师有的已然作古,有的退休赋闲,正在享受含饴弄孙之乐。

我一直对我的老师们心存感恩,在我当老师的十几年时光里,始终把他们当作标杆,老师们高尚的师德一直指引着我,让我有不断前进的勇气。

二

1983年2月,在细叶被春风裁成美丽风景的时候,二十岁的我终于走上了自己心仪的教师岗位。说来惭愧,我成为文学系学生的梦被无情的高考大棒击得粉碎,偏科的后果暴露无遗。虽然高二时我用了三分之一的时间去恶补数学,无奈掉队太远,到高考时数学仍然只有四十几分。当时已经开始有复读生了,但我的家庭条件不允许我再去复读,我只好作为回乡知识青年回到了村里。没过多久,我便作为后备干部去参加区农校的培训了。最后我没有当成村干部,而是当了村里学校的老师。关于我当老师的经过,我在《爱上楹联》一文里做过交代,所以在这里就不再赘述了。

我们村子一共只有七百多人,村子小,学校自然也小。两个复式班(两个及以上年级在一个班读书),五十多名学生,三位老师,这是村小学给我的最初印象。尽管条件简陋,但我也是人民教师中的一员了,还是要尽到自己的职责,我相信总有条件改善的那一天。

改变不了"硬件"就先改变"软件",转变学风是我初为人师的第一板斧。我要求我的学生在学习态度上必须有大的改观,不能拖沓或漫不经心。学风的好转使得学生的学习成绩有了大幅度的提升,我们学校的考试成绩排名也跃升了好几个名次。人说初生牛犊不怕虎,在搞好学校工作的同时,我也开始建设村里的群众文化生活,在共青团罗田县古庙河区委员会和古庙河区文化站的支持下,我组建了生福青年活动中心。那年春节,我们村的文娱宣传队在整个古庙河区进行了全方位的演出。文艺演出队、高跷队、舞狮队、锣鼓队,出行的队伍浩浩荡荡,规模大到令人震惊。那一次的春节文娱宣传队拜年活动彻底将我们村的名头打响,以至于多年以后人们还记得生福桥人饰演的角色"叶五儿"。

人前光鲜,人后苦涩,人们不知道我在组织这次活动时所付出的艰辛:筹钱买道具,说服大姑娘小媳妇参与,自己花钱买赠品和奖品,所有的挫折和委屈都被我暗暗收进了心底。

那个时候我刚毕业回到村里,家里可谓穷困潦倒。大集体时为了改田造地，我们家从土库咀搬到了刘家湾。房子是集体建的，但是不知是太忙还是别的什么原因，直到我毕业时，我家土砖墙上的泥巴都没糊，还是几堵透风的墙。我回村后的第三天就找了砌匠师傅刷墙，同时也想挣钱改变这家徒四壁的面貌。后来在一个亲戚的帮助下，我和与我同龄的祥叔到县城用板车拉沙，那时不叫打工，叫搞副业。每天早晨天没亮就上工，要忙到下午六点才能歇下来。我们从小河的河滩上将沙子铲到板车上，再沿着一条崎岖的小路拉上来倒在地上，末了还要将沙子铲平整好，让管施工的量方数，他们是按照方数给工钱的。我们两个十几岁的少年每天居然可以挣个十来块，这在当时已经算不小的数目了。两个月下来，我和祥叔每人有了三百多元现金。那次我们从县城回来后专程到学校看望复读的云良同学，因为有鼓鼓囊囊的钱包做底气，心里还满是自豪。后来复读的云良考上了中南财经大学，而我只能偏居乡村一隅，这也算是为自己的幼稚无知买单。不过当时作为一个贫苦的农家孩子，谁又能说这不是一种自我救赎的行为呢？

的确是这样，三百多块钱在我家是派上了大用场的。第一笔花费我记得很清楚，是还了高二时父亲跟艳初姑借的给我交学费的七块钱。我读高二时，任务重、资料多，费用高些，再往下费用都不高甚至不需要钱，但饶是如此，我们家大多时候还是拿不出钱来。当然，那个时候交不起学费的并非我一家，再怎么说我也还是读到了高中，这在当时的乡村里已经是件很不容易的事情了。

我有了工作后，我家的生活条件才逐步得到改善，尽管改善的程度非常有限。当时我月薪仅有十七元五角，加上年底村子补助的四五百元，我家全部年收入也不足千元，想有大的改观也难。后来随着年龄的增长，有人开始为我张罗媳妇。有些姑娘因为我家的家庭条件差望而却步，但也有不看重这些的，比如说后来成为我妻子的咏华。妻子的父亲也就是我的岳父是几十年的老村干部，家庭条件自然比我家强得多，但是妻子当时却答应了我的求亲。后来我和妻子打趣说你很有眼光，眼里认得人，但当时我的确没有这个自信心。我们那个地方是时兴女方到男方家里"看人家"的，到如今还是这个习俗。记得妻子当年到我家"看人家"的时候是大冬天,要让客人烤火,我家因为没有干柴,便点了几根湿柴,烧得满屋子烟,熏得人眼泪直流。和妻子一起来我家的芳嫂受不了,险些要跑回去了,是妻子好言相慰才不至于让那次相亲宣告流产。

1986年正月初八,在那个被我粉刷整理一新的土砖房里,我和妻子举行了简朴的婚礼。自此她正式成为我家的一员,也是由于她的加入,我家踏上了兴盛和繁荣之路。

当然兴盛和繁荣是需要付出巨大努力的。妻子属于那种心直口快、风风火火的急性子,走路都是连跑带颠,做事干活从不拖泥带水,就连怀孕的时候都没有半点懈怠。小儿子出生前两天,她还在稻田里挑草头。那时没有机耕路,田也很小,一丘丘的,栽插割挑全靠人工。湾里的六婶看到妻子马上要生产了还敢挑这么重的稻子,吓得面容失色,赶快丢了手里的东西抢了她的担子,并把她一顿好骂,说做事可以,但也得分得出轻重。现如今,孕妇是全家的重点保护对象,生怕有一点点闪失,可那时候的妇女把孩子生在田畈里、路途上是经常发生的事,没有谁会大惊小怪。湾里的亚玲妈在生亚玲时,白天还在田里栽秧,晚上就生下了她,亚玲奶奶还说怎么不将秧插完了再生,听起来是不是觉得又好笑又气恼。

妻子生两个儿子的时候我都不在家,算命先生说是避父生。也真是有点邪乎,本来那时我在家乡教书,一年四季都不离开家的,可偏偏就是那几天我不在家。老大出生时我带学生去春游,临行前怀孕的妻说:"莫不是快要生了,你最好不要去了。"那时没有预产期这一说,只能估计个大体的生产时间。我说:"机船都安排好了,学生们也期盼了好久,再说也不会那么巧吧。"可是玩了一天后,傍晚当船一靠近生福桥鱼闸,就立马听闻我已经当了爸爸的消息,我才后知后觉。而小儿子出生时我又刚好在罗田县广播电视大学参加湖北大学的函授培训。那天我去古庙河乘车,妻子带着一岁多的大儿子回娘家,她娘家就在我乘车的地方,路上她还说:"千万不要你一走我又生了哈。"我说:"不会又那么巧吧。"但是事情就是那么巧,待我三天后从县城回来时,小儿子正躺在他妈妈怀里,睁着调皮的眼睛甜蜜地吸吮着乳汁呢。

除了勤劳以外，妻子在知人待客方面和对待我父母方面也是不错的。而且除了支持我在学校的工作,我参加湖北大学汉语言文学专业的函授学习,组织明月文学社各项活动,举办油印刊物《明月文学》等等,妻子也很支持。对了,我撰写并发表的一些文学作品也都是在这个时间段里完成的。那时候,我以我们学校为主阵地,经常召开笔会和通讯宣传会,来的都是文友,吃喝都在我家,妻子每每都是热情地招待。而她自己在耕作之余,也会写几篇文章抒发自己的情感,这些文章除了被《明月文学》采用外,还有两篇被县报刊发。当时的《黄冈日报》资深记者何志弘还专程来到古庙河水乡,采访我们这群"泥腿子"作家。何记者在我家吃了一顿午饭,看到瘦弱的妻子里里外外、灶上灶下地忙碌,特别感慨,于是连夜动笔,三天后一篇《锄笔耕文邀明月》的长篇通讯就出现在了《黄冈日报》星期天版,占了整整一个四开版面,其中大量篇幅写到了我和妻子。感谢何志弘老师,是她的肯定让我和妻子有了对未来的信心,也让我的奋斗有了目标和方向。

何志弘老师的文章里提到了我和妻子为了能让来自远方的文友有一个轻松舒适的环境,准备将土砖房改造成二层小楼。的确如此,为了实现这个目标,我和妻子默默地准备了三年:自制水泥砖坯,节假日到干涸的小河里挑沙,备了粮食,用机船到英山县城拉灰砂砖回来,只待时机成熟,就立刻动工。

那是一个桂花飘香的时节,对《易经》有些研究的建文兄将我们家盖新房的日子选在了农历八月十八。建房子说起来容易,动起手来可没那么简单。记得当时我是在迁至鸟雀林的大哥家借了一千五百元,那个时候伯父早已不在人世了。好在很多建筑材料可以先赊账,万一应付不了还可以贷款。除了砌匠师傅外,小工都是请人帮忙,没付一分钱工资。当然人情是要记着的,遇到别人盖房时也要还工夫。房子建好了,我粗略算了开销,也就是一万五千元左右,与现在建房子动辄几十万相比,那时真的算是很省钱了。而在建房质量上,由于这是我们湾子的第一座楼房,自然和后来建的楼房没有可比性。

不过就算是再差的构造和设计,也比原来的土砖瓦盖要强很多,当然更强的是人气。自此，我家宽敞的客厅里经常有乡邻和文友聚集，谈天的、说地的、舞文的、弄墨的，好一派其乐融融的景象，而这种景象也一直延续到我走向武汉的前一天。

三

1999年9月，正是菊花开放的时节，在一位朋友的推荐下，我进入湖北教育报刊社(以下简称"报刊社")广告出版部工作。说起来我和报刊社的渊源是很深的，《湖北教育报》刚创刊时，有个名叫李四新的编辑给我写信，想让我给报纸的副刊写一些稿件。本来我就是学习写作的，多数时候寄出的作品都是杳无音信，现在居然有人跟我约稿，这于我无疑是天大的喜讯，于是我爽快地答应了李老师。也就是从那个时候起，《湖北教育报》"楚才"副刊连续发表了我的小说、散文以及人物通讯二十多篇，并且有了积极的反响，积累了一些名气，而我也和报刊社的多位老师建立了联系，还专程到报刊社看望过这些老师。只可惜我进入报刊社时，《湖北教育报》开始停刊，改办湖北教育政务宣传报。李四新和其他几个熟识的老师也被调走了，杂志虽说有副刊但缩小了篇幅，所以我也很少投稿给他们了。

我进入报刊社也算是费了不少工夫的。当时《学校党建与思想教育》的黄世新主编准备安排一篇基层教育的采访文章。那时报刊社刚改制为企业，除了发文章外，也希望能在四封上做些宣传，收点成本费。于是作为古庙河乡一所学校校长的我就找了我们教育组的江国鹏组长，那时的古庙河也是刚从区改制为乡，区教育组改称乡教育组。因为我的文章屡上报刊，江组长对我青睐有加，很爽快地答应给五千元钱。钱给了，文章发了，宣传做了，这之后，在取得教育组江组长的同意后，妻子代替我在学校教书，我则去了江城武汉。

刚到报刊社时，我的主要工作就是编辑出版《素质教育在湖北》一书，大量的稿件是要去取材和撰写的。成书后我粗略统计了一下，这本书分为上中下三卷，除了政策篇和理论篇外，访谈篇和纪实篇的百分之九十的文章是出自我的手笔，其中绝大部分是我呕心沥血之作。那时候出差，除了偶尔申请一次专车外，大多数时候我都是乘公交车、坐长途大巴。为了方便工作，我在黄冈的英山、浠水、罗田三县采访都是骑摩托车完成的，白天骑车跑，晚上灯下坐，工作紧张而有节奏。图书出版后，我和同事又全省各地做发行，也因此认识了一大批教育行政领导和大中小学老师，这也为我后来成功主编《湖北教育机构大全》和《湖北名师档案》等典籍性大型书籍创造了条件。

2005年5月，我创办了到武汉后的第一家经营性企业——武汉创造教育研究所。武汉创造教育研究所的第一项大型业务是和报刊社以及教育厅信息化发展中心合作，编辑出版《湖北教育机构大全》，由教育厅信息化发展中心下发文件到各市州教育局，然后我们再到各市州教育局争取支持、转发文件，以县为单位组织报送各教育机构信息。这是一项繁复浩大的工程，涉及线多面广，运作难度很大。为了方便把控，我邀请朋友匡凌旭一起参与，然后广泛招募业务人员去各区县和学校搜集整理信息，征集学校参与宣传展示。因为所有的经费完全要靠自筹，所以当时的决策是教育机构信息上书免费，但参与展示的学校按彩色版面的篇幅收取一定的费用，发行上不作丝毫勉强。政策公布后，立即得到各教育机构的支持和响应，半年后我们获得了全省所有教育机构的第一手信息，教育厅信息中心及时进行整理登记，并在湖北教育信息网上发布。一年后，《湖北教育机构大全》在崇文书局出版发行，精装印刷，八百多页，仅参与展示的就有近三百所学校，在该书顺利出版发行的同时，武汉创造教育研究所也获得了良好的社会效益和一定的经济效益。

十年后,武汉创造教育研究所又和湖北省教育厅教师继续教育中心合作,2015在光明日报出版社出版发行了《湖北名师档案》二卷本,既为继教中心建立名师数据库提供了一手资料,也为湖北的名师做了树碑立传的工作,受到了广大教师的一致好评。

除了凡部大部头著作,我还以武汉创造教育研究所的名义编辑出版了《创新教育实践与研究》《源爱》《文化决定未来》等二十多部图书。其中最值得记述的则是我从2007年到2016年这十年间主持的《成功》杂志教育版,从组稿、编辑、排版到印刷和发行,包揽了整个出版链条上所有的工作,我也因此笑称自己算是这个行业的全能王。

2006年下半年,我和朋友郑光辉决定到成功杂志社办《成功》杂志教育版。这之前杂志社还没办过理论刊,一直走的是原创加文摘的路线,杂志以发行为经营主体。可是面对发行越来越难的状况,我和光辉向社长董玮提出了办一本理论刊的想法。因为《成功》杂志是旬刊,一个月三期,我们的想法是原来发行的路子不变,改变其中一期的经营性质,以发宣传文章为主。董社长经过考虑后采纳了我们的意见,并让我们担负起这个责任。经过几个月的筹划和准备,2007年3月,我们的第一期杂志面世了。刚开始我们将名字定为《成功·长江教育》,办了两期后觉得这样有些名不正言不顺,干脆就回归"成功"的名字,改为《成功》杂志教育版。《成功》杂志教育版的创办使杂志社经济效益得到了明显好转,那些年每年的年饭总是四五桌,而且要在汉口最豪华的酒店设席。

当然《成功》杂志教育版刚开始并不是很顺利,也出现了许多问题。比如人员偏多又浮于表面,无法拉到广告,组织不了质量好的理论文章,以至于第一期、第二期时出现了严重的亏损。为了扭转这个局面,我立即对教育版实行改组,除了上文提到的恢复原刊名外,还调整了战略,一改单纯的宣传模式,形成发论文和做宣传两条腿走路的格局。运营上也将其划分为三个板块,分别由三个人负责,定目标、定任务。我负责行政后勤这一块,统筹整体运作;光辉负责组稿写稿;老戢则负责广告和发行。

由于杂志经营工作调转船头迅速,从第三期开始就有了效果,后面慢慢就步入了正轨,之后一直保持着这种稳中有升的态势。这种局面的出现得益于我和朋友光辉两人意见的高度统一,关于杂志发展的任何想法和决策,只要我们其中一个人一提出来,另一个人立即深表赞同和理解,甚至很多时候我俩的想法不谋而合。光辉是武汉大学中文系毕业的高才生,正宗的科班出身,相比半路出家的我不知要强多少倍,尤其是文学创作水平更是不在一个层次。但是我们就是有着许多的共同语言,在一起共事的时候非常合拍。即使现在各人忙着各人的事也还是时常联系,他有时会到我的办公室坐坐,我也偶尔去他的办公室和他聊聊。现在他是一家化学专业期刊的主持人,还是省民主党派的特约撰稿人,每个星期都要去民主党派综合楼上一天班。光辉是20世纪70年代末的人,年轻得很,相信他会有更光明的前景。

说到了光辉,不得不说到另一位杂志负责人老戡。老戡比我年长一岁,也是那种很认真的人,写得一手好稿,原来也搞过文化经营。老戡的性格有些执拗,说话尖锐,不大考虑别人的感受,这是他的缺点,但他自己可能不这样认为。我和光辉跟他不大合得来,有他在的时候总爆发争吵,光辉甚至说听到他的脚步声心里就很烦躁。其实这都是性格使然，老戢这人整体不坏，有话当面说，不在背后使绊子。我至今记得当年我母亲去世时，是他带着编辑部人员到我老家进行吊唁，并以杂志社的名义表达了关心和慰问，这让我特别感激，因为人在那个时候心理是最脆弱的。多年过去，我和老戢没再联系了，听说他在做《农村金融报》，希望他发挥自己的专业特长，各方面都能做得风生水起。

2016年，《成功》杂志的主办单位由湖北人民出版社改为湖北教育报刊社，有些事情还真的是很奇妙，不想兜兜转转十年后我又回到了原单位。但是此时的报刊社已经物是人非，当年的领导和同事退休的退休、调走的调走，《成功》杂志的创始人董玮被新单位安排到了有职无权的部门任职，他自己很多话都说不上，更不用说关照我们了，所以我们的离开就成了很自然的事情。

不过，因为老早就创立了自己的文化企业，所以我们转舵航行进行得非常顺利，何况还有在武汉打拼多年结识的老师及朋友，如华中师范大学教授陶宏开、朱斌、万仁德，华中农业大学教授冯兰，中南财经政法大学教授蒋雪岩，湖北工业大学教授傅平，湖北华素杯教育科技有限公司的童伟，粘接杂志社的王榕生，财会通讯杂志社的冯国平，行政事业资产与财务杂志社的郭和军，文学教育杂志社的马勇，春风文化的匡凌旭，湖北教育报刊社的周立、朱飞，崇文书局的王重阳、李慧娟，武汉职业学院的李世龙，江夏财政局的夏汉生，黄陂教育局的李忠洲、何利民，珞南印刷厂的李永林,还有著名作家裴高才、周启元、许保华,甚至还有从未谋面但一直相互支持的北京刘京穗、重庆陶承志、广州胡锦玲。不管是工作上还是生活上,可以说没有他们就不会有我的今天。

相对来说,朋友中相互扶持最多的还要数被称为老施的施从保。老施是我在2005年编《湖北教育机构大全》时认识的,他是20世纪50年代生人,比我大整整九岁。他的生日是十月初十,我是十月十八。除了在一起的时光,每年他生日我总是忘记打电话给他,但是我的生日他都会送来祝福,这让我觉得挺不好意思的。老施从20世纪70年代开始涉足媒体,当过《黄冈日报》和《武汉晚报》的记者,在新洲是很有名气的。早年新洲城关不知道施记者的寥寥无几,就连县委书记见了他都要下车和他握手。我与老施的关系很铁,是那种无话不谈的朋友,我在武汉办杂志、出书、买车子、买房子他基本全程参与,就连他现在退休住在新洲,我们也是三五天一个电话问候彼此。

当然,除了武汉的朋友外,在家乡黄冈我还是有一个朋友圈的。结识新朋友,不忘老朋友,情难舍,意难离。武汉到黄冈也就两个小时的车程,所以我与黄冈的朋友们来往密切自是情理之中的事情。《黄冈日报》的贺正文,英山教育局的叶敏、许秀玲、段云,罗田物价局的周金修,罗田文化局的叶银象,罗田文联的叶牡珍,罗田移动公司的姚雪飞,白莲生态区的周忠孝,迅达公司的方俊,罗田路桥的吴观文,匡河小学的周志锋,周河小学的郑海泉,白莲乡土库村书记贺正旺和村干部张传伦、郑新良,千荭超市老板刘德友,文友李继白、贺永刚、周爱妩,叔爷胡利平,兄弟胡丙烈,他们都是我生命中的贵人,是我工作和生活的动力源泉。

2018年,我受邀加入了湖北省素质教育研究会,研究会是十多年前成立的,聚集了武汉大学、华中科技大学、华中师范大学、中南财经政法大学、华中农业大

学等省内著名高校的一大批专家教授,开展过多场研究、学术讨论等活动,在教育界获得了一致的好评。但是我总觉得缺少点什么,想想应该是需要一本会刊来进行推介。有了这个想法,我向研究会的领导作了汇报,并主动要求承担这一任务。很快研究会领导就给予了肯定答复,我和钱验钢老师立即启动向省委宣传部申请办刊的程序,几个回合下来,2019年8月省委宣传部批复了办刊申请。2019年10月,《湖北素质教育》创刊号问世,杂志一经发行,就获得了相当多的好评,到2021年10月我写这篇稿件的时候,杂志已经出版了18期,越来越多的教师成为我们的固定读者,省教育厅的领导也给予了充分肯定。如今,湖北素质教育杂志编辑部的牌子早已挂在我的办公室里,新一期杂志正在组稿,杂志的各项工作都在按照预定的规划有条不紊地进行。

从我出生到现在已经过去了五十多年,五十多年的风雨兼程自然是有得有失,不一而足。感谢上苍,也许我最大的收获就是我家从儿时的五口之家变成了现在的九口之家,家庭结构的变化使我们家已经是那个遥远的生福桥村子里人口最多的家庭之一了。尽管家人们平常分布在上海和武汉两地,但是每年春节我仍然会要求我们的大家庭一定要聚到那个我曾生活了三十多年的地方。

回到萱萱和禾禾讲不了罗田话这件事,其实我心里是有些失落的,毕竟她们的祖祖辈辈都来自罗田,从某种意义上讲,乡音代表的是根的所在。乡音不改,我这不是为自己讲不好普通话开脱,而是一种文化源,况且学好普通话和不改乡音并不矛盾。

六年前朋友曙文兄为庆祝六十岁生日出版自己的集子时,在前言里洋洋洒洒写了二万余言,而今我也计划将我的一些发表和没有发表的文章收进这本叫作《乡音》的集子里。我虽没有那么多话要说,但总也要表达点什么样的意愿,于是就有了这些文字,这是迄今为止我写得最长的一篇稿件,姑且算是一个总结吧。

目 录

有温度的文字即是文学

　　——《乡音》序 ·················· 高晓晖　1

重整记忆

　　——自序 ························· 3

寸草春晖

家　说 ······························· 2

母　亲 ······························· 4

妻　子 ······························· 6

妹　妹 ······························· 8

儿子与大雁 ·························· 12

萱　萱 ······························ 13

禾　禾 ······························ 16

牧　牧 ······························ 19

父　亲 ······························ 23

舅舅，我为您祝福 ···················· 27

梦回乡关

爱上楹联 ···························· 34

好消息	40
家乡的元宵节	44
清明的追忆	46
绿	52
同学会	54
我的家乡生福桥	57
我的家乡有条河	61
我为家乡写春联	63
想起童谣	68
遥远的大枫树	70
远离谎言	73
愿男人都有副好脾气	75
最是老家年味浓	77

相知恨晚

老　师	84
我们的文学社	88
方老师	90
我们的"黑组长"	92
亲家（一）	94
亲家（二）	98
榜样的力量	
——张曙文《年轮》读后	101

功夫在诗外
　　——刘建文《涵冶诗选》读后 ………… 105
老大的生日 ………………………………… 107
周书记 ……………………………………… 111
老贺和他的忘年交 ………………………… 115
难忘昨天 …………………………………… 117
愿你当好乡邮员 …………………………… 118
左师傅 ……………………………………… 120
百炼成钢 …………………………………… 121

桑阴种瓜

月朦胧 ……………………………………… 126
凤　姐 ……………………………………… 130
难忘那段情缘 ……………………………… 133
桥　祭 ……………………………………… 137
失 …………………………………………… 145

锦绣山河

旅行深港澳 ………………………………… 148
相约泰新马 ………………………………… 156
北京纪行 …………………………………… 163
游五祖寺 …………………………………… 167
上海纪行 …………………………………… 170
我想去桂林 ………………………………… 176

印象杭州 …………………………………………… 183

大美乌镇 …………………………………………… 188

西部纪行 …………………………………………… 191

云台山的故事 ……………………………………… 198

亲友溢誉（附录）

旺生的胆识 ………………………………… 张曙文 204

踏歌前行 …………………………………… 郑光辉 208

温暖的影子
　　——父亲节的敬礼 ……………………… 胡　宇 211

父亲读书与写书 …………………………… 胡　广 214

贺《乡音》出版兼创业成功致意（外二首）…… 刘建文 217

祝贺胡旺生《乡音》新书付梓（楹联）………… 潘　涛 218

后　记 ……………………………………………… 219

寸草春晖

世人都说家是遮风挡雨的港湾,每当累了倦了的时候没有谁会不想到家。我眼中的家是什么呢?家就是有亲人等待你归来的地方。

家　说

　　从我有记忆开始，我的家就不是很富足。那时我和妹妹都小，爷爷的眼睛老早就瞎了，一家子的吃穿住都得靠母亲照料，日子过得很艰难。大人尚且不说，就是我和妹妹为了伙伴们的一个苹果或者一件新衣服，都不知哭过多少回鼻子了。每每如此，父亲总是长长地叹息一声。

　　及至我懂事后，父亲将我送到了学校。从此，父亲手中的烟卷变成了我的书费和学费，母亲心爱的鸡蛋罐也变成了我的纸笔和书本。从此家里经常缺油少盐，本来就很沉默的父亲更是一句话都不愿意多说了。然而，每当我从学校回来拿钱拿米时，父亲总是笑脸相迎，并且搜遍荷包，哪怕只剩几分钱也绝不留下。

　　爷爷对我更是疼爱。因为失明，他不能干活，每逢天晴，队里总是安排他坐在场院里防鸡偷谷吃。伙伴们使坏，常常用手指在晒羌里鼓捣，模仿鸡啄谷的声音，爷爷便挥舞着竹竿，发出"呼呼"的声音。待明白这是小子们的恶作剧后，也只是"嘿嘿"一笑，骂一声"坏东西"罢了。记得那年冬天雪下得特别大，爷爷就是在那场大雪中离开人世的。因为要"学大寨"，大家匆忙将他抬上山。爷爷一生忠厚善良，只可惜死在那个年代。我直怨恨自己那时不是个顶天立地的男子汉，要不，我一定不会让他老人家这么凄惨地长眠九泉的，要知道爷爷活了九十六岁呀。

　　按说我应该考上大学才对得起我的长辈们，但我太不争气，高考名落孙山。在我几乎绝望时，父亲没有给我摆脸色，而是好言劝慰，希望我能正视这人生的挫折。母亲默默地做好荷包蛋，亲自送到我房里，并且一直等到我吃完后,她才肯离开。

斗转星移,我走上工作岗位已经有五个年头了。除了教学上取得些许成绩以外,家的破旧程度依然如故。好在妻子文静娴淑,儿子聪明伶俐,这本身就是我工作和学习的调味剂。人的精力是有限的,事业和家庭难以同时顾及,于是我毫不犹豫地选择了前者。确定了这样的思想方向,心里也就不再纠结。只是每每看到年迈的母亲和瘦弱的妻子为了我们的家忙忙碌碌、勤勤恳恳,心里又不免一阵阵酸楚,同时,也会产生深深的自责。但自责之余,有一点我相信,那就是努力做好我的工作,给孩子们一个奇妙的世界、一种全新的感觉,这便是我对家人最好的报答。

(原载于1994年9月《湖北日报》"东湖"副刊)

母 亲

　　母亲三十岁才嫁给父亲,据说父亲租赁的花轿抬到这户方姓人家的府前时,她的公婆和兄嫂都哭得死去活来。母亲是在方家长大的,方家人并没有对这个童养媳另眼相看。母亲来到这户方姓人家时还很小,那时被下世的外公丢下的外婆,领着舅舅背着母亲沿村乞讨,"姑爹"看母亲虽然穿得破烂却不失俊秀伶俐,就以弟媳的名义收留了她。打从成为方家一员起,母亲就深得公婆及兄嫂的喜爱,这也许是因为她的聪颖和乖巧。后来,比母亲大十来岁的方家二公子参军去了,这一走便音讯全无,据说是死在战场上了。这就注定了母亲得另嫁他人。起初,她并不愿意嫁出去,是邻里的伯叔婶娘左劝右说,她才答应下来。

　　母亲嫁给父亲后,方家就成了母亲的第二个娘家。这时,舅舅已经娶妻生子,所以母亲也常被舅舅接去小住,不过她回得更多的还是方家。听人说,年轻时候的父亲不是个好丈夫,因为沾染诸多恶习与前妻离了婚。后来我去看望我的这位前妈,提起父亲的过去,她还是忍不住直擦眼泪。曾经当过保长的父亲脾气很暴躁,动辄就动手打人。我完全可以想象得到母亲那时过的是怎样一种生活。尽管父亲严格得近乎冷酷,但母亲并无过多怨气。她常对人说,也难为他了,那么大的一个家。在我的眼中,母亲待父亲一直很好,这从父亲多病却多福的晚年生活中更能体现出来。

　　母亲一介家庭妇女,本没有什么可以被人嚼舌根的事,可近来她却成了我们这乡村小镇上街谈巷议的人物。其实这事再平淡、再简单不过了。母亲做梦也不会想到,那位方家二公子并没有死于战祸,而是在1949年随部队去了台湾。历经四十年风雨沧桑,面对已经面目全非的家和他那虽未结成夫妻却一起长大的我的母亲,这位游子感慨良多,几滴混浊的泪顺着面颊滚了下来。他摘下手上的戒指,又掏出五百元递给母亲。母亲接到这份贵重的心意,心里就像灌满了铅一样沉甸甸的。

当年在一口锅里吃茶饭的亲人都先后谢世，方家就只剩下母亲和这位差点成为她丈夫的先生了。他赠礼、她受礼本都在情理之中，何况现在正是用钱的时候——她的儿子要去师范进修，女儿即将出嫁。可母亲却将钱还给了那位既亲切又陌生的方先生。我完全理解母亲，至今仍没有妻室的方先生其实并不富裕，母亲从他那失去光泽的眼睛和给钱时微微颤抖的双手上就瞧了个分明。方先生千里迢迢回来探一次家不容易，不能让他在太多太多的亲戚朋友求助的手下趴倒。记得方先生那次来我家做客时，说了一句令我自豪不已、欣慰万分的话，他说："我今生今世最遗憾的事恐怕就是没娶上你母亲了。"

方先生的来去，并没有在母亲平淡的生活中注入多少神秘的色彩，母亲还是像已往的六十多个春秋一样，平平凡凡地扮演着属于自己的角色。只是我们觉得，母亲似乎逐渐变得比以往更容易激动。电视机前的母亲，时不时说出一句"大陆台湾不是同属一个国家吗？那河上为什么不可以架座桥呢？"直弄得我们哭笑不得。尽管隔开大陆和台湾的不是河而是海峡，但也许母亲的理解更为深远透彻，谁能说有朝一日海峡和河不是同义语呢？

愿母亲的河之梦早日实现。

（原载于1992年3月《大别山报》）

妻 子

　　我的妻之所以显得憔悴，完全是因为家庭的拖累。自打嫁给我那日起，妻就没有闲过。七口之家的生产、生活重担全压在她肩上，直弄得她手忙脚乱、焦头烂额。妻是个炮筒子的脾气，虽说有时也发些牢骚，怪我这个教书的帮不上她的忙，但我知道她的心里并没有多少怨艾，她太明白误人子弟与庄稼歉收哪个分量更重。所以，她对我的埋怨与对我的鼓励相比，就显得微不足道了。父亲在世时，因为腿有毛病，几年没出过大门，妻对父亲的照料很体贴、很细致，就算在父亲去世后，妻仍然没有忘记他老人家。逢年过节或是父亲的生日、忌日，妻总是要我买一些香纸之类的去上坟，如果我太忙，没时间，她就自己喊上孩子一起到山上去。父亲去世后，母亲也明显地衰老了许多。妻常劝我买一些补品给母亲补身子，她说老人的身子骨经不住硬榔头。

　　虽然我家到现在仍很贫寒，可是我知道，现在这样的生活也来之不易，妻已经倾注了满腔热血。妻没有因为家里的事多拖过我的后腿，也没有因为自己的身体单薄松懈她的奋斗。凭她那双已然粗糙的手，养出来的猪和蚕，种出来的粮和菜，做出来的衣和鞋，无一不令人啧啧称赞。勤俭持家是妻一贯奉行的宗旨。若要说亏待，妻亏待的也只是她自己。我的朋友很多，都是些搞文学的人，来了就少不了要喝几杯酒。虽家中贫寒，但妻仍像变戏法般弄出来几盘有模有样的菜，不过她自己是从来不吃的。偶尔陪客人喝一两杯酒，也只去撵一些萝卜白菜。

　　妻除了待人诚恳热情，还善结人缘。垸里的姑嫂婶娘老爱来我家

坐，一聊起来就没个完，电灯熄了点油灯。女人们谁有不顺心的事都愿意向妻说，妻也有独特的劝慰人的方式，旁征博引，娓娓道来，一直说到对方眉开眼笑。

又是一个星期天的夜晚，望着熟睡的妻瘦削的脸，我的心里不禁一阵愧疚。我欠妻的太多了，这感情债怕是今生今世也还不清了。严冬即将过去，播种的季节就要来临，那时候，妻该更消瘦了。我用唇轻轻去吻妻的脸，尝到一股又涩又咸的味道。

那是妻的泪水，妻就这毛病。

（原载于1995年2月12《黄冈日报》副刊"社会生活"专版）

妹　妹

　　春节刚过,妹妹和妹夫就用摩托车载了两大包东西送到我家,说是让我们带到武汉的大儿子和上海的小儿子那里。东西很沉,也难怪,这些腊鱼、腊肉和手工打的糍粑本就是有斤两的重东西。妹妹说这些都不值钱,只能算作心意,妹妹他们一直在表示这样的心意。如果不是妹妹,我和妻以及孩子们的生活不知是什么状态。每每接到妹妹从乡下带来的鸡蛋、蔬菜和一些农家土特产之类的东西时,我总是有这样的感慨。我们家只有兄妹二人,妹妹比我小了整整七岁。本来母亲怀我的时候就已经三十多岁,有妹妹的时候就更属于高龄了,所以妹妹一出生就自然地有了个叫"细女儿"的小名,以至于她的大名到现在都很少有人知道。其实,在乡下叫什么名字不那么重要,关键的还是人。乡下叫细女或毛头的人很多,但不一定都被人轻视,也不一定都不被人尊重。妹妹从一点一滴做起,逐渐在那个叫作乌石山的地方有了一些成绩。

　　20世纪90年代妹妹嫁到乌石山的时候,妹夫家是相当困难的。妹夫的父母去世早,弟兄三人早已各自谋生。妹夫作为他们家最小的一个,只有一间土砖瓦盖的房子,除此之外别无其他。妹妹和妹夫二十多年来不知吃了多少苦,从白手起家,生儿育女,选址盖房,到现在有着别墅一样的农家小院,还培养了外甥女和外甥两个大学生。想想,我挺感慨他们的不容易,也觉得他们了不起。

　　"不经一番寒彻骨,怎得梅花扑鼻香?"妹妹家虽然还没到富裕的程度,但是与原来相比,已发生了翻天覆地的变化。当然,这主要的功劳还是妹夫的。妹夫凭他单薄之身一直忙碌于各个建筑工地,江苏、重庆、湖北,差不多哪里能挣钱就去哪里,任是再苦也不在乎。妹夫原本也是可以上大学摆脱现在这般状况的,他读书时成绩相当好,只是到了高二时,他不得不放弃学业,因为那时实在没有条件再读下去了,直到现在他的同学们都还为他惋惜。不过,值得庆幸的是,那些学到的知识妹夫

没有完全还给老师，大部分还是被他用在了建筑工地上，比如模板的尺寸，房梁的高度，甚至一个勾股定理都被他运用到了极致，很多人算两天都解决不了的问题，他处理起来手到擒来，十分钟就能解决。妹夫聪明是聪明，就是个性有些倔强，尤其爱认死理，他认准的事九头牛都拉不回来，这些年也没少吃这个倔脾气的亏。别人当包工头会按平方提点给自己，可是他却一定要平做平摊，不占工友的一分一毫，还说都是出来打工为什么一定要占别人的便宜，说那样于心不安。妹夫性子也直，说话不留情面，有时得罪了人自己都不知道。我曾经就他个性的事情劝他要随方就圆，但是江山易改秉性难移，所以也只好作罢。其实妹夫也有他做人的原则，那就是凭本事吃饭，不随便接受别人的帮助，更不愿意欠别人的人情。这种骨气我还是挺佩服的，要知道现在有多少人最缺的就是这种做人的品格。

　　说妹夫的品行好，还在于他不抽烟不打牌，唯一的喜好就是喝点小酒。说到打牌，无论是城里还是乡下，这风气都是很浓的，明知害人可大家依然乐此不疲。钱没有几个，但在牌桌上充大佬的大有人在，输几千是常事，可多久能赚到几千那只有天知道。记得我在学校教书的时候是很反对打麻将的，曾经和大嫂一起狠批打牌的老大。现在老大不打牌了，我却沾染了这种恶习，虽然给自己找了很多冠冕堂皇的理由，但我在心底仍然十分蔑视自己，蔑视自己的同时就格外认同妹夫的观点。他说额头上流汗赚来的钱只能用在该用的地方，糟蹋了就对不起在家里同样勤勤恳恳的女人。

这话的确不错，妹夫再卖力，如果没有妹妹认真操持内勤，那又有什么用呢？所谓"男一头女一头"，说的就是只有夫妻合力，家庭才会兴旺发达。这些年来，妹妹虽然没有出去打过工，但是除了自家的田地，还租种了几家外出打工人家的田地。无论是操弄犁耙，还是肩挑背驮都不在话下；无论是田边地角的整齐程度，还是家里的整洁程度都无可挑剔，这不是随便就可以做到的。乌石山的人都知道妹妹有两个显著的特点：一是嗓门大，二是手脚麻利。人未到声音先到了，有她的地方就有欢声笑语，嗓门大也意味着她乐观豁达。妹妹手脚麻利可能是这些年练出来的，你想，每天有那么多事要做，要是慢吞吞的那还做得了吗？据我所知，为妹妹赢得口碑的还有她做腌菜和烧菜的本领，这当然还是属于手脚麻利的范畴。

记得当年母亲就很会泡制腌菜，我不知道妹妹是不是从母亲那里得到了真传。据说腌菜是很讲究的，要色香味俱佳才有说服力。妹妹腌的菜不仅被乌石山的人认可，就连带到武汉、上海和张家港，也收获了一路的赞美。至于妹妹的厨艺是什么时候得到提高的，我也是一无所知。当时她还是姑娘，做饭是母亲的"专利"，后来在乌石山我吃过不少次妹妹做的饭，也似乎没有多少长进。只是这些年来，她做饭做菜的技艺与原来相比，的确不可同日而语了，用厨艺好、水平高、速度快来形容一点儿也不为过。现在我们一家八口还有侄儿他们一大家子最大的享受就是回老家让妹妹做一餐饭吃，我们会将一桌家常菜蘸着温馨吃出天下最美的味道。儿子他们也是和姑姑最有感情，当初妹妹没出嫁时带了他们很长一段时间，倒是我这个当爸的很少去管。妹妹虽然性格大大咧咧的，但对侄儿们的要求却很严格，该打打、该骂骂，妻从来没有与她计较，相反的，对她的责任心很是赞赏。妹妹和妻相处得一直都很融洽，从来没有因为一些琐事红过脸，哪怕是现在依然是一个喊姐一个喊女，亲近得不得了。

在乌石山，妹妹很有人缘。她乐意帮助别人，帮人做饭、割谷、插秧，只要是别人需要帮助，她都不会拒绝。俗话说"舍得痛，搁得众"，她的无私也赢得了乡邻们的喜欢。这两年妹妹应小儿子之邀，去上海帮他带女儿，这一去就是三四个月，但是家里的鸡有人帮她喂，田地有人帮她管，就连菜园的菜也有人帮她施肥浇水。妹妹和我说起这些的时候，是怀着感恩之心的。常怀感恩之心是对的，但这一切与妹妹平常对邻里的帮助是分不开的。妹妹干不了什么惊天动地的大事，但她能从平凡中悟到一些非凡的真谛，这一点令我非常欣慰。

儿子与大雁

儿子写信来问我："爸爸你找到雁的窝没有？我可盼着大雁回来呢。"对着那歪歪扭扭的字，我笑了。儿子才五岁，他从妈妈那里知道大雁在落叶时节就会飞到南方，南方天气暖和。儿子一生下来就好像与大雁有缘，儿子出生在三月，正是北归的大雁翱翔天宇的时候。儿子在蹒跚学步时就常爱坐在门槛上，小手撑着下巴仰望天空中的大雁。后来当他能说会唱时，就更是常和小伙伴们一起拍着小手边跳边唱："雁鹅不排人字好丑，雁鹅不排一字好丑。"说来也怪，雁群好像真能听懂孩子们的喧嚷一样，随着他们的唱和一会儿排成个人字，一会儿又排成个一字。也许正是因此，儿子越发喜欢大雁了。只是常听他噘着小嘴抱怨不能和大雁做朋友，大雁离得太远不能陪他玩。今年重阳，当他得知爸爸去了冬天大雁栖息的地方，就嚷着要我给他带一些大雁的翎毛，拍几张大雁的照片寄给他。

来到广州，我便投入到紧张繁忙的工作之中，早已将儿子的嘱托抛在了脑后。及至儿子来信表现了他的焦急，我心里才有了许多不安与愧疚。成天与雁群同处，却是那样熟视无睹，连儿子这么个小小的心愿都满足不了，我还配当爸爸吗？

儿子，不管明天怎么忙，我也一定要拍一些南方景色最美且满是大雁的照片送给你。虽然过不了多久，你就又会看到成群北归的大雁。

（原载于1995年第1期《明月文学》）

萱　萱

再过几天我们就走完马年的行程,踏入羊年了。这一年我们家最大的收获莫过于有了萱萱。

腊月二十九的晚上,就在我们正准备第二天早晨年饭的时候,儿媳突然要生产了,于是全家撂下所有的活计,立马往县医院赶。那晚的雾特别大,能见度只有几米远,有的地方甚至什么也看不到,路上的车辆都开着雾灯,一辆接一辆摸索着前行,待我们到达县医院时已经是晚上10点多了,这段平常只要半小时的路程我们差不多用了三个小时。

萱萱是春节的晚上6点10分降生的。她妈妈进了产房没多久,我们就听到了她洪亮的哭声。孙女出生了,正好赶在了马年的春节里,这使我们那年的春节过得特别有意义,顿时忘记了那几天来回奔波的辛劳,觉得那天晚上的浓雾是对我们,尤其是对萱萱妈妈的耐心和斗志的考验。

萱萱出世了,我在高兴之余还有些别的情绪,孙辈都有了,不是说明自己已经老了嘛,懊恼也随之产生。但随着萱萱慢慢地长大,这种情绪也变得越来越淡,到现在只剩下愉悦了,以至于隔几天没看到她,我心里就空落落的。萱萱一个月大时,虽说睡得很多,但她的感觉却特别敏锐,只要有一点风吹草动,她就会瞪大眼睛。萱萱半岁时,会咬我的鼻子和衣领,会从床的这头爬到那头,还会发出"爸"和"妈"的音了,也越来越惹人怜爱了。萱萱一岁时,就仿佛成了一个小大人,她已经学会了如何挣脱怀抱。虽然她站立的时间还很短,走路要依靠沙发和椅子的帮助,但这个时候她已经不习惯大人整天都抱着她了。萱萱在刚学习说话时,一次只能说两个字,"妈妈"是她说过最多的话,看到爸爸喊"妈妈",看到奶奶喊"妈妈",看到外婆喊"妈妈",甚至看到自己的照片也喊"妈妈"。除了妈妈以外,她嘴里偶尔也能蹦出诸如"爸爸"

"爷爷""奶奶"等词语,当然更多的时候还是以大喊大叫为主。每每遇到高兴的事,她都要哇哇地说很多你听不懂的话。

在我们武汉和黄冈的家里,都有为萱萱准备的屋子,小床、婴儿车、玩具应有尽有,光婴儿车就有四辆。全家人只要一出门,买回的必定是给萱萱的东西。东莞的小叔,上海的小婶娘,合肥的小舅舅,深圳的姨父,以及黄冈老家的外公外婆,没有谁没为她买过东西(还有很多亲戚朋友亦是如此)。儿子说,他小时候所拥有的玩具不及萱萱的百分之一。其实儿子说错了,那时由于家庭条件有限,他和他弟弟没有一件真正意义上的玩具,所谓的玩具也都是从野外捡来的石头和树根罢了。玩具益智,这道理老百姓都懂,只是当时农村的孩子没有条件。和儿子相比,孙女有了质的跨越,难怪她在不到一岁时就比她爸爸同年龄时懂事许多。每当听到熟悉的音乐时她都会开始扭动;面对世界地图,她能在引导下指出亚洲和中国的位置;看到小老虎玩具,她可以将电池装进去并竖起拇指说自己很棒;她还可以拿着遥控器对着电视机调频道和声音。

羊年春节,萱萱满一岁了。我们老家有为孩子举办周岁庆典的传统,这一天亲戚朋友要来家里聚在一起祝福孩子。如果是春节那天操办周岁庆典显然不合适,所以我和老婆商量后,选在了2015年1月31日(腊月十二,2014年的1月31日正好是马年春节)为孙女举办周岁庆典。天公作美,在连续下了几天雨后,这一天天气终于放晴了。那天的场面很热闹,远亲近邻欢聚一堂,我们放了礼花和鞭炮,吃了在乡村还算丰盛的宴席。接着就是萱萱的"抓周"仪式，只要是有价值的东西都摆放在桌子上。萱萱坐上桌子后，先抓了一条金链子，然后是书和笔，接着是人民币，一些懂行的老年人将堆在桌子上的东西让她摸了个遍，仪式这才结束。我们还分吃了儿媳妇专门跑去县城给萱萱订的大蛋糕。后来我们照了全家福，不仅是全家福，只要是参加抓周仪式的人都参与了拍照。儿媳妇将照片发到网上之后，好评如云。

猴年春节我们还会搞个小型活动，让住在城里的小姑娘不忘老家黄冈乡村的特别生日，我期待猴年春节早一些到来。

愿我们的小萱萱健康茁壮地成长！

禾 禾

禾禾是小儿子的女儿,她的大名叫作熠婵,这两个字里有她爸妈名字的同音字。名字不是我起的,尽管我当时也有想法,但毕竟她爸妈才有决定权。她爸爸虽然是个工科男,但文字功底还算深厚,当他说出"熠婵"这两个字时,我立即领悟了个中奥妙,立马表示赞同,名字就这样被确定下来了。

禾禾是在2015年的国庆节期间出生在上海的。我在上海待了整整一个国庆假期,就是为了静候她的到来,而她也仿佛知道我们的心境般如约而至。10月6日下午6时,6.6斤,这些数字与我们当时的心情一样,充满吉祥和幸福的感觉。在这个繁华的大都市里,见证她出生的人,除了医生护士,就只有爸爸妈妈、爷爷奶奶以及外婆,不比萱萱出生时,围了一堆人。然而我们几人的内心喜悦又激动,氛围也跟医院外面那条古老的街道一样热闹无比。

禾禾出院后,老婆留在了上海照顾。其实,在儿媳妇怀孕后三四个月的时候老婆就去了上海,她和亲家母轮流照料禾禾妈妈的饮食起居。那时儿媳妇还一直坚持上班,直到临产前一个月才放下手中的工作。我回了武汉。自此,老婆在电话里就多了一项"工作"要"汇报"了,关于禾禾的成长信息大多我都是从电话里得知的,禾禾的一举一动、一颦一笑都会进入我的耳鼓和头脑。而我除了想念禾禾和萱萱外,差不多又过回了多年前的生活——洗衣服、搞卫生、做饭,很多原来都是由老婆包办的事情我不得不拾起来。大儿子和我开玩笑,说我是辛辛苦苦几十年,一夜回到解放前。的确如此,有时觉得挺酸楚的。但一看到萱萱,一想到禾禾,这辛苦感就烟消云散,有了她们,我就是再辛苦、再委屈也是值得的,心里也是愉悦的。

除了她刚出生的那几天外,我与禾禾的相处也有两个稍长点的时间段。

一次是在她三个月的时候。那年元月初,禾禾的爸妈带着禾禾回到了武汉。一来儿子的公司在武汉建设了人才公寓,他有资格买上其中一套,价格要比市面上便宜一半。这当然是好事,所以他们毫不犹豫地交了首付。尽管这与他们要在上海买房的初衷相背离,而且他们如今每月要还上好几千元的房贷,但也算是有房一族了,总是值得庆幸的事情。二来是儿媳妇也想趁着产假的时候考驾照,不然浪费了几个月的假期,儿媳妇还真是闲不住的人。后来的事实证明,他们带着禾禾回到武汉的选择无疑是非常正确的,因为武汉的房价一直在涨,也因为儿媳妇只用一个月就顺利地拿到了驾照。老婆说,禾禾是我们家的小福星,她的到来让我们家喜事连连。对于工薪阶层的儿子儿媳来说,还有一件事情是值得记上一笔的,禾禾的出生也为他们带来了财运。儿子在东莞工作时的公积金领到了,还有儿媳产假的补助金也领到了,两笔钱加起来有近十万,这些钱最后都成为了他们在武汉买房的首付款。

禾禾在武汉的那段时间里,我和她相处得非常好。每到下班我都会把她抱在怀里,看着她甜甜的笑脸,慵慵入睡的神情,吧唧着嘴要吃奶水的样子,我的心里滚过一阵阵暖流,幸福的感觉一下子漾遍全身。儿子们小的时候,我很少关注这些细节,反倒是有了孙子这一代后自己的心思变得细腻起来,也许这就是俗语说的隔代亲的缘故。

再就是禾禾快十个月的这一次。前几天,趁着大儿子大儿媳去泰国参加活动而萱萱去了她姥爷家的空隙,我决定到上海看看半年没有见到的禾禾。这次我是买好了票才通知小儿子他们的,一改以往他们买往返车票的惯例,一是为了不让工作中的他们太过分心,二是为了以后可以随时去看自己的小孙女。下了火车转乘地铁,才出地铁口就看到儿子抱着禾禾站在那里。半年未见,禾禾确实长大不少。这半年时间里我和她在电话里有过很多交流,每次老婆和我打电话时,我一喊禾禾,她就咿咿呀呀地说着她自己也不见得懂的语言。有时我们说着话忘记喊禾禾,老婆就说禾禾不高兴了,小脸冷冷的样子,于是我就赶紧喊她几声,仿佛也看到了她笑的模样。时隔半年,我从儿子手上将她接过来抱时,她竟对我完全没有生疏感。她眼睛一直看着我,不哭也不闹,还带着浅浅的笑意。就这样,我将她从地铁口抱到了家里,她都没打算挣脱我的怀抱,甚至有几次主动亲我的脸。到家了,我说了禾禾的举止,老婆也觉得奇怪,说亲情就是分量重,禾禾还是记得爷爷的,换作别人抱她早就哭了。尽管禾禾还不会说话,叫爸爸妈妈和奶奶都是叫"大大",也还不会走路,但她可以借助床边的小凳子爬到床上去,并在床上翻滚腾挪,扒着床沿站起来行走。老婆说禾禾马上就可以说话和走路了。

接下来的三天时间我基本上都和禾禾待在一起。我和老婆早晨带她去公园,推着车子,抱一段,推一段,还在公园的滑滑梯上滑几个来回。傍晚的时候我就抱着她在小区里走上一遭。那几天的太阳太毒,气温很高,只有早晚温度适宜,我便和她一起出去看看大上海那多彩的城市风景。当然,这个她目前还不明白,但那一天很快会到来的。

那几天我为禾禾拍了很多照片,一回到武汉,我就选择了一部分放在社交平台上。有了这些照片,以后除了偶尔和她打视频电话以外,想她的时候我也会看一看,而禾禾也会在爷爷温暖的目光中慢慢长大的。

牧　牧

  2021年4月17日下午4时33分，牧牧诞生在武昌的湖北省妇幼保健院。本来他的妈妈是准备顺产的，但是在住进医院后的第二天仍然没有生产的迹象，于是医生就建议剖腹产。皆大欢喜的是手术非常顺利，牧牧在他妈妈期盼的目光中出世了，他以七斤八两的体重夺得了我们家小字辈的冠军，就连那一声啼哭也非常响亮，是男子汉该有的风范。

  其实这些情况我都是后来听说的。牧牧出生的那一天，我们省素质教育研究会在黄陂举办一个活动，因为担负着写稿发稿的责任，我在活动现场忙着参观考察、记录拍照。明知道儿媳随时都可能生产，可我一整个下午都顾不上看手机。到了下午五点多活动结束，亲家母桂梅打来祝贺电话，我才知道自己添了孙子。当然桂梅的心情和我是一样的，她是再度做了外婆。之后我再看手机，才注意到老婆给我留了信息，早就给我通报了喜讯。晚饭时，同桌的研究会同人也意识到我是有了什么喜事，除了听到报喜的电话，他们也能感受到我抑制不住的喜悦。

  对于牧牧的到来，我们全家是做了充足的准备的：做了两次核酸检测，购买了很多小孩的生活用品，订好了月子中心。掐指一算，牧牧出生的那天刚好比预产期迟了整整十天。在这十天里，我们多少还是有些焦虑的，虽说现在的医学发达，我们也时常安慰牧牧妈妈预产期仅仅是个大概时间，就像天气预报一样，并不十分准确，但是一切都以安全为第一要务，所以医生的建议基本没有人有异议。而牧牧在他妈妈肚里多待了几天似乎也有他的道理，他好像比他姐姐更显成熟，即使是在医院刚出生的那几天也很少哭闹，夜晚睡得很安静。

　　牧牧出生当天，月子中心就安排陪护到医院了，她是一位中年妇女，个子不高，人很细心，也有护理经验。牧牧妈妈和牧牧的护理基本都被她承包，几天时间相处下来，我们全家都很信赖她，儿子和儿媳亲切地喊她方姐。那天我们带牧牧和他妈妈去月子中心，与方女士分别时还有些恋恋不舍的感觉。月子中心不远，就在南湖的千秋墅区。这是一个由三栋别墅合在一起的院区，房子是租的还是买的倒不在我们的探究范围之内，我们要的是周到的、高质量的服务。

　　事实证明，这个月子中心的管理和服务还是可堪称道的。牧牧和他妈妈的日常生活都有专人料理，住的是套间，布置得也相当温馨。牧牧妈妈每天的五餐饭都是由护理人员送到房间来吃，刚开始吃得很清淡，慢慢才加些温补的东西。牧牧也是每天由护理员接来送去，游泳、洗澡、喂食，专业而熟练。我们有时隔着玻璃看着牧牧，护理室里一溜小床上的十几个孩子从没有出现哭闹的情况，几个穿着白大褂的护理员有条不紊地工作着，脸上没有表现出丝毫焦躁和不耐烦，几个年轻的小姑娘训练有素、沉着冷静，真是难能可贵。我和老婆三天两头带着各种炖汤跑去看儿媳和牧牧。到了月子中心，并不是每回都让我们进到牧牧妈妈的房间的，大多的时候是要穿上鞋套，消毒后在接待室等候，然后护士就抱来牧牧，也不让我们伸手抱，我们只能在半米开外的距离瞧一瞧看一看。十分钟后，牧牧又会被抱去和他的那些小小朋友们共处。

我们三天两头地去看牧牧，感觉牧牧的变化真快，一天一个样子。起初我们不是很乐意他们去月子中心，认为花这个钱不值当。现在看来是我们的观念太陈旧，讲究科学和专业已经是眼下的大趋势和大潮流。转眼到了5月19日，这一天是牧牧回家的日子。想到每天都可以近距离看牧牧还可以抱牧牧，我的心情似乎又回到了4月17日那天。为了迎接牧牧回家，牧牧的舅舅舅妈特地安排这一天休息。一大早我们两辆车子就出发去了月子中心。月子中心的安排也充满情意，请来了摄影师为牧牧拍了满月照，还订制了蛋糕，举行了一个简单的满月仪式。月子中心的负责人亲自送我们到门口，说了很多祝福的话，当她看到前来迎接的人这么多，不禁感慨说："你们家这个孩子真是宝贝。"是的，牧牧是我们家的宝贝，这是不争的事实。因为他除了是我们胡家的长孙以外，还是我们家在近六年后再添的一个孩子，自此我们家就是九口之家了。这当然不是说他的两个姐姐不被我们所珍惜，两个姐姐在我们的心目中同样是金不换，但是她们已经慢慢长大了，懂事了，有自己的主见了，我们表达爱的方式自然不能和牧牧等同了。

牧牧回家的这十几天来，相比他爸爸和小叔出世时我要上心很多，每天都要抱一抱才觉得踏实，这或许就是隔代亲的缘故。而仅出生四十多天的牧牧似乎要比其他同龄的婴儿懂事一些，白天吃了睡睡了吃，晚上也很少哭闹，他单独睡在小叔给他买的婴儿床上，恬静又乖巧。我抱着牧牧的时候，会仔细端详他。他小脸胖乎乎的，眼睛不大但颇具神采，一双小手握成拳头举在耳朵旁，小脚总在不停地蹬来蹬去，似一对划船的小桨。还有这两天明显长长的睫毛，随着小眼睛的眨动在伸展弹跳。每每瞧见牧牧这样的神态，瞧见牧牧一天一个样地健康成长，我和老婆总会相视一笑，这会心的笑来自我们的心底。

父 亲

父亲是在二十五年前一个夏天的傍晚走的，他走得很安详。我守在床边，听着他的呼吸越来越弱直至消失，我才意识到我彻底失去父亲了。虽然我也已为人父，可是在父亲面前，我再大年纪也是个孩子。

父亲的后事办得还是比较风光的，虽然那个时候我家的经济条件很差，但父亲在乡邻面前始终是老好人的形象，人们对他的不舍的确是真情实感。那天抬父亲龙杠的人和送葬的人群刚到墓地，墓地前的水渠就有一股水流应声而至，哗啦啦的水声格外响亮。水随龙到，这是极好的预兆，道士的一声断喝顿时响彻土库咀的上空。那时人们种田种地的积极性还很高涨，田地自然不像现在这般随意撂荒。父亲的坟前是一条从一里多路以外的水库弯弯绕绕修过来的水渠，为的是要灌溉坟前十多亩的稻田。可能是某块田主人为灌水提前挖了水库的放水口，这才有了刚才叙述的那一幕的出现。父亲虽然归葬在我家的祖坟山上，但却没有和爷爷奶奶葬在一起，这是朋友建文的安排。建文就是从那个时候开始学习《易经》和风水学的，到今天几乎名满罗田。父亲归葬的位置也可能是建文研究风水学的第一项实验，为此他自己还专门花了半个月工资买了一包三十元的好烟给道士抽，以期得到道士的首肯。当然这些活动我并未参与，不过后来听说后仍感动不已。

父亲的一生不仅没有波澜，甚至连小小的涟漪都很少有过，平庸、朴实、谨小慎微，是他人生的关键词；没办一件大事，抠抠搜搜、捡捡拾拾、碌碌无为是他的人生摘要。我这样说没有丝毫贬低、诋毁父亲的意思，相反，如父亲这般忠厚善良的模样正是大部分普通人的人生写照。

在母亲嫁给父亲之前，父亲其实是结过婚的。前妈很小就到了父亲家，和我母亲一样也是童养媳出身。结婚后，不知什么原因，前妈和父亲的关系一直不好，所以前妈在奶奶去世后就坚决地离开了父亲。后来我十

几岁的时候在一位亲戚家里见过这位前妈,她一个劲地往我碗里夹菜,眼里满是慈爱的目光。我不明白为什么会这样,当长辈告诉我她的故事后,我也就理解了她的苦衷和选择。母亲是在三十岁才嫁给父亲的,在当时已经算晚婚了。母亲嫁给父亲六年后才有了我,那时父亲已经四十多岁了。我有个同学,父亲在四十一岁时有了他,就给他取了乳名四一。我出生时父亲还不止这个年龄,所以"望生"这个名字更加能表达父母当时的心情,只不过后来我嫌这个"望"字太俗而改"望"为"旺"了。

因为父亲的谨小慎微和母亲的朴实,我和妹妹儿时的日子过得毫无水准可言,饭是稀粥土豆,菜里缺油少盐,更让人难以忍受的是每到挖红苕的季节,一两个月顿顿都是红苕,直吃得我看到红苕就想呕吐。小时候在场院里玩,看到别的小朋友端着白米饭,我们这些穷人家的孩子羡慕得要命。不过那时的乡村贫富差距只在于几斤粮食和几件衣服,不像现在还要比一下银行的存款和城里的房子。虽然懦弱的父亲在外人看来乏善可陈,但有一件事令我万分感激,那就是父亲让我读完了高中,这在当时是十分难得的。按说穷人的孩子早当家,父亲如果像其他人一样让我早点回到生产队里当个劳力挣工分,家里的日子或许要好很多。但父亲知道我书读得不错,他不止一次说就是砸锅卖铁也不能让我辍学。也就是父亲的这一壮举,才没有使我的命运像他一样,永远走不出那个封闭的圆圈。尽管高中最后一年的七元钱学费还是我毕业后自己挣钱给还上的,但是这丝毫不影响我对父亲由衷的感激之情。

父亲清苦一生,除了时代的原因,也在于他的性格。在我看来,他在很大程度上带着混日子、得过且过的心态来对待生活,很少想着要把日子过成另一番样子。即使开始了联产承包责任制也是如此,顶多也就是比原来埋头苦干了些。待到我毕业后回到家里，父亲也过了一个甲子的年龄，建设家庭的担子毫无疑问地落到了我的肩上，父亲也从此改变了角色。说父亲没有当家并不是说他不管家里的事情，田地里的活儿主要还是他来干，那时我已是一名人民教师并且已经娶妻生子。兴许是父亲年岁大了，有一次在给草树上草时，草树突然倒下了，站在草树上的父亲被甩到了沟里，父亲的髋骨处被摔裂。这里有必要解释一下草树是怎么回事，那时家家户户都养牛，牛过冬时的草料就是稻子脱粒后留下的禾秆。那时的房子住人都不够，自然不可能有地方放草料，所以人们就创造了一种叫作"草树"的东西。选一棵又大又粗的树，一般是靠近家门口的，将稻草一捆捆绑结实，然后围着树连起来，再螺旋式地堆起来，下大圆上小圆，最后上面就成了一个尖尖的顶了。上草树是一个技术活儿，不是随便一个人就可以做的，父亲是这方面的高手，有不少人请他上草树，因为他上的草树整齐又美观，远看近看都是一道风景。可是父亲从此再也不能亲手制出令他得意的作品了，髋骨摔裂对于一个六十多岁的老人来说，实在伤害不小。从那以后父亲再也没有离开过双拐。好在母亲照料得周全，尽管父亲行动不便，但他的晚年过得倒也悠闲自在。

　　父亲仙逝十多个年头后，患有眼疾的母亲也走了，也是长眠在那个有着水随龙到被视为吉兆的地方。每年的腊月三十和清明节我必定会去祭拜他们，清除杂草和落叶，摆好供品，长跪不起。父亲母亲的那个时代或许贫瘠落后，但有善良和淳朴陪伴，也许他们过得并不空虚。现如今父亲的那个时代已经远去了，我们的生活也富足了，可是除了越来越好的日子以外，似乎也没有余下什么。感觉人与人之间已经没有了往日那样的亲近，就像父母坟前早已堵塞干涸的弯弯绕绕的沟渠，就像早已不长庄稼只长杂草的垄上和畈下的田地。乡村的荒凉随处可见，乡村的热闹已遍寻不见。父亲生前常说一句话——土地是命根子。他们那个时代是要以粮为纲的，时兴植树造林和开荒种地，印象中我们家就是从只有两户人家的湾子里迁移到现在的湾子，原来的那个湾子被改造成了可以栽种稻子的稻田，也就是父亲坟前的这条水渠可以灌溉到的稻田。但是不知从何时起，不要说这些需要引水灌溉的田地，就是那些被我们祖先耕种了成百上千年的田地也撂荒了。有一次我在武汉的办公室接到朋友滢兄传来的一张照片，看到照片上绿草如茵，蜂飞蝶舞，我说可以取名叫芳草萋萋，滢兄说这是稻田，我的心情顿时变得沉重起来。城里的土地长房子，农村的土地长杂草，那我们赖以生存的粮食从哪儿长呢？

　　父亲的时代当然不能再现，也没有人愿意回到那个时代，但是人心呢？我期望人心能回到那个时代。

舅舅，我为您祝福

20世纪80年代，那时我还是一名教师，也是个文学青年。我的一篇文章被当时黄冈地区的文学刊物《赤壁》采用，我清楚地记得那篇文章的名字叫《舅舅，我为您祝福》。文章是写给当时正在与病魔作斗争的舅舅的。尽管舅舅最终没能战胜病魔，而且还因为不堪病痛的折磨，艰难地爬进了门前的池塘里，但是舅舅乐观向上的精神总令我深深感动。

舅舅八岁的时候外公就去世了。外婆是个老实人，带着一双儿女除了乞讨求生之外别无他法。自此那个叫作三旺冲的村子每天就会有一大两小三个身影日出而出日落而归，那不是美丽的图画，那是一番再凄惨不过的景象。这样的日子过了两年后，五岁的母亲被一户方姓人家收留了，是要给他们七岁的弟弟做童养媳的。当然母亲最后不仅没有成为方家的媳妇，反而是被当作方家的女儿嫁给了我父亲。母亲被收留的时候舅舅也迎来了生活的转机，因为他聪明乖巧，乌背团的朱裁缝主动要求收他做徒弟。这个朱裁缝可是位了不得的人物，手艺好，道德水准高，据说他从不收徒弟，多少人提着礼物、带着孩子去求他，他从来没有答应过。舅舅能得到他的青睐，自然是天大的好事情。自此，舅舅就以乌背团为家，除了勤奋刻苦地学习技艺，还将师父师娘当作自己的父母一样孝敬，深得师父师娘的喜爱。舅舅说他在乌背团每天早起捡牛粪时，看到山下的三旺冲没有一家是打开了门的。

舅舅学成出师回到三旺冲的时候，家里除了几堵四面透风的墙，几乎什么都没有，原来的几件木质家具都被外婆用锄头打碎当成柴火烧了，甚至连锅盖和墙上挂东西的木桩都不能幸免。好在出师时师父送了舅舅一架缝纫机，自此这个十三岁少年挑着沉重的缝纫机开始了走村串巷的生涯，也正式开启了他承担家庭责任的人生之路。

"人勤快、会说话、技艺精",这是三旺冲一带乡邻对舅舅的评价,也是凭着这些优点,舅舅"王裁缝"的名声越来越响亮,请他做衣服的人越来越多,后来甚至要提前个把月预约。这时候舅舅已经娶妻生子,舅娘原是一个大家族的女儿,她贤良温婉,修养自不必说。她也是看中了舅舅的多才多艺才嫁给舅舅的。有了舅娘,家才有了个初步模样。舅娘一连生了三个孩子,二表姐,细表姐,还有一个叫雨望的男孩。另外还有一个大表姐,但这个大表姐不是舅舅舅娘的亲生女儿。据说,她是舅舅有一次在戏龙庙做衣服时捡回来的,那时舅娘才嫁给舅舅不久,也亏了舅娘能认可这件事。大表姐不是舅舅舅娘的亲女儿这件事,我也是后来才听说的,这不仅仅因为大表姐比我大了十多岁,主要是我根本就看不出来他们家的四个孩子有什么亲疏之别。三个表姐后来都嫁人有了自己的家庭,开始过各自的生活,但是最小的老表雨望就没有这么好的命运,一场天花夺去了这个只有十二岁,身躯却有一个门板长的幼小的生命,任凭舅舅舅娘再怎么呼天抢地也无济于事。待悲痛过去,湾里的长辈提议将舅舅叔伯兄弟的儿子金权过继给舅舅,面对命运,舅舅只能选择屈服。"不孝有三,无后为大"的观念在舅舅那一辈人心目中还是根深蒂固的,也是从那时起,金权这个叔伯老表就变成了我嫡亲的老表了。金权的父亲是舅舅的堂兄弟,因为有了金权这层关系,两家人倒的确是亲近了不少。只是自此以后,尽管舅舅脸上还是堆满笑容,但我总感觉那笑容有很大成分是伪装的。不过金权的改变倒是显而易见,不再邋遢,不再猥琐,明显地有了我那老表雨望的风骨,慢慢地,舅舅舅娘眼角的鱼尾纹开始有了舒缓的迹象。

我对舅舅印象最为深刻的,一是他为我缝制或改制衣服时候的认真,二是说唱鼓书时的投入,三是几十年如一日的正月十四要来我家接母亲回娘家过元宵节时的诚恳。这三点实际上涵盖了三项工作,除去晚年躺在床上不能动弹的时光,这三项工作基本贯穿了舅舅的大半生。

我的父亲属于那种树叶落下来都怕打破头的人,母亲也仅是一个务实肯干的农村妇女,我童年时的家境与同伴们相比简直天差地别,所以每次大队有救济名额,第一个想到的便是我家。其实那时的照顾救济拿到现在来说实在不值一提,就是些旧棉被或者别人穿过的旧衣服什么的。但即使只有这些,很多家庭依然如获至宝,因为它们至少可以遮羞御寒。唯一值得庆幸的是那些衣服别人家的小孩穿在身上非大即小,而我和妹妹穿在身上却是恰到好处。这当然不是为我们量身定做的衣物,而是我们家分到衣物后就会送到舅舅那里,经过舅舅的一番改造后,那旧衣服便是另一番模样了。我和妹妹的童年、少年时代就是在这种状况下度过的,也记不清舅舅为我们缝制过多少新衣、改制过多少旧衣。那时我甚至对父亲从来没有给过舅舅工钱这件事很有异议,发誓将来一定要好好报答舅舅,给舅舅买鱼买肉买好东西。后来的我虽然也为舅舅买过鱼买过肉买过好东西,但是报答舅舅的心愿因为多种因素并未达成,所以到现在我还愧悔不已。

上文说到舅舅除了裁缝手艺好以外,还有一种很多人学不来的技艺,那就是说唱鼓书。尽管现在的人对鼓书没什么兴趣,甚至有的压根儿就不知道鼓书为何物。但这只能说是此一时彼一时,或许将来有一天也会有人不知道电视电脑这些东西的存在。当时鼓书可是比现在的电视还让人兴致盎然的。"鼓板一敲响四方,听我说个孝义郎。卧冰求鲤为救母,感天动地是王强。"每当舅舅的鼓板一响,湾里的老少爷们儿就会兴冲冲地围坐在我家厅屋里,听舅舅谈古论今。故事是老掉牙的故事,可人们百听不厌。听母亲说,舅舅说唱鼓书有两次最为高兴和卖力。一次是我出生的时候,母亲在三十六岁时才生下我,那已经是她嫁给父亲的第六个年头了,在此之前很多人认为母亲可能怀不了孕。母亲说舅舅那次接连在我家说了三天三夜的书,而且是被人抹了锅底灰都不去洗一下，连着说了三天三夜的。还有一次我知道，那就是我的大儿子出世时，舅舅依然延续了我出生时的风格，连续说唱了三天。虽然精力已然不济，但是撑着木拐的舅爷爷的老脸依然像一朵盛开的花。舅舅说书从不计什么报酬，有时乡亲们觉得应该有所表示，会给几个鸡蛋、一升苕果、两碗米，也许正是因为有了这些东西的接济，舅舅家四个孩子以及我和妹妹在那个年代才不至于被饿得太过面黄肌瘦。

从我记事起，舅舅都是每年正月十四这一天来我家接我母亲回去过元宵节的，二十多年来这一规矩雷打不动。那个时候糍粑是很金贵的东西，亲友来做客时必须要煮上一碗以示尊重，所以就算人们年前准备了两斗米的糍粑，到了正月初十左右就会消耗殆尽。我们家尽管没有准备多少米，但到了正月十四这天一定还有几块，那是母亲特意给舅舅留的。糍粑到了一定时间是要用水浸泡的，不然就裂得不成样子了，还要勤换水。母亲对那几块糍粑用心到了极致，几乎天天都要换水，换水前洗了又洗，晾干后再小心地放进不深不浅的、装有井水的小盆里面。目睹着母亲年复一年的悉心，我蓦然从中读懂了母亲和舅舅的兄妹情深。后来舅舅摔断了腿，金权老表在舅舅的安排下依然坚持接了几年，直到母亲也走不动了才作罢。

前面说过，因为幼年时家庭状况不好，舅舅从没有踏进过学堂的门槛，但是舅舅敏而好学，不仅认识很多字，还能够吟诗作对。有一次，舅舅为给屋顶修补漏水的地方，从淋湿的一丈多高的梯子上滑落了下来，将腿摔断了，湾里的兄弟们将他送到匡河专治跌打损伤的土医生那里医治了一个多星期才回到家里。那天我去看他，他躺在靠后沟的一间房里的床上，打了石膏的腿被固定在床沿上。舅舅的腿都这个样子了，我却没有看出他眼里有多少悲伤。面对我忧郁的目光，他倒反过来安慰我，说这么大年纪了，能好就好，好不了也无所谓，双拐都让人准备好了。说完他便让我欣赏他的作品，我这才注意到了窗户上的风车，还有一块塑料布挡在窗户左侧的后沟里。看到我不明所以，舅舅这才告诉我其中的奥秘：当时正值初夏，屋里有些炎热，但后沟里不时有阴凉的风吹过，于是舅舅计上心来，让舅娘找了块塑料布挡在后沟，风遇到阻拦，自然就从窗户吹进,房子里就格外凉爽,这在当时没有电扇的状况下可要比大蒲扇管用得多。而风车就是一个风向标,风车转动,说明凉风就进入窗户里了。为此舅舅还专门赋诗一首:天高云淡日徘徊,扎道银墙挡后街;风动墙动我不动,窗开门开心花开。

不知是舅舅年老了,还是土医生技术太差,那副早就准备好的双拐还真派上了用场,而且伴随了舅舅十多年。舅舅后来终于丢掉了双拐,可是这并不意味着舅舅的腿已经好了,而是发生了更为严重的事情——舅舅中风了,躺在床上不能动弹了。这可真是要了舅舅的命,一个这么要强的人,生活完全不能自理,叫他如何能生存下去。那时候舅娘已经先舅舅而去了,金权老表也是儿细女小,一种不祥的预感开始萦绕在我的脑际。果不其然,舅舅的死讯是在一个上午传过来的,当时学校放暑假,我正在地里锄草。舅舅湾里的一个兄弟过来说了舅舅的情况,我立马将锄头一丢,走了近十里山路赶到三旺冲,那个时候舅舅已经安详地躺在家里了。虽然他是以这种方式结束了自己的生命,但是在舅舅脸上我却找不到一丝痛苦的表情,他是为了不拖累孩子们才有了这样的决定。每年说到这里,我们这些晚辈仍然觉得十分痛心。

舅舅的一生可谓命途多舛,幼年丧父、中年丧子、老年多病都让他赶上了。但即使是这样,舅舅也从来没有丧失掉对生活的信心,他始终是乐观向上的。他这种精神也一直在激励着我,使我有一种向上的力量。20世纪80年代的那篇《舅舅,我为您祝福》发表的时候,舅舅还在与病魔抗争,到今天再写追忆舅舅的文章时,他已经仙逝三十多年了。之所以写这篇文章,是因为当我想将我发表过的作品汇编成册时,却发现原来那篇找不到了,我不能宽恕自己,我要重新写一篇有关舅舅的文章。文章写好了,可是叫什么名字呢?还是与原来的题目一样,叫《舅舅,我为您祝福》吧。

舅舅,我为您祝福,愿天堂的您好运!

(原载于2021年第1期《湖北素质教育》)

梦回乡关

在大都市工作生活了二十余年,最怀念的还是家乡。有人说月是故乡明,但我要说梦是家乡美,梦里满眼是乡关。

爱上楹联

楹联,在我们老家那个地方叫对子。我与楹联结缘应该是源于格律诗词中的对偶句,虽然我并不擅长写格律诗词,但对仗工整的诗句却为我所钟爱。诸如"试玉要烧三日满,辨材须待七年期""沧海月明珠有泪,蓝田日暖玉生烟""两岸青山相对出,孤帆一片日边来""宜将剩勇追穷寇,不可沽名学霸王",每每吟诵这些诗句,我都沉醉其中,自觉这些好诗句都是最好的楹联。

我第一次写楹联是在高中毕业后的第一个春节,面对四面透风的土砖房子,我发誓一定要改变现状。为了抒发壮志,我就一股脑儿写了十多副对联,用糨糊糊在木门柱子木窗框上。虽然因为年代久远,那些对联的具体内容我已无法记起了,但我记得就是那几副对联让我遇到了我人生中的第一位伯乐。那一年春天,开始泛白的春联仍留存着年过月尽后少许的节日氛围,远房表叔郑若儒路过我家门前,看到我写的对联后大加赞赏,说这孩子书没白读,有才华。若儒表叔是我们那里有名的秀才,也是当时一个管理乡镇十所小学的学区辅导员。我们那个叫作生福桥的村子刚好在他的管辖范围,也刚好村里的学校要增加一名民办教师,那时候已经有两名候选人了,一是村书记的儿子,一是若儒表叔自己的女儿。可是若儒表叔硬是要将我推荐进候选人名单,而且坚持要唯才是用,要举行考试选拔。听说要考试,初中未毕业的村书记的儿子主动放弃了,而若儒表叔也做通了他女儿的工作,三个候

选人两个都不参选,我也就顺理成章地进入了村小学,成为一名当时很多人都艳羡的民办教师。

在村子里当老师时,我写的楹联便已小有名气。除了春联和婚联,那时在我们那里时兴男方抬嫁妆时要对对子,对不好对子就抬不动嫁妆。每逢这时,我就会被请去对对子。那些对联都是一些读老书的老先生出的,难度极大。比如有一次出的上联是"黄盖包文枕",从字义上看很普通,就是黄色的铺盖里包有一对鸳鸯枕头,可细细咀嚼却发现这里面藏有两个古人的名字。在女方置办的酒席上,我还在认真思索,待到听说这对新人的介绍人姓关,绰号关公,我的眉头一下舒展开来,对出了"红娘关云长"的下联。出对联的老先生看到当时才二十出头的我,连连说我是青年才俊。

我帮人对对子居多,也偶尔在嫁姑娘时帮人出对子。印象之中有那么两次出对子最后都闹得不是很愉快,想想也怪自己那时年轻气盛,自恃有才,要是现在我绝对不会那样处事的。一次是村里的姑娘嫁到邻近的岱畈村,我给出的上联是"岱畈生福,乡邻从此生活美"。早晨来抬嫁妆的有一群岱畈学校的老师,他们也是被请来对对子的,看到大衣柜上的上联就到我家来请教,可是任凭他们怎么说,我愣是没有告诉他们,以致几位同事颜面扫地,只好买了两条烟和几包糖来换"观音万寿,百姓如今笑颜开"的下联,观音山和万寿桥也是我们那里两个极有名的地名。当然我是没有出面的,都是些大姑娘小媳妇们在起哄,以致后来就有了一群老师还没有一个老师厉害的说法。

另一次是我的表姐出嫁,表姐是嫁到我老婆娘家那边挨着乡政府的地方去的。对了,应该叫未婚妻,因为我老婆那时还没过门。舅舅要我出两副对联,舅舅虽然书读得不多,但却非常喜欢吟诗作对。我给出的上联是"人间双四月",表姐是闰四月出生的,小名也叫双四。虽然我们提早放出了风,说有对子要对,好让对方有所准备,但不知他们是实在找不到会对对子的人,还是不太讲究这些小事,来抬嫁妆的包括我的几个大舅哥在内的所有人都是清一色的大老粗,搞得临近中午了嫁妆还不能抬走,一些庄稼汉的牛脾气上来了,就将轿杠一扔走了。最后我们不得不做工作让他们回来，对对子的事也就不了了之了。事后知道对子是我出的，几个大舅哥就不停地指责我，甚至还排斥了我很长一段时间。

当老师十多年，我已记不清写了多少楹联，但对一些自己比较得意的婚联，还是有些印象的。如和我同龄又是同时毕业的正祥叔结婚时，媳妇名字叫哲贤，我写的婚联是：

正气一身祥云绕居室

哲言几句贤女进家门

朋友善生的新婚妻子名叫冬桂，所以我给他们写的婚联是：

善做脊梁　人生自会完美

冬为季末　丹桂转瞬飘香

2007年母亲去世，那时我已在武汉工作了，坐了几个小时的车赶回村子，想到母亲一生吃了很多苦，晚年时又盲了十多年，不禁泪如泉涌。在悲痛之余，我以自己、妻子和儿子的名义分别为她老人家写了几副挽联，也算是对她的一生做了简要的总结：

当孤儿　做童养媳　命运多舛仍含笑　无论伺候盲人公公　照顾腿伤丈夫　善良谦让　邻里常把贤良说

修水库　挣工分粮　生活再苦也乐观　更兼怜爱年幼孙孙　教导愚鲁儿子　忠厚勤劳　乡亲总以好人夸　（儿子　胡旺生）

勤劳善良堪为媳妇表率

忠厚恭俭实乃母亲风范　（儿媳　刘咏华）

昨日西去　慈颜常入孙儿梦

今朝永别　结草难报祖母恩　（长孙　胡广）

一生勤俭　难忘世间甘苦味

十年摸索　犹闻夜半呼唤声　（次孙　胡宇）

近几年我写的对联也比较多，两个儿子先后结婚，他们的婚联都是我创作的,还是以我最擅长的嵌字联为主要特色。

大儿子胡广和大儿媳锦霞结婚时的婚联:

广大无垠　心胸应似这般豁达

霞光万丈　爱情当然如此明丽

大道无垠　盼事业有成路途宽广

小阳春暖　喜丰收在望身沐彩霞

次子胡宇和小儿媳余丹结婚时,胡宇在东莞新能源工作,余丹在上海华尔街英语培训机构工作,我给他们写了四副婚联:

宇内沐春光　君子品行端正不失男儿本色

丹心向艳阳　佳人举止得当无愧闺秀大家

琼楼玉宇　研究新能源为让大地减少污染

铁血丹心　任教华尔街要使世界尊重东方

高中同学大学同学　如今同学成佳偶

上海工作东莞工作　自此工作在一方

化学英语双硕士

昨夜今朝两重天

我们每年春节都是要回到家乡的,家乡的春节氛围不知要比城里强多少倍,所以我压根儿就没想过在城里过年,而且每年我都会写好春联贴在大门上。我家的春联都是我的倾情之作,不会像市面上售卖的对联那样千篇一律。比如我们家去年的春联就是我专门为儿子儿媳们写的,有感于胡广身为维意市场部区域经理来往粤鄂及全国各地、胡宇在上海联想从事锂电池研究,锦霞微商做得风生水起、余丹的英语培训工作干得相当棒:

湖广奔波钟情维意

淞沪弄潮倾心联想

唇上流利教英语

指尖弹动做微商

而今年我写的春联相对比较多些,主要是为了练习书法。我创作好了春联,然后买了红色龙凤宣纸,书写好对联赠给亲戚朋友。

先从我家的两副春联说起吧,我家的大门的对联是:

为教师立传编名师档案

给企业著述写鄂企传奇

这副对子自然是说的我自己了。2017年我在湖北省教育厅继教中心的支持下主编了我省第一部大型骨干教师传略《湖北名师档案》,出版发行后反响相当好。2018年我又与湖北省企业国际合作协会合作,计划编辑《改革开放四十年:湖北企业风采录》一书,当然工作才刚刚开始,任务想要如期完成还得十分认真、加倍努力。

2017年我们家也算是喜事连连,胡广和两位亲戚合伙在武汉开了家具店,店面在一个大型商场里面,有四百多平方米的面积,看起来十分气派。2017年10月份试营业,到2018年元月底营业额也差不多到了两百万,十几个员工清一色是年轻人,量尺、做方案、谈判,每天都精神抖擞,保持着最佳状态。每每看着他们为了既定的目标而奋斗,我除了对他们的成长感到欣喜外,也暗叹自己已经韶光不再了。

胡宇是结婚后第三天和余丹一起去上海工作的,到2017年也有三个年头了,他们租住在长宁区延安西路的一处房子里,六十平米的房子每月的租金就要五千元。高工资加高消费,不是高工资也是高消费,所以买套房子就成了他们的不二选择。2017年年底,在余丹有资格买房的前提下,他们就举债近两百万元,在松江靠近市区的地方买了一套七十多平米的二手房。虽然还没搬进去,但也算是上海的有房一族了,这毫无疑问是我们家最为重大的事情了。所以在胡宇将房产证发给我的当天,我忍不住在社交软件里分享这件喜事,也收到了许多亲朋好友的祝贺。所以,春节的时候我就写出了如下的对子:

上海安新家终遂心愿

武汉做维意达成目标

再就是妹妹家和堂兄家了。妹妹一家四口人也是天各一方,各自求学、谋生,外甥在湖南大学读书,外甥女在深圳一家科技集团工作,妹夫在武汉的建筑工地上干活,而从来没有出过远门的妹妹去年下半年硬是忍住思乡之苦,帮胡宇他们带了半年的孩子。堂兄在家里原是种庄稼的好把式,因为侄儿在深圳的商店经营得很好,堂兄就去深圳当起了商店的老板。除了商店,侄儿还开有药店,而且药店还开成了连锁。所以这就有了妹妹家和堂兄家的春联:

长沙求学深发展

武汉打工沪带伢

种豆得瓜收成好

创业开店效益高

另外,村部就在利平叔家的旁边。每每回到家乡,我总要去利平叔家坐坐,看到村干部及驻村工作组扎扎实实为家乡父老办事的工作作风,也为他们写了一副春联,以表达我对他们的感激之情:

群众冷暖用心护

村民诉求尽力帮

当然,今年我创作和书写的对联远不止这些,但如果再一一述说的话,这篇文章未免太过冗长,只好就此打住。

大年三十贴春联是我们家乡的乡俗,那天傍晚我们家的对子一贴出来,就被外甥女婿看到了,因为锦霞在社交软件里发出了我家春联的图片。外甥女婿打来电话请求我也为他家写副对子,但是那天已经是除夕晚上了,所以没能如他所愿。但我承诺,来年春节我会为他家提早写好对子,专程送到他家,虽然他家离我们家有近两个小时的车程,但这也是我这个楹联爱好者很乐意做的事情。我还向我们那个有着二十多户人家的小村子里所有的乡亲承诺,来年我会给他们每家送上一副对子。看来,为了实现这个诺言,我除了要好好研习楹联,还必须好好练习书法了。

好 消 息

新年的第一个好消息莫过于小儿子升职。2018年1月7日,小儿子从上海打来电话,告诉我他升职了。听得出来,话筒那边的小儿子抑制不住内心的高兴,这喜悦之情也顺着手机蔓延了过来。升职意味着他的工作得到了公司的认可,同时也意味着加薪,这对于生活在上海那座国际大都市里的小儿子夫妇自然是天大的好消息,毕竟那里消费水平高。

好消息能使人振奋,让人产生一种昂扬向上的精神。这几天我连步子都是轻盈的,有很多事情也都得心应手地完成。这是我每次听到好消息时都会有的心境,庆幸人生有这么多好消息。

在我的印象中,有几个好消息最为难忘。少年时参加中考被录取是第一个好消息。那时初中升高中的考试还没有被冠以"中考"的名字,那时的初中生也不像现在这样普遍可以升学,记得我们全村二十多个同学只有我和我的一位远房叔爷被录取到虽然破旧但却声名远播的古庙河中学。这消息像长了翅膀一样在全村扩散开来,虽说只是考上了高中,但在那时,也比现在考上大学更具有轰动效应。当学校老师敲锣打鼓送来通知书的时候,看热闹的人里三层外三层地将我家围了个水泄不通。那时刚从外面跑回来的我接过通知书的瞬间,四处投来的全是艳羡的目光,谁也没在意我那时正穿着浑身湿透、满是补丁且辨不出底色的衬衣,那个场景不仅使当时的我泪眼婆娑,也使现在的我记忆犹新。说来也是上天成全,1978年我们那一届的高中同学大多成了我们那个地方响当当的人物,有博士后、将军、教授、专家、工程师、教师、企业家。在一次同学聚会上,有个同学开玩笑说:"我还算是喝了不少好酒的,但最好的酒是同学聚会上的酒。"他说的是毕业三十六年重聚的那次同学会,一个同学拿出了1968年产的茅台,而且一次性拿出了八瓶。我们当时喝得高兴,只道是心情好酒也好喝,哪管酒的贵贱。去年同学会时,才有人说我们那次光酒就喝了十多万,听的我们直伸舌头,同时也很赞赏同学的豪爽。

第二个好消息是大儿子出生，我是在带领学生春游回来的船上听到的。当时,学校与我们村子仅有一条小河之隔,我基本上是早出晚归。按理说妻子生产我自然应在身边,可由于学校早就订好了机船要去白莲河春游,作为活动负责人的我不能不参加。虽然早晨出门时,大着肚子的妻子说肚子疼,可能要生了,但我想不会那么巧的,所以也就义无反顾地带领老师和学生们出发了。那时的白莲河虽然没有现在这么多被开发的景点,但大自然将小河和两岸装点得像一位待字闺中的姑娘,温柔中略带羞涩,淳朴里不失大方。目光所到之处皆是美景,引起孩子们一阵阵惊呼,真是太美了。参观完宏伟的大坝和蔚为壮观的泄洪道,我们就在白莲大坝脚下的小镇上休息,顺便吃午餐。安排好学生后,几位老师免不了要在小馆子里喝上两盅。也难怪,平常除了学校就是家里,大家很少有机会出去逛一下。可能是人不知道心知道,当我们举杯之际,正是大儿子出世之时,这是后来推算时间得出的结论。那时没有手机,通信不发达,不像现在随时随地就能了解方方情形。傍晚时分,当我们归来的机船经过乌石山鱼闸时,我才知道我当上了爸爸,一股暖流立即涌上了心头。

第三个好消息是关于小儿子的。小儿子在北京理工大学读研,还未毕业就被锂电池研发生产企业 ATL 聘为电池工程师,签约后他就将这个消息告诉了我。我当时很兴奋,为他所选择的专业,也为他的学有所成。小儿子读书是很用功的,他从小自尊心就很强,小学的时候就有作文获得了全省的奖项,初中高中的成绩也算优异,大学时是校报记者团的首席记者。他考研时选报的专业是北理工的化学电源，据说难度很大，但他还是毅然决然，迎难而上，选了这个专业。记得考试时是元月份，我和朋友老施前去送考，车上载了包括他在内的四个同学。在车上老施问，每年考研录取的比例是多少，一个同学回答说是四分之一。老施说："那岂不是你们四个只有一个能被录取。"为避免影响他们的情绪，我赶紧打圆场，说："那是指整个的情况，他们四个成绩都不错，应该都能录取。"可是事情远没有想象得那么顺当，老施一语成谶，小儿子幸运地成了他们四个同学当中唯一过国家线的那个。后来在北理工的两次面试也顺利过关。小儿子在完成学业时得到了导师的悉心关怀，他的导师也因为学术上的成就，后来当选了中国工程院院士。小儿子在东莞上班后，很快成为ATL的电池研发骨干，及至他到了联想，所从事的还是锂电池研发管理行业，并且经常以客户的身份去ATL对电池研发工作进行督导验收。

最后一个要讲的好消息是关于外甥的，外甥成为县里高考文科状元的消息，我是从县一中高三年级一个班的家长群中获知的，为了让我了解外甥的学习情况，妹夫将我拉到了这个家长群。记得是2017年6月23日中午，班主任王老师在群里发布了有名同学获得全县文科第一名的信息，我的心立即被这消息所吸引。外甥在高中阶段的成绩是很突出的，每次考试他总是稳居前三名，高考后我问过他，他说发挥得应该比较好，但没想到竟然考了个第一。出了文科状元是水乡小镇前所未有的大事，妹夫自是打心眼儿里高兴，憨厚的他成天笑得合不拢嘴。我理解妹夫的心情，他是在庆幸儿女们延续了他的梦。当年因为家里太过困难，本有希望考上大学的他不得不因为生计辍学，到现在年近五十还撑着消瘦的身体在建筑工地上奔忙，用透支体能的代价换取廉价的工钱养活一家子。不过好在他现在有努力打拼的动力了，外甥女和外甥都很争气。外甥女虽然没有发挥出最好的水平，但她那年高考也是考了五百七十多分的，大学学的是英语专业，现在在深圳一家大型企业从事外贸工作，专门和外国人打交道。虽然外甥女出身于水乡的贫困家庭，但无论是在乡村还是在都市，人们一致认为她有大家闺秀的风范，她身上的淑女气质将她衬托得温柔恬静、朴实自然。

当然,除了上面细述的事情以外,五十多年来我所得到的大大小小的好消息成百上千,国家的、单位的、个人的,家庭的、亲戚的、朋友的。诸如,中央一号文件一如既往地关注农业和农村,家乡白莲河被批准建设国家级的湿地公园,老婆的退休工资再度增加,大儿子大儿媳各自的新店开业,正在读幼儿园中班的萱萱参演的节目获得了二等奖。这么多的好消息从各种渠道汇聚而来,形成了一股巨大的正能量洪流,不断地激励我信心满满地阔步前行。

经常看见电视剧和一些书里的狗血情节,一个人对另外一个人说:"有一个好消息和一个坏消息,你愿意先听哪一个?"如果是我,我要告诉他:"我希望听到的全部都是好消息!"我希望每个人都会有接连不断的好消息。

家乡的元宵节

　　春节过后的第一个节日便是元宵佳节。小时候家乡的元宵节红火热闹，令我们这些小孩子精神焕发、神采飞扬。我们随着舞狮子、玩龙灯的浪头疯过了白天，旋即又卷入了赶毛狗（狐狸）兔子的大潮之中。

　　元宵节最盛大的活动莫过于赶毛狗兔子，上百人的队伍，敲锣打鼓，狂呼乱叫，那气势好不威风。月光下，大人们踩着鼓点，以一种扭秧歌的步子来到村子的至高点安仁山。那几年的正月十五仿佛有种特异功能，即使是云遮雾掩，抑或细雨如丝，月色也仍然很好。月光下，我们从安仁山出发，跑遍村里所有的沟沟岭岭，到此序幕才算正式拉开了。而真正的高潮要靠我们去创造，我们当然也乐意为年底能够丰衣足食而卖力气。虽然我至今也理解不了这个"赶走毛狗兔子就能百业和顺"的说法，可儿时的执着与狂热根本就不允许我们去深思熟虑，何况三叔就是这么说的。所以每到一处，锣鼓一停，我们便挺着肚子使劲地喊："啊啊——毛狗兔子，快回老家去啊——"童声缭绕夜空，宛如一曲动人的小合唱。"谁的嗓门大，谁将来就是个真正的男子汉。"三叔说。于是我和伙伴们就亮起嗓门喊，直喊到声音嘶哑。待跑完了整个行程后，才感觉困得不行，一走进家门，就扑在母亲的怀抱里甜甜地睡着了。据母亲后来说，我们当时的睡相很逗人，入梦后依然手舞足蹈地喊叫着。

　　除夕火，元宵灯，今儿个大人是不兴早睡的。坐在灯下，女人做针线，男人叙家常。元宵夜，从爷爷的长旱烟杆里不知流出了多少关于毛狗和兔子的故事，直乐坏了无比神往的老少爷们儿。那朴实动人的故事，陪伴了父亲那一代人。

除了赶毛狗兔子外，家乡的元宵节还有一项活动令人难忘。那时，我和母亲常被外祖父接到他家去过元宵节。吃罢元宵，外祖父照例要请剪子姑娘。外祖父是请剪子姑娘的能手，只见他将一把剪子倒插在桌上，挑一根结实的高粱秆横放在剪子柄上，柄的两端缀上两朵纸花。一切准备就绪，外祖父虔诚地烧上三炷香，口中念念有词，我记得其中好像有这么两句："姑娘要来早些来，莫待深更半夜来，深更半夜露水重，恐湿姑娘绣花鞋。"说来也怪，外祖父诵经似的念了几遍咒语后，那高粱秆便开始转动，越转越快，最后竟然上下翻飞，依稀中剪子也仿佛随之舞动起来。记得当时我手撑着头，看着这眼花缭乱的奇妙景象，心里想着长大后一定要学会这手绝活。

转眼十几年过去了，我也由那个亮着嗓门讨好三叔的孩子变成了一个粗犷的汉子。家乡的变化在意料之中，但每次从单位回到家乡，又觉得十分惊人。因为碰巧又是元宵节，我便向乡亲们问起了昔日的活动，答曰，早已不搞了。是的，我的眼睛不骗我，这几年乡亲们的生活水准有了很大的提高，没有谁再有兴致搞那些传统节目了。更何况电视上元宵晚会的感召力和麻将的诱惑远胜于彼呢。然而，不知什么原因，我心里总有一股酸溜溜的味道，如寻觅童趣，终于不得那般失落与困惑。

（原载于1992年第2期《明月文学》）

清明的追忆

去年清明时节，我接到老家一位堂叔打来的电话，邀请我回去参加家族的祭祖仪式。我紧赶慢赶，可因为路上到处堵车，还是错过了仪式，只来得及和来自几省几县的宗亲们见上一面，吃了顿饭，敬了杯酒，并说上些"自家人不认识自家人""今后要多加联系"之类的话。当然，我没忘记向堂叔表达我迟到的歉意。

怀揣着这份愧疚差不多快一年了。春节后我就决定，今年无论如何都不能迟了，哪怕提前一天都好。然而就在清明快要临近时，却听人说堂叔已经走了，我不禁有些茫然。其实堂叔和我不住一个村子，平常也少有来往，谈不上有什么深厚感情。但几次祭祖仪式他都是组织者之一，看到他为祖先们尽心尽力地忙碌，我深受感动，想不到他这么快也作古了。

人生真是变幻无常，一生的时光太短暂了。今年清明时节，我的感慨似乎比以往任何时候都要多。我想要为那些仙逝了的亲人们写点什么，以表达我对他们的追思。一个个身影在我脑海里闪现，爷爷、父亲、母亲、舅舅、岳父，还有大妈、姑爹、姑奶、细奶。是的，他们已经永远地离开了我们，但我们谁又不是这个世界的匆匆过客呢？最关键的是我们能为这个世界留下点什么，哪怕是一个逗点都好。

爷爷不是我的亲爷爷，据说父亲是在结婚后才过继到爷爷名下的，为的是延续爷爷那一房的香火。从我记事起爷爷的眼睛就看不见了，他唯一能做的事情就是坐在场院里防鸡偷谷吃，为集体，有时也为家里。不过那时家里要晒的东西并不多，但哪怕是几棵白菜他也要求母亲放在外面晒，可能爷爷觉得那是他存在的价值。爷爷很疼爱我，他的白胡须、光脑袋差不多都成了我的玩具，他的怀抱是年幼的我世界里最温暖的地方，甚至他那只有两层皮的乳房也被我吃得有很长的乳头。爷爷活了九十六岁，是我们那地方最高寿的人。但爷爷去世那年正赶上学大寨,男劳力都"开天辟地"去了,队长要回来给爷爷举办个葬礼,但公社派驻的工作组长愣是不答应。最后,只有一些妇孺将我爷爷草草送上了山。时至今日,我依然对这件事耿耿于怀。

我的父母都是善良淳朴的小老百姓,尤其是母亲,可以说中国妇女的传统美德在她身上最能体现。父亲在外面很胆小怕事,在家里脾气却不是很好,他和母亲一年四季都讲不了几句话,就算说话,态度也很差,但母亲却总是逆来顺受,很少和父亲争辩。母亲是理解父亲的,父亲年轻时当过乡丁,由于没有作恶所以没有被扣上帽子,父亲的谨慎大抵也是缘于此。我家在那时是出了名的困难户,大队里有救济名额,第一个就会想到我家。父亲日出而作挣工分,母亲则带着我和妹妹为队里摘棉花、挖芋头、烤芝麻,别人在队里做事时总要偷偷夹一抱什么回去,但母亲从来没有这样做过。她跟我们说穷要穷得硬肘。母亲最使我佩服的本事就是烧火,那时我家不仅缺钱缺粮,还缺柴火,母亲能把山上刚割回来的柴草在没有一点干柴引火的情况下烧得很旺。母亲年轻时照顾爷爷,年老时又要照顾父亲,她说自己生来就是伺候人的命。母亲比父亲小十岁,父亲年迈时母亲的身体还很硬朗,母亲照顾爷爷和父亲都很用心,她的贤良算得上声名远播了。

俗话说屋檐滴水点点不移,当母亲眼睛看不见时,妻子也是很周到地照料她。父亲走时家里的条件还不是很好。十三年后母亲走时家里的境况已经有了很大的改善,我们为母亲办了一场隆重的葬礼,也算是弥补了爷爷走时的缺憾。时光过得飞快,一晃母亲已走了八年了,八年中的每一个春节都是我对母亲怀念最深的时候。每到春节接祖人送祖人的时候,母亲都会对两个孙子说,快给祖人磕头,祖人保佑我们家平安发财。哪怕已经看不见东西了,每当供品摆好后,她那高亢的声音还是会从厨房的火塘边传出。有一天这声音消失了，我才意识到我永远失去母亲了。之后的几年里，每到这个时候，因为没有听到母亲的声音，我心里都有说不出的惆怅，这种感觉是别人很难体会到的。

除了我和妹妹，与母亲最亲近的人就是舅舅了。其实母亲童年时并没有和舅舅生活在一起。母亲几岁时就到一户方姓人家当童养媳，舅舅则在十来岁去给人当裁缝学徒。年长几岁的舅舅对母亲最为疼爱，舅舅成家立业后，母亲回娘家的次数也就越来越多，兄妹的情分已经很深很深了。舅舅一生命途多舛，但依然很乐观，根本看不出来他一生经历过那么多变故。舅舅没有上过一天学，却认识很多字，还会写诗作赋。舅舅的聪明在那个叫作三旺冲的地方是人尽皆知的。他能说唱鼓书，"鼓板一敲响叮当，听我说个唐玄奘。不表西天取经去，单就身世叙端详"。鼓书这行当，虽然现在很少有人记起，但在那个年代，听鼓书却是极好的消遣方式。每当舅舅到我家做客，村子里就像过节一样热闹。吃罢晚饭，乡亲们就会早早来我家等候，舅舅不同于其他的说书人，他所叙述的情节是那么引人入胜，押韵的唱词也是那么悦耳动听，而且他唱的段子都是劝人向善、劝人进取的。听完他的鼓书，第二天我母亲就会收到很多鸡蛋、米、油什么的，那都是乡邻们送给舅舅的礼物。

可惜舅舅这么乐观豁达的人,最终还是没能战胜病魔,在他中风瘫痪五年后,后背又长出了碗大的几个褥疮,他终于不堪病痛的折磨,悄悄爬进了门前的那口水塘。

相比舅舅,岳父的状况却是另一番景象。岳父当了近四十年的村干部,他们那一代老干部在群众的心目中是有着很高地位的,主席教导记心上,党的恩情永不忘。缺吃少穿是那个年代的标志,岳父当时管的是大队里的钱粮,按说再饿也饿不了他们一家吧,但事实上他们一家还是照样挨饿。为了能换些粮票,岳母除了要搞好队里的劳动以外,晚上还跑到公社粮站去筛米,长此以往,岳母便落下了手腕痛、腰痛的毛病。听妻子说,她的身体从小就很弱,是岳母从粮站里用工分换回面粉,做些小粑粑放在柴灶里烧给她吃,一个个小粑粑陪伴妻子度过了整个童年。到现在还听到大舅哥说,他老娘最疼我妻子,烧了粑粑只给她吃。妻子他们家姊妹五个,着实也难为了岳父岳母,养活那么一大家子太不容易了。要说岳父最大的嗜好莫过于喝点小酒,菜是不在乎的,哪怕只有一碗咸菜、一碟花生米,都要喝上两盅。我作为新女婿第一次上门时就被他灌得烂醉,用他的话说不会喝酒算不上男人,那是对我的考验。我家的条件没有他家好,妻子嫁给我后,岳父总担心我们的日子不好过,上有老下有小的。那时我父亲躺在床上不能动,两个孩子又很小,他来我家时有酒都不喝,说能省则省。岳父那么大的酒瘾,到了晚年时却不得不戒了,医生不让他抽烟也不让他喝酒,他的毅力也大得惊人,说戒就戒了,烟酒都没再沾唇,这毅力也让他多活了二年。岳父是在我们还很困难时离开我们的,妻子说要是她爸活到现在的话,看到孙辈们都有点出息了,那该有多高兴啊。

是啊,其实该高兴的还有我的大妈、姑爹、姑奶、细奶,这些我挚爱的亲人们,他们见证了我家的历史变迁。可以谈得上我家荣他们荣,我家兴他们喜。大妈家在离我家百余里的罗田北部地区,她那里离县城近,是我小时候到过的最远的地方,也是常去的地方。虽然每次去她家,我和父亲都要走一天的路,走得我腿发软脚抽筋,但大妈家仍然是我最向往的地方，因为每次去的时候大妈都会倾其所有给我弄好吃的。大妈精明强干，到了八十多岁时还是耳不聋眼不花。后来我每年春节还是非去大妈家不可的，当然这个时候我去就是另一番意义了。

姑爹姑妈离开我们已经二十多年了，但那两个一高一矮的身影在我脑海里早就定格成了永远。姑爹高大，他看上去要比姑妈高一个脑袋还不止，他们过得很合拍，生活很和谐。小时候他家我也是常去的，我母亲就是为他们的兄弟做童养媳，后来他们的兄弟到了台湾，母亲就嫁到了我家，他们把我母亲当妹妹看待。按说我应该叫他们舅舅舅妈，不知为什么叫成了这样。记忆里姑爹总爱给我讲吕蒙正困寒窑的故事，鼓励我要好好读书，将来好出人头地。姑妈则迈着小脚到学校给我送菜，不仅给我送，就连我同学的菜她都给送，这大概就是所谓的爱屋及乌了。细奶和我家的血缘很远，但关系很近，我们两家左邻右舍的，本就互相照应着。细奶是湾子里最热心的人，谁家有红白喜事都是少不了她的。湾子里哪家有了矛盾，婆媳吵个架，父子言语失和，都会找她去调解，因为她的话句句在理，所以大家都很听她的。只要她出面，很多问题都会迎刃而解。记得有一次我的钱掉了，恰巧被她捡到了，在我还没发现丢钱时她就让孙女将钱送来了，我还很好奇她怎么知道钱是我的，她一笑，说："我知道你喜欢把钱卷成一团，除了你还会是谁。"还真是，她竟然这么了解我的生活细节，我这才懂了她受人尊敬的原因。那是因为智者除了要有缜密的思考外，还要处处做一个有心人。细奶走的这些年，虽然村子里表面上没啥变化，该怎样还怎样，但我总觉得少了往日那种内在的热闹劲。

半个月前,武汉这座城市里就有人开始筹划清明扫墓了,那些炫富的人买名贵的花、扎奢华的供品、开豪华的车去墓地。他们带着什么样的心境去扫墓我不知道,我只知道应该给逝去的亲人们一片静土,让他们远离这人世间的纷扰。也许他们是厌烦了这些才离开的,也许他们是太累了需要休息。

如数家珍般写了这些文字,别人或许没被感动,但我自己是真正被感动了。不是说我的笔力如何好,而是我觉得我的灵魂被触摸到了。文字不能代表什么,但这个时候的文字比焚烧再多纸钱更能告慰他们的在天之灵。

绿

　　南国的绿，究竟是厚重得多。在广州的一家果林场里，我才找到了南国真正的可爱之处。正是新雨过后，路上和野地里的水汩汩流淌的时候，心境和感受格外不同。朋友说，置身绿中，思乡之情总该淡了些吧。我笑着点了点头，平生无他趣，不爱红装爱绿装。

　　南国的绿当首推那些婀娜如少女般的果树，她们蓬松的发上无不点缀着或浓或淡的花朵。看到荔枝树的翩翩舞姿和成串的新果，我不禁想起了杨贵妃，难怪这位绝代佳人那么艳羡南方的荔枝。荔枝美，人更美，不难想象那幅图景是怎样地令风流皇帝沉醉。只可惜现在不是荔枝成熟的季节，要不然我除了饱眼福以外还可以饱口福了。再就是龙眼，我不知道这名字是不是与龙有关，淡淡的白花开满了大树小树。南方的果树数龙眼和香蕉最多，可以称得上是漫山遍野了。龙眼树的枝儿很密，铜钱大的叶儿把树干遮得严严实实。与龙眼树相比，香蕉树则显得高大又挺拔，厚实的叶子将树身衬得气势过人。而广柑呢，田野里绿得发青的叶子中伸出无数朵雪白的小花，仿佛小姑娘发中的白蝴蝶结，高雅又文静。再看那两三层的住宅楼，零星缀在浓郁的绿中，更增加了一种现代田园之美。小桥流水人家的门前，杨梅和石榴一娇一贵争展妍姿，仿佛在告诉人们，他们主人的家道是何等殷实。

南国除了漫山遍野的果树绿,如茵的绿草和禾苗给人绿的韵味也很浓。倦了累了,往草坪一躺,仿佛重新回到了母亲的怀抱,绿的亲切迎面扑来,舒服和惬意不可名状。在这里奔忙了几个月,虽然熟悉了楼群,习惯了喧嚷,但当久违了的庄稼出现在眼前时,我不禁有些激动。谁叫我是农民的儿子呢?自幼就在绿色之中摸爬滚打惯了。和家乡的父老乡亲一样,我也觉得那迎风摇曳正茁壮成长的禾苗是希望的所在。

这就又使我想起了家乡的绿。家乡的绿不同于这南国,家乡的绿不如这般青翠欲滴,家乡的绿清淡而又沉稳。

我爱南方这深重的绿,更爱家乡那平淡的绿。

(原载于 1995 年第 1 期《明月文学》)

同 学 会

2016年是一个令人难以忘怀的年份,新年第二天,阔别了三十六年的高中同学终于如愿在母校古庙河中学重聚。

那天是我在上海出生的孙女禾禾回到老家举办满月庆典的日子,一百多位亲戚朋友坐满了我老家的院子,可是我却无暇顾及他们。同学们天南海北各处异地,不要说相见,就连彼此的音讯也是知之甚少,所以我怎能不如期而至呢?与三十多年没有见过面的同学相聚,让我激动得不能自已,这个难得的机会我不能失去。

当我走进临时布置的教室时,同学们都到得差不多了。当年留校任教的两位同学昌凯和青春尽地主之谊,把教室布置得有模有样,黑板上"铭记师恩,不忘同窗"的美术字苍劲有力,由课桌拼成的长方形会议桌上放满了鲜花瓜果,气氛非常温馨。还有宝玉同学专门晒制的苕果,这乡村特产吃起来特别香甜脆爽,让同学们找到了儿时的感觉。

主持人云良宣布会议开始了,随即每位同学开始介绍自己的过往和现状。大家发言都很积极,无论是教授格升,还是律师袁伟,抑或是当了官的从富、桂清、井利,听得出来大家心情都很激动。是呀,想当年我们都是翩翩少年,激情四射,志向和追求引领着我们勇往直前。如今我们都已经两鬓斑白,华发丛生,很多都已是爷爷奶奶了,青春不再,人生也就从此定形。

同学们都介绍完了自己,会议自然也就结束了,议程就这么简单。接下来就是合影留念的重要时刻。说到合影,晓霞保存的那张1981年的毕业照就显得弥足珍贵了。一群稚气未脱的阳光少年外加很多已经作古的师长构成了一幅最美的图画。合影时大家没有依照现在的境况去排什么座次,大家记住的还是学生时代的天真无邪。老班长被众星捧月般地推到了前排女同学的中间,我们紧紧地站成两排,我们笑靥如花亲密无间。当双林按下快门的那一刹那,我们脸上绽放的光彩和这一天一样成为永恒。

中午,在古庙河小镇餐馆简陋的大棚里,我们欢聚一堂,开怀畅饮。尽管这里条件很差,可丝毫不影响我们的心情,相反,这样的场合最适合我们畅快淋漓地表达。白莲河的鱼和乡村的土菜,让我们这群从乡村中走出去的,以及生活在乡村的人更加亲密,更加彰显我们的本色。我们穿梭在酒席之间,恨不得要敬每个同学一大杯,仿佛只有这样才能够缩短三十六年的距离。

那天同学会以后,我们就多了很多的亲戚——四川的助华,武汉的郎田,罗田的春宵、玉兰、友桃。从此我们不再孤单,我们彼此多了一份牵挂。那天我们形成了决议,小聚会年年有,大聚会三五年一次,这真是个令人欢呼雀跃的决定,使我们在平静的生活中又多了一份期盼。

我想用博士后将军龙飞同学的一首诗作为这次活动的总结:三十六年再聚,二十四人相迎;稚气纯真还在,皱纹鬓霜分明;儿时读书求学,成年各奔前程;富贵悠闲各异,同窗情谊长存。

(原载于2016年第85期《掌上罗田》)

我的家乡生福桥

我的家乡在大别山深处的一个小村子里。村子的前面是白莲河水库，白莲河很大，跨了英罗浠三县的地界。我们那村子就坐落在水库库尾的岸上，背靠着安仁山，面朝着白莲河，青山环绿水绕，环境优美，空气清新。我们村子还有个响亮的名字叫生福桥。我在学校当老师时就为这个名字激动不已，因为查遍罗田全县的行政村，如我们村子般有意义的村名绝对是凤毛麟角。所以从那时候起，我就对我们村子是风水宝地这一观点深信不疑，虽然到现在我们那儿也没出过什么大人物，但我相信那是迟早的事情。再说也不一定非要有达官贵人，单就村子里崇尚文化的氛围就足以让人刮目相看，不说现在差不多家家都有一两个大学生，单就博士硕士就有十几名之多。当然，崇尚读书也使我们那个小村子的很多人相继走了出来，北京的中关村、深圳的华为、上海的联想、武汉的光谷，全国很多大中城市里都有生福桥人忙碌的身影。

村子被冠名为生福桥，据说是当时还没建水库时，小河上有座小桥的缘故。相传小桥的建立是有神仙相助的，而神仙是被我们祖先的善良和勤劳所感动，也就是所谓的福报。那小桥我是真切地见过几回的。那时候水位没有现在这么高，每到枯水季节，大坝外的庄稼需要灌溉，发电也需要正常进行，河水水位线就在天天下降，直到有一天终于露出了传说中的小桥。小桥没有想象中伟岸，用石头砌成的桥墩上，摆放着三根整齐的石条，一米多宽，十来米长，河水的浸泡让其表面长满了青苔。因为河水几十年的冲刷洗礼，桥墩边没有泥土和石灰，只有依然结实的桥墩和桥面在小河河道上矗立着，宛如一座孤独的小城堡。再后来，河水退了又涨，涨了又退，我印象中又见过那么几回小桥。

家乡有太多儿时的记忆，上山捡柴和下河摸鱼是我最常做的两件事情。

那时的山不像现在这样进不去人,山上会有很宽的人行路,没有路踩出一条路也是很简单的。每到放学后或者节假日,我们一群小伙伴儿就会挎着背篓、带着镰刀去山上捡柴,枯树枝和掉在地上的松球是我们的首选。我们还会砍下带有松油的树枝,这种树枝被我们称为亮角,亮角因为有油,烧起来吱吱响,而且烧的时间长。那个时候煤油很金贵,不是所有家庭都有,所以拿着个墨汁瓶改装的油灯去邻居家借油点灯,是大多数家庭都有过的经历。没有煤油的情况下,家里有时也会用亮角点灯应急,这时我和妹妹从山上捡回来的亮角就发挥了作用。当然,年纪小不懂事时,难免会做一些现在回想起来不可思议的事,那就是捡柴的时候要砍两棵拳头粗的小树,大树砍不动,只有拿小树出气了。将小树砍掉,再分作几段放在背篓里,上面再放一些干柴作掩护,任务就算完成了。于是我们就有时间在山上嬉戏打闹,对着群山大声喊叫,听着山谷的回声,总以为还有一群和我们一样的小伙伴在和我们较量。

除了捡柴就是摸鱼,这两项活动伴随我们度过了整个童年时代。摸鱼主要在夏天进行,说是摸鱼,其实我们也会带上鱼叉和渔网。将渔网拦在河沟稍微狭窄之处,然后从上面往下驱赶小鱼,渔网的口袋底就会有很多小鱼。涨水时或下着雨的夜晚,水库的浅水处就会聚集很多人,一把鱼叉,一个手电筒,两个人一组,人多却不嘈杂,大家都是轻手轻脚的。记得当时我被堂哥邀为搭档,堂哥大我十多岁,是成年人了。鱼和水一起上来时,我拿着手电筒一照,堂哥立马眼疾手快地拿鱼叉往鱼身上一刺,鱼便被穿在鱼叉上。这个手法有些残忍,所以有时我们也会用另一种方法捕鱼,那就是将木桶的底去掉,看到有鱼时就将木桶很快地向水下一按,鱼就被箍住了。最好箍的鱼是鲫鱼,我们一个晚上往往能搞到十几斤。退水时，我们抓鱼的办法更为奇特，那就是围堰捕鱼。因为水库没有蓄水之前是一块块稻田，即使蓄水了，原来的田埂还在。我们就在退水但还没完全露出田埂时，在原来的稻田里取土围堰，留下几个豁口，在围堰里面洒下麦麸和米糠等鱼饵，凌晨等鱼进得差不多了，提几捆稻草将豁口一封，鱼就被拦在里面了。接下来分两种情况，一是如果水退得快，我们就用渔网或者篾制的器具拦住豁口等水退，等到水完全退下去后就剩下满堰满田的鱼虾了。那时的野鱼很多，往往一个围堰要捕上百斤，有的甚至远不止这个数字。还有一种情况是水退得慢，那我们也有办法，就是将豁口堵死，用小桶大盆将里面的水往外舀，直到将围堰里的水舀干，可以直接抓鱼为止。围堰捕鱼是个力气活，要筑田埂围堰，还要舀水抽水，所以一般都是我们一群小伙伴合作，有时甚至还要拉上家长参与才能干得动。

儿时的记忆随着时光的消逝，多半都找寻不见了，但是每次回到家乡，关于家乡山和水的故事总会浮现在我脑海里。有人说，人到中年都会怀旧，但我认为这不是怀旧，因为这些我从来就不曾淡忘。湾子背后的安仁山我有几十年没有上去过，也不知山上的毛狗洞还有没有狐狸出没。湾前的白莲河水也很少去蹚，因为下游的大坝旁建起了抽水蓄能的电站，河水再也没有原来大起大落的状况，所以再也不会有围堰捕鱼的场面出现了。

庆幸的是，我没有丝毫的失落感，每每从喧哗的大都市归来，都会发现随着时代的进步，家乡也在改变着模样。

尤其是近年来，有关家乡生福桥的好消息更是一个接着一个。先是修好了通到各家各户的水泥路，紧接着是白莲河要建成湿地公园，再就是要修环库公路，而这个分为内环和外环的环库公路很有可能要从我们村子前面通过。前些天村主任发到社交软件里的一张图坐实了消息，不仅路要通过我们村子，而且要给我们建一座生福桥大桥。听到这个令人振奋的好消息，大家瞬间炸开了锅，议论纷纷，用尽了最好的赞美之词。也许是天意，从设计图纸的位置上看，大桥正好是从那座小桥的上方凌空而起，生福桥终于要实至名归了。村主任说，他从镇政府拿到图纸的第一个想法就是要告诉我们这些在外面工作的乡亲,于是他第一时间将图纸拍了照片发出来。是的,有谁不兴奋异常呢?时刻关注家乡变化的莫过于我们这些在外漂泊的游子,虽然我们这些人大多在外面买了房安了家,但我们的心无时无刻不在牵挂着那片生于斯长于斯的热土。是的,那片土地还很贫瘠,不长高楼、不长洋房、不长酒店和超市,唯一能长的就是不算高产的庄稼,还有山上的树木和院里的猪牛羊、鸡鸭鹅。但是,随着政策的诸多利好,家乡的变化我们也看在眼里喜在心里,比如村子里家家都盖起了二层小楼,比如湾里的小矮房、杂屋子都被拆除,取而代之的是宽阔的水泥广场,闲暇之余也有嫂子婶子在跳广场舞,虽然那舞步不算优雅,但你能说这不是乡村在与时俱进吗?

　　生福大桥什么时候开建目前还没有定论,但环库公路是要在两年内建成的,所以建桥的时间也许在今年,最迟也不会超过明年。家乡那边开始安排划线拆迁了,我巴不得这两年的时光赶紧溜走,好让我回到家乡走在生福大桥上。我要站在大桥的人行道处,手扶桥栏杆,环望整个村子,尽情漫游在自己的思绪中;我还要专门将车开上大桥,然后绕村一周,放飞自己的梦想;我更要大声唱出我的欢喜之情。对了,我忘记了我唱歌不行,那就用笔写出我的感受。我写诗写散文,我用带着真挚情感的笔墨,饱蘸对家乡的热爱,书写时代变迁。我想,这样写出的文章只能获得点赞,谁还会在意我的文采呢?

(原载于2017年第33期《大健康报》)

我的家乡有条河

我的家乡不富有,但乡亲们都为家乡有条河而骄傲。

小河来自很远的地方,哗哗地唱着歌儿流到我们这儿,便和我们这里的父老乡亲结下了不解之缘。确切地说,是小河哺育了我的父老乡亲。

小河不大,但蔚为壮观,似一条绸带从村旁绕过,更像秀颀脖颈上的一条银色项链。而沿岸倒映在小河里青松翠柏的倩影更是把小河装点成一位温柔恬静、光彩照人的姑娘。小河虽然也不乏滚滚波涛,但更多的时候还是涟漪轻荡。若是约几位友人,荡一叶小舟,其情其趣妙不可言。

而今的小河更具特色,上游落差大的地方建立起了小型水电站,门前多了几道拦河网。水电站的建立,给乡亲们带来了太多的方便。从此,电灯、日光灯里少了许许多多的焦虑,电视机前的笑声冲淡了女人们对麻将桌的忧虑。姑娘们再也不局限于坐在家里做针线活儿,她们敢在明亮的灯光下跳迪斯科,也敢约小伙儿去河边散步。至于有人问拦河网内有多少鱼虾,这恐怕就不能以斤两来估量了。只要你泛舟河上,游鱼定会和你嬉戏,伸手便可捞得一两条,一称绝不下四五斤。乡亲们好客,来了客人总是用鱼儿招待。每逢客人来,那便是主人们大显身手的好机会。一样的鱼儿,烧出来的味道截然不同。直到客人品鱼后,不住地点头称赞,主人的一颗心才算落了地。对于家乡的农业生产,小河更是立下汗马功劳。大旱之年能得丰收,自然是多亏了小河。家乡地处山区,旱灾很常见。每逢这时,沿岸近百座排灌站就会发挥作用,使河水倒流进饥渴的禾苗的心里。岸上,马达轰鸣;河里,机器隆隆,谁能说这不是一首别具风味的交响乐呢?

使人流连的还有小河醉人的神韵。平波轻浪的河面上,不时飘来拉网小伙儿骚动的"嗬嗬"声以及渔姑带有韵味的"渔歌":"小小船儿两头尖,哥哥是桨妹是船,河水有情船有意,哥哥为何不划船……",歌儿是从一个叫幺妹的姑娘的船上飘来的。

拉网小伙儿一阵欢呼。

"二狗,这么好的船你不划。"有人对站在船头愣着的小伙说,"好你个没用的东西。"

被叫作二狗的小伙儿脸一红。

"哈哈哈……"大家又是一阵欢呼。

小河顷刻间被笑声装满了。

我的家乡有条河,和乡亲们一样,我为家乡有条河而骄傲。

(原载于1993年11月《罗田信息报》)

我为家乡写春联

猪年春节,我照例是回到黄冈白莲河畔的小村子里过的。近二十年了,我从未改变过这一习惯,尽管平日城里很是繁闹,但每到过年时却总是异常冷清。"年味还是在乡村"是这些年我一直有的信念。再说乡里乡亲、亲戚朋友平常都很少见面,不趁过年时来一次亲密接触,那不是要断了往来吗?虽然在接祖人时早已没有了老母亲在灶堂里喊出的那句"祖人保护,行时发财",继之以妻所作的一番平安幸福的祈祷,虽然小儿子一再邀请我们去上海,但我还是开车载着妻回到了老家,好在大儿子他们一家三口也定会在除夕那天回来过年。

家乡的年是从腊月二十四开始的,童谣唱"二十四过年始"嘛。虽然现在过年也简化了不少程序,但是有些程序却是必不可少的,贴春联就是其中之一。

大红灯笼高高挂,大红对联门上贴,为的就是增加节日气氛。一直

以来春联分两种：买来的，书法好，意境也不错，只是难免千篇一律；自撰的，按照各自家庭的特点创作，应时应景。我历来是倾向于后一种的。说来惭愧，前些年书法见不得人，就自己创作好春联，找人书写。这两年我有意学习书法，工作之余时不时拿起笔来写写画画，居然有了很大的进步。字能上墙了，胆魄就足了，除了自家的以外，亲戚家和湾里今年的春联，大部分都出自我的手笔。虽然不常见面，但对他们的情况我还是比较了解的，所以看了这些春联的人都说，的确写到了点子上。

先说说自己家的两副春联。在联想工作的小儿子以往也是从来没在外面过过年的，去年新买了房子，才提出第一年要在新家过年，就将岳父岳母从英山接到了上海。而在武汉开了维意定制家具店的大儿子一家担心我和他妈妈过年不热闹，特意提早结束在云南旅游的行程，于除夕那天飞回武汉，再开车回到老家。所以我家的第一副春联是：维意联想同发展，黄冈上海共过年。我家的另一副春联主要是写我的：知识要从学习得，成功源于奋斗来。不是炫耀，而是要勉励自己，我参与经营《成功》杂志多年，也注册了一家教育发展机构，但事业并没有多大建树，惶恐不已。认真学习、努力奋斗才是我们应有的姿态，哪怕是中年或暮年。

外甥女婿刚过而立之年便已是一家上市公司的高管，他负责市场开发和全国新专卖店的加盟工作，光是公司配给他的原始股就价值不菲。不仅如此，他的父亲本是做装修业务的，注重质量是其一贯的风格，这样一来亲家依托外甥女婿更是如鱼得水，带着他的装修队去年接了近三十家装修店面的活儿，而且家家都获得了好评。因此，我为他家书写了这样的春联：新店装修品质好，团队领导水平高。上联是写亲家的，下联则是对外甥女婿的总结。

湾里的春联创作是从一个叫艳飞的人家里拉开帷幕的。腊月二十八，艳飞的女儿出嫁，他叫人送来一包烟，说是要结合姑娘出嫁为他家写一副春联。烟我是不抽的，但因为是喜烟，所以也不好拂了人家的心意。艳飞夫妻是那种勤勤恳恳又很节俭的人，他女儿曾经是我的学生，是个很温顺的姑娘。听说艳飞去年的光景不怎么好，在去江苏的路上，他由于过度紧张误撞了一位清洁工，赔了不少钱，还有年中的时候委托姨妹回来办事,不想姨妹半道翻了车,这一连串的意外对他的打击很大。我们那个地方都相信时运,看来他当年的时运是走低了,于是我的春联有了:勤俭家出乖巧女,吉祥门迎顺平年。希望艳飞家从猪年起,走的都是平安顺遂的路。艳飞的兄弟叫细飞,他的房子和他哥哥的房子紧挨着,老母亲和细飞住在一起,母慈子孝。为了彰显喜庆气氛,加深母子及兄弟之间的感情,我也为细飞家写了一副春联:兄弟间和顺最贵,家庭中敬爱为先。

侄儿在深圳经营多年,现在也算是做出了成绩。到去年为止,他已在深圳开了四家药店和一家小商店,前两年把他老爸老妈接去了深圳,老妈给他带孩子,老爸就帮忙在小商店里看店卖货。每到过年,侄儿一家就会从深圳开车回罗田,家里的房子是前几年刚建的,厅大房间大,装饰家具都上档次。侄儿还没在深圳买房,他的钱都用于再生产了,我很欣赏他这一点,这是有眼光的表现。在深圳赚钱,拿回老家消费,这也算得上是支持家乡的经济建设了。这两年我为他家写的春联都是围绕这个主题的,今年的春联是:深圳打拼为发展,罗田居家享天伦。

在江苏无锡做了多年装潢的正叔一直是我们湾里最会打算盘的人。虽然读书不多,但他属于那种绝顶聪明的人。有个小笑话到现在还常被提起,那时正叔的身材很单薄,总是一副弱不禁风的样子,有人问他,你干活怎么这样有气无力呀,他说他大概是被阴兵给捉了。正叔弟兄多,待到他们一个大家分成几个小家后,大家看到的又完全是另一番情形。看到他成天系紧腰带起早贪黑地做事,有人取笑他,现在怎么又成这样了,他说他把命给拼了。这当然是笑话,那时的正叔身了弱的确是事实,分家后不卖力又怎么能养活妻儿。后来村里人都出去打工了,正叔也去了江苏,他本来就有木匠的手艺,所以干起装潢自是轻车熟路。先是自己做,后是带着儿子做,如今更是成了当地有名的包工头。赚了钱后,他在张家港买了一套一百四十多平米的房子,自此全家六口有了舒适的居住环境。听说在罗田县城买房有补助,去年年底他又花了近八十万买下了一套县城的房子,以便将来孙子孙女享受县城优质的教育资源。我让妻给他家送去的春联是:技巧精良通苏锡,勤劳节俭好人家。

平叔的家原本也是同我们一个湾子,后来搬到了隔着一条小河的村部旁边,村部其实是原来的村小学,我曾经工作过的地方。后来学校撤销了,村部就建在那儿了。因为有村干部上班,还有扶贫工作组长期在那儿驻扎,村里的人有事没事总喜欢去凑个热闹,所以平叔家就理所当然地成了全村的文化中心了。也许是受了这文化氛围的浸染,平叔的女儿读书很用功,以优异的成绩从县一中考取了淮北师范大学。报考时我帮她查过这所学校的情况,淮师的前身是淮北煤炭学院,淮北产煤差不多是我们这一代人人皆知的事情。所以,平叔家的春联是:家居村部繁华处,学求淮北煤炭乡。

家持叔这些年的经济情况不太好,自己虽然有一把子力气,可毕竟已是六十多岁的人了。但他是幸福的,姑娘虽然远嫁江苏,但是每年的春节都是必须回来陪他过的,而且每次回来都会装满一车吃的用的。平常他也是带着孙女在江苏那边生活,边照顾孙女上学边打些零工,他在社交软件上发布的内容都是有关孙女的,满满的都是爱。所以,家持叔家的春联是:孙女天真邻里爱,姑娘孝顺远近知。

栋良的两个儿子也都算是有出息的:老大在深圳一家公司工作,经常出国跑业务,年薪二三十万,现在在深圳也有房有车;老二读的是航务专业,目前在一所远洋船上当轮机手,世界各国到处跑。我为他家写的春联是:深圳城里佳讯到,远洋船上捷报回。

喜看全村奔小康,盼娶媳妇过大年。这副春联是金芳心境的真实写照,村里的,湾里的,还有自家的日子都过好了,要是能早日娶上儿媳妇那就再圆满不过了。

其实,盼娶儿媳不是金芳一个人的心愿,随着儿子年龄的增长,越来越多的母亲夜不能寐。母亲们的担忧不是没有道理,因为大家动不动就数着哪个湾哪个村还有多少大龄男青年,三十多甚至四十几的单身男青年大有人在,"僧多粥少"的问题已经很严峻了。数数的人自然不是幸灾乐祸,他们的隐忧在短时间内无法消除,但我还是要在心底默默祝福金芳她们早日实现自己的愿望。

春节在春天的脚步中渐渐远去了。俗话说得好,"打鼓的打鼓,落腾的落腾"。是的,没有那一份期待,就无法有那一份动力,一分耕耘才会有一分收获。相信只要我的乡亲们在新年里不断努力,就一定会缩短与梦想之间的距离。待到下一个"千门万户曈曈日,总把新桃换旧符"的日子,我会将更加优美的词句写进春联里。

(原载于 2020 年第 1 期《湖北素质教育》)

想起童谣

也许是职业的缘故吧,我时常记起儿时那些爱唱的歌谣。有时想着想着,竟有一种莫名的激动,儿时那些天真烂漫的场景便又清晰地回到脑海中。

那时候,我们最爱唱的歌是"泡桐树,泡桐丫,泡桐树下好人家。生的儿子会写字,生的女儿会绣花……"。看到高大的泡桐树宽厚的大叶子所投下的巨大倒影,我们一边唱,一边玩起了过家家。那是真正属于我们自己的家,在这个充满欢乐气氛的家里,伙伴们有人扮"爸爸",也有人扮"妈妈",这个家里的"爸爸妈妈"不像有些现实生活中的爸爸妈妈一样专横严厉,动辄训斥打骂。他们可以与"儿女"共饮一杯"酒",同吃一碗"饭",平等得让你分辨不出长幼,而且更重要的是"爸爸妈妈"还可以轮流着当。轮到我与湾里的一名叫叶叶的女孩当"爸妈"的时候,我们的心里都打着小鼓。当我扛着"锄头"从地里回来,看见叶叶正在"灶台"上忙碌着,当香味从"锅里"飘出来时,我便叫起了"孩子他妈"。叶叶也低头说:"'孩子他爸'回来了。"一说完,叶叶的脸便红得像熟透了的苹果。也许正是小时候常玩过家家的缘故,我和叶叶后来果真有那么一段超乎寻常的情谊,虽然这段情终未有个好的结果。

那时候，我们会唱好多好多歌谣，比如"黄鸡公儿尾巴拖，三岁伢儿会唱歌。不是爷娘教给我，是我聪明学来的歌……""月亮走，我也走，我帮月亮提花篓，提到园门口……""山鸦雀，尾巴长，哪有女儿不欠娘。打开窗子望月亮，打开大门哭一场……"。这些歌谣伴着我们一路成长，又把我们从学校送入社会。我们唱着歌谣一路走去，又唱着歌谣一路走来。

如今的孩子已今非昔比了，他们不再唱那古老的童谣了。他们很幸运，只潇洒地哼着流行歌曲。看着孩子们哼流行歌曲时的神态，我不禁有些茫然。时过境迁，我们再也无法找到儿时的影子了。

（原载于 1995 年第 193 期《湖北教育报》）

遥远的大枫树

前些天,我终于和儿时的几位兄弟相聚在故乡的稻场上,我们很自然地聊到了一些逝去的时光,以及在那些时光里发生的事情。那天权哥突然提到了大枫树,问我们还记不记得。我说当然记得,我曾几次梦到了它。刹那间我们都陷入了对大枫树的回忆当中,有关大枫树的记忆开始变得真切起来。

那个时候我们家还没有搬到另外一个湾子里,我们当时所在的湾子叫学堂咀,一个很好听的名字。大枫树就长在湾前一块很大的平地上,树很粗,要几个人合围才能抱得过来,绿荫遮盖了好几间房屋,怕是已经长了上百年。我们一群孩子在那里嬉戏、读书、过家家,那里也盛满了我们童年所有的快乐。春天,我们将树上鸟儿嬉戏时弄掉的嫩芽捧在手上,心疼半天,甚至想要将它们重新接到古老的树干上;夏天,我们早起去树下捡小鱼和泥鳅,幸运的话一早晨可以捡回一大碗,那是在树上搭窝的池鹭给孩子喂食时不小心掉下来的;秋天,树上掉下的枫球就成了上等的柴火,枫球晒干后烧起来噼啪作响,特别是放在火炉里,温暖了我们的整个童年;冬天,每逢下雪的时候,我们就从远处铲雪过来,在树下堆雪人。儿时的我们当然不知道外面的世界里还有游乐场和幼儿园,所以大枫树下就是我们最心驰神往的地方。

然而,后来大枫树遭遇的一次变故让我们酸楚不已。那就是雷将大枫树一半枝丫给劈掉了,湾里的长者说大枫树里有蛇精,是老天收蛇精时误伤了大枫树,很快大枫树就会长出新的枝丫。我们对这些话半信半疑,心里有很长一段时间因为大枫树被劈而不能释怀。后来大枫树果真长出了新的枝丫,虽然无法恢复原来的样子,但总算没有让我们太过失望。

可是再后来,令我们痛彻心扉的事情发生了——大枫树被连根拔起了。俗话说"细伢记得千年事",所以提到大枫树,我们就恨死了那个杀牛的人,是他夺去了我们童年的最爱。记得那是一个炎热的夏天,大队的佟会计领着那个杀牛的人来到了大枫树下,他们好像在比画着什么,当时我们以为他们是在赞叹大枫树的枝繁叶茂,所以我们也就没有在意。不过那时年幼的我们,即使知道这个人除了杀牛外还要杀树,也是无能为力的。直到有一天放学后,我们目睹了大枫树的轰然倒塌,才意识到欢乐的童年也将随着大枫树的远去而远去。峰哥甚至哭着伏在大枫树上不让大人们砍去枝丫,庆哥捧着白色的锯末说那是大枫树流出来的血。那天晚上,我们齐聚树下,仿佛是为了送大枫树最后一程,喧闹的我们不再喧闹,小伙伴们你望着我,我望着你,一脸悲戚忧伤。自那次以后,我们就再也没有去大枫树那里玩耍了。那个杀牛的人带人在那里搞了半个月。那时没有电锯,都是搭好架子两个人抬着大锯在那里你拉我拽的,一天下来累死累活也锯不了几块板子。但半个月过后,他们还是将那些锯得整整齐齐的板子送到万寿桥那里,装在卡车上拖到外地去了。大枫树没有了,大人们连树墩树根都没放过,刨的刨挖的挖,到最后只剩下了大的凼、小的坑。后来沟沟坎坎也被填平,种上了麦子和黄豆。一切又趋于平静,仿佛这块土地上从来就没有长过大枫树一样。

　　但这只是村外人的感觉,要将大枫树的记忆从湾里的小伙伴们脑子里抹去那是不可能的。因为大枫树是和我们的童年长在一起的,即使后来大枫树被人夺去了生命,但它的灵魂还是没有离开我们。所以这次权哥一说到大枫树我们就陷入了沉思，大家总结说，要是现在，我们不会让那些人的阴谋得逞。不就是有几个臭钱嘛，不就是能和当时的大队干部串通一气嘛，放在现在，这些我们都能轻松处理。

　　几十年过去了，我们这些昔日的小伙伴早已是中年大叔了。大枫树的年代自然变得越来越遥远，正如乡村的记忆在一些人心目中越来越淡一样。固然我们心中还有大枫树的影子，但我还是担心这些影子终究有散去的那一天。不过不管怎么样，我是一定要尽可能地保留那曾经的美好直到永远的。

（原载于 2020 年 6 月《湖北素质教育》）

远离谎言

这世界大概很少有人没有说过假话,姑且不论这假话是善意还是恶意的,是有害还是无害的,反正终归是背离了事实。

我自认不是爱说谎话的人,却也有那么一回两回,有意无意地说了假话。

早些时候,一位朋友的父亲得了癌症,家里人没有把真相告诉他,只说他患了一般的慢性病。那位老伯对我很信任,几次用眼睛向我问询,可我害怕那消息会使他丧失对生活的信心,害怕他没有勇气面对残酷的现实,只好也如他的家人般用谎言欺骗了他,以至于老人至死都不知自己得了什么病。我不知我说的假话对垂危的病人有没有一点帮助,但我知道,我的谎言上有一层美丽善良的外衣。

去年桃花盛开的时节,我和几个朋友相约去北京旅游,途经武汉,看到一张治疗咽炎的广告,正好我的咽部不适已经有一段时间了。按广告所写的地址,我找到了这个专科门诊部,一位姓苏的医生接待了我。我说明来意后,苏医生告诉了我诊治咽炎所需的费用。当时我对这家医院能否治好我的病持怀疑态度,不愿将钱如数付给他。我谎说此去北京的钱本来就不够,如果医院和苏医生信得过我的话,就先付一半的药费,剩下的钱等我从北京回来再寄给他。苏医生见我说得诚恳,便破例为我办了手续,并进行了治疗。从北京回来后,我的咽炎明显好转了,但苏医生那儿的钱我却没有按时寄给他。

我深深地为我这一回两回的谎言而羞愧万分。

有个朋友说,净化社会环境和社会空气,首先要从清除谎言开始。大家都说真话,大家都敢说真话,精神文明才有希望。真感谢朋友对我的提醒,于是,我下决心不再说谎话了。

远离谎言,让世界显现真面貌。

(原载于1997年第1期《明月文学》)

愿男人都有副好脾气

早上读书和晚上写文章时,隔三岔五便有邻里夫妻或争吵或打骂的声音钻入我的耳朵。于是我就免不了搁下书和笔跑出去,加入大规模的劝架行列。女人爱说闲话,男人则喜欢动手,这是乡村许多家庭矛盾升级的原因。

这不,权林哥和权林嫂就是为了一件鸡毛蒜皮的事大打出手的。正是农忙时节,权林哥去亲戚家送礼回来晚了点儿,权林嫂没完没了地数落权林哥,惹起了他的犟脾气,他不管三七二十一,走上去扇了权林嫂两个耳刮子。权林嫂也不甘示弱,就这样针尖对麦芒,把一个清静的早晨闹得天昏地暗、乌烟瘴气。

扯完了架,六婶说,垸里的男人要都有像生子那样好的脾气,就不会有这么多架要吵了。

其实,六婶说得也是也不是。我和妻都不是圣人,未必就没有磕磕碰碰。刚结婚那阵儿,我的性子比较火爆,妻也是得理不饶人,这样一来,冲突就在所难免。后来,我觉得长此下去不是个办法,我们之间得有一个人忍让。这事当然不能和妻商量,只有我身体力行。以后妻说闲话时,我要么沉默,要么避开,等她火气一过,我一个微笑一句玩笑,问题就迎刃而解,妻的脸上也多云转晴。枕边,妻嗔道,你是一只狡猾的狐狸,言罢便格外温存起来。这法子百用百灵,不知不觉间我和妻的脾气都变得十分柔和,很少再发生争吵。

这就使我认识到,温馨和谐的家庭氛围不是随着两个人的结合自然到来的,而是要靠我们自己去创造。恋爱时,恩恩爱爱卿卿我我,巴不得早点建立家庭,好钻进温暖的港湾;结婚后,油盐柴米吃喝穿着,哪一样都不是随随便便唾手可得。生活的实际与理想的浪漫之间的冲突会产生许许多多磕碰与矛盾,不尽人意时好像只有爆发一场争吵、发一顿

脾气才能求得平衡。这固然容易理解，夫妻之间的矛盾也能借此得到缓和，然而，生活中如果没有这种扰乱人心的小插曲，家庭生活不是更舒适温馨吗？

有人总埋怨他的妻子不够温柔体贴，不够通情达理，但假若天底下的男人的脾气都很好，不骄不躁，多加忍让，多加理解，那么我相信女人们也绝对不会太蛮横的。面对丈夫的好言好语好脾气，你说那气能生得起来吗？

我们是男人，应该富有绅士风度，富有自我批评精神，富有责任感和使命感。用我们男人的魅力和努力，用我们男人的好脾气去化解生活中的矛盾。

愿天下的男人都有副好脾气。

（原载于1995年第2期《罗田信息报》"故土"文学副刊）

最是老家年味浓

现如今的人大多有两个家,一个城里的家,一个农村老家。尽管很多人并没有真正成为城里人,但是那远在乡村的家仍然被冠以老家的称谓,似乎只有这样才足以突显自己的不俗身份。

不过,对于居住在城里但又有乡村老家的人来说,春节前的那一趟大迁徙必然是最值得珍视的一件事情。我不管自己被归属于哪一类,但回老家过年是我二十年如一日不变的习惯。小村里那个家也就在这时才有那么一回热闹,紧闭的大门也是在这时能敞开些许日子。按说随着父母的相继离世,我们完全没有必要这样去折腾,一家人要么在武汉,要么在上海,年照样过。然而,我和妻在这件事情上从来没有过分歧,意见始终如一。我们商量的不是回不回去,而是回去的具体时间是定在腊月二十三还是腊月二十四,因为老家的年是从腊月二十四开始的。

"二十四,过年始;二十五,打豆腐;二十八,备年肉;二十七,福公鸡;二十八,打粑吃;二十九,煮猪首;三十晚上熬一宿,初一初二满湾走。"这首童谣是我们儿时就会唱的,虽说今时不同往日,但从孩子们期盼过年的神情和过年时的行动来看,似乎和我们那时候也没有什么不同。

庚子年的腊月二十四,我们回到了地处白莲河畔的小村生福桥土库咀老家,开启了为期半个月的年假。这时候的乡村早已是一片欢腾的景象,怪不得老大前几天在电话里说,湾里要回来过年的就剩你一家没到，还不赶快回呀，直说得我心里痒痒的。是的，父老乡亲、兄弟姊妹又是一年未谋面，平常的牵肠挂肚怎能代替这个时候的亲近呢？

尽管我们腊月二十四动身很早，但一路耽搁，回到土库咀时已是中午时分了，老大早已备好接风酒宴，满满一大桌子，尽是城里看不到的菜肴，倍受感动的我不禁多喝了几杯。这当然也不全是因为老大的热情，也因为这期间不断有人加入，听说我回来了，那些一年未见的乡邻兄弟就争相来见，最后老大家的桌子就被围得严严实实的，推杯换盏之中，我只感觉自己被幸福环绕。

下午，妻要大扫除，还要置办晚上接祖人的供品，所以就早早吃完饭回家去忙了。我虽有些晕乎，但并不妨碍和大家有兴致地交流。听说这个下午还有个活动，那就是老大家要打糍粑，正好可以以酒助兴，我自告奋勇要求参与。记得当年我还在学校教书的时候，家家都会打上几斗米的糍粑，年轻人往往会扛着打粑棍，从上湾到下湾打上一整天，甚至好几天。可是不知从哪一年起，湾里再没有人打糍粑了，要打粑也是用机器打，可是那机器打粑除了没有人工来劲儿，还不具备人工粑的嚼劲，于是湾里今年就又兴起了人工打粑的热潮。糯米蒸熟了，老大将饭甑扛到门口塘边的石臼旁，石臼是早就洗干净了的，先前精心备好的四根打粑棍也被我们一人一根扛在肩上。老大将糯米饭盛到石臼里，扛着打粑棍的四个人就开始了打粑的活计。说起来，打粑这个事也是要讲究团队精神的，相互协作才会轻松，如果你的棍子没有挨着其他棍子，而是单打独斗的话，那你就是累死也抽不出棍子打不好粑的。打粑是很累的，我已经多年没有打过粑了，再加上喝多了酒，不一会儿我就累得不行。好在人多，棍子一停下马上就有人过来接棒，大家也只当我是体验体验这种生活而已。我是体验，还有很多人觉得很好玩，除了一帮小朋友，还有大姑娘、小媳妇。侄媳更是将打粑的活动制成了小视频发到网上，瞬间引来欢呼一片。

晚上，不到六点钟就有人家开始接祖人回家过年了，噼里啪啦的鞭炮声陆续响起。年也就是从接祖人回家这一刻开始算起的，敞开大门、摆好茶饭、放鞭炮、焚香、烧纸钱，还要磕头求祖先庇佑，一切都是按照既往的程序,恭恭敬敬,不敢有丝毫的马虎。那天晚上,我们家大多是从头办起,也是妻一个人在忙碌,所以稍显单薄。但是我们具备真正的诚心诚意,我们年年都回老家过年,一大半也是因为不能让我们的祖先过年时无处可去。往年母亲在世时,失明的她坐在灶房里会喊出那句"祖人保护一家人平平安安",如今这句话延续到了妻的内心深处和口中,这让在厅堂里接祖人的我深感震撼并且感慨不已。是的,平平安安才是真。大儿子在那一天带着怀孕的媳妇和女儿也赶在举行仪式前回了老家,远在上海的小儿子一家三口虽然因为响应就地过年的号召留在了上海,这时也适逢其会地打来了视频电话。愿天堂的祖先和父亲母亲新年快乐,并保佑我们永远平安,永远向上。

快乐时光容易过,转瞬间就到了腊月三十,这是真正意义上的过年,所谓年就是指这一天。相比腊月二十四,大年三十才更为隆重,我们那地方的乡俗是大年三十的年饭必须得赶早,有的人恨不得过了零时就吃年饭。随着习惯的逐渐改变,吃年饭的时间相对比原来推迟了不少,但大多还是在天未亮的时候。除了重复腊月二十四晚上的细节,不同的是鞭炮要放得时间更长,烟花要放得更多,总之,所有的规格都要比腊月二十四的高很多。团圆饭一年就这么一回,没有理由不奢华一回。但是我家今年的团圆饭一反常态改在了晚上,不是因为年夜饭要在夜晚吃,而是老大说我们两家在一起吃年饭才热闹,所以就中午在他家,晚上在我家。小儿子虽然屡次三番劝我少喝酒,但是年节来了,他居然给我寄了一箱子酒。这一天两顿的团圆饭我们一共十一个人,不对,包括儿媳肚子里的孩子是十二个人,在一起吃得开心喝得也开心。

大年三十下午,是所有家庭挂灯笼、贴春联、贴窗花、贴福字的专属时间。"千门万户曈曈日,总把新桃换旧符。"王安石说得对,一年的风吹日晒没有将门上的字和画颜色全部褪去,只是变淡了。贴春联和窗花的人们很小心地撕掉旧的,贴上新买的、新写的对联和新剪的窗花。我们家的春联一直是我应时应景创作的,几十年如一日。早几年是我创作好春联,然后让朋友建文、雪飞帮我写出来,这两年我在学习书法,就不怕献丑地自己写好贴上,居然也不是十分难看。不仅是我家的,老大家、兄弟家、妹夫家、甚至左邻右舍，只要有人要，我就会将我的春联作品奉上。这些春联并不千篇一律，而是各家的应景之作。侄儿家的是：青海好风光尽收眼底，河西美景色皆纳囊中。兄弟家的是：巧借东风迎辛丑春节，喜添孙辈过庚子大年。妹夫家的是：认真学习履职在中建，努力工作创新为联想。

  我为自己家创作的两副春联是：读书作文编教育杂志，引经据典著素质篇章；江城维意业绩创佳绩，上海联想员工晋高工。第一副春联说的自然是我，这几年我一直致力于《湖北素质教育》杂志的编撰工作，令人颇为欣慰的是收获了领导和读者的高度认可。第二副对联毫无疑问是说两个儿子：大儿子的武汉维意定制家具店在大规模的关店潮中依然屹立，并且还取得了不错的业绩。一位在建筑界有些名气的朋友在评价大儿子时说他有三好，设计好、服务好、话说得好。朋友当然是在夸奖和鼓励他，其实这三样是做服务业所必备的，能做好这三样实属不易，希望他能够把这三好当作座右铭，更好地提升自己门店的服务质量。小儿子在上海已经五年了，所从事的是锂电池研发工作。元月他打电话说，上海市自然科学研究系列高级工程师评定工作已经完成，正在上海市人社网公示，小儿子也在公示名单上。到腊月二十九，我创作春联时刚好公示期满，也就是说从这一天起他就是高级工程师了。我第一次知道工程师，还是少年时代看《钢铁是怎样炼成的》这本小说的时候，保尔·柯察金的铁路修复工作是得到了工程师的指点才得以完成的。那时我觉得工程师特别伟大，是我们可望不可即的人物。没想到如今我们家也有了工程师，而且是高级工程师。小儿子三十出头的年纪，就有了专家的称谓，的确是一件值得高兴的事情。

  大儿子是腊月二十四的晚上回到老家的。腊月二十六日，土库咀篮球队宣告成立，这无疑又为本已浓郁的年节氛围增加了些许新意。篮球架是现成的，操场也是早就改造好的，差的就是年轻人身上的这股生气。儿子新买了篮球和球衣，球衣的号码一定对应了某一位篮球明星，虽然除了科比和詹姆斯的名字，我对球星一无所知，但是我知道，儿子他们仰慕的是球星的球技，或许还有他们的故事，要不然这些被儿子早就定制好了的球衣怎么会被他的队友如此推崇呢？儿子赞助的球衣没有像其他赞助商那样，写上维意定制，那上面除了土库咀几个字外，只有大大的号码，以及"无兄弟不篮球"的青春誓言。我对儿子的这个做法很是满意，因为乡情里是不应该有太多杂质的。篮球队的活动从腊月二十六一直持续到正月初七，每天一场或两场，到了正月初八，所有年轻人又都奔赴各自的工作岗位。那些天，只要哨子一响，湾里的老少爷们儿就像听到号令一样全都聚拢过来观看。那些天的天气特别好，大家的社交软件里基本都是穿着火红球衣奔跑跳跃的身影。

大年三十夜晚，我们家吃饭喝酒差不多用了两个小时，到了要看春节晚会时才散场。后面的时光我们边看春晚边闲聊，年轻人就相约玩玩麻将，难得轻松，大家就尽兴吧。

正月初一早晨，我们都起得很早，怕小朋友们拜年来得早，早早做了鸡汤面和糍粑。果不其然，还没吃完就有小伢来了。天气好，温度高，没有了烧一盆火的必要，摆好瓜子果品，只待湾上湾下大人小孩的走动。往年拜年是三两个一路，今年拜年是十个二十个一群，这样倒也省却了很多的事情。家里坐不下不要紧，就在门外站着，刚好阳光明媚。放了鞭炮，人多了时间就往长里放，甚至将烟花也搬了出来，这自然是为了营造最佳的节日气氛。本来我没有必要每家都去拜年，但想想有的家庭甚至一年就去这么一次，相互走走看看也很应该。于是我就跟随大部队一起，走遍了湾上湾下的二十多户家庭，除了那几户没有回来过年的家庭。说起来很好玩,跟随大部队的还有一个叫刘元的小伙子,他已经在外工作了好几年,今年突发奇想也和小伢们一样提着个大袋子,每到一家也要将婶娘嫂子给的糖果倒进袋子里,一趟下来,也收获了满满一大袋,惹得我们大笑不止。这就是刘元的幽默,他平常在伙伴们中就是出名的幽默大师。

正月初二到初八,我们要么出去拜年,要么在家里接待来拜年的客人。过去是灶里不断火、路上不断人,现在是灶里不断火、路上不断车。也许是因为去年大家互相没有拜成年,今年就要将去年的缺憾补回来,所以该跑的不该跑的都会跑一遍。

走亲访友是乡村过年的一大景观,彼时获得的祝福车船都装载不完,亲情友情也因为有了过年才会久远绵长。也正因为在老家过年可以尽享这淳朴而浓烈的年味,所以回老家过年就成了我和妻子的必然选择。

回老家过年,此情弥足珍贵。

相知恨晚

生活和工作中总有许多人是你无法忘怀的,他们可能是良师,可能是挚友,抑或是合作伙伴。他们最大的特点就是与你共荣辱、同进退。

老 师

  每当我从武汉回到白莲河畔那个叫作古庙河的小镇时,总会遇到某人亲切地向我打招呼,这主要是因为二十多年前我曾在这里当过一段时间的老师。乡里人朴实,见到我会先喊一声胡老师,然后问我是什么时候回来的。小镇上三十岁往上的人大多都是认识我的,也都知道我现在在武汉工作,这句"什么时候回来的"问话自是最能表达他们的关切。问话也许是随意或客套,但是却使我感动不已,总有一股暖流涌遍我的全身。

  20 世纪 80 年代,那时的学校条件很艰苦。校舍都是土砖瓦盖的,黑板是用水泥糊在墙上的,刷了油漆后还反光,写板书时粉笔在上面打滑;课桌椅也是学生从自己家里搬来的。但即使是这样,学生还是有很强的上进心,他们学习认真,希望将来能考上大学,实现自己的理想。那时的家长见到老师态度恭敬诚恳,总是希望老师对他们的孩子管得再严些。现在的老师和家长是没有我们那时那种亲密关系的,现在只是交际,而我们那时是交心。暑假寒假前,是我们和学生家长联系最为密切的时候,很多家长都会接老师去家里吃饭,这是他们表达感谢最为直接的方式,而我们老师也刚好在这个时候做家访。尽管菜品不是很丰富,但是我们却能建立起非常融洽的关系。在这个时候喝酒绝不能太含蓄,否则你就会被嫌弃。记得当时我们学校有一位刚任教不久的男老师,就是因为喝不了酒差点哭了出来,后来还是在我的解围下才得以逃脱。再后来这种场面多了,他也能勉强喝一点,三年之后他比我还要"技高一筹"了。所以至今我仍然坚信酒量这东西与先天无关,我这么说当然不是说当老师的应该以酒量大为荣,但是谁又能说酒量不是联系老师和家长的一根纽带呢?

  我在几篇文章里都说到了酒的种种好处,但其实我并非嗜酒之人,除去接待客人，平常在家里一直是滴酒不沾的。客人来了，自然是要喝二两的，无酒不成礼仪，也许我根本就没有摆脱来自乡村的那种习惯。也正因如此，我才交了乡村里一些豪爽的家长朋友，至今还和他们打得火热。除了学生家长，还有昔日的学生。他们这个时候正当盛年，不管是小镇的政界还是商界，无不活跃着他们的身影。见到老师，出于礼貌也得打声招呼，这自然不排除有尊重的成分，毕竟在乡村还是传承了那么一点点"一日为师，终身为父"的师道文化的。就是这声"胡老师"，往往会使我热血沸腾、感动不已，这是最值得我珍视的乡村记忆。

村里有个我叫全叔的人。当时他是村主任，我是校长，我们一块儿共事有五年多的时间。他比我大个十来岁，如今已经儿孙绕膝，退休养老了。每次我回家碰到昔日的学生时，学生谦恭的态度总让全叔羡慕不已。他说他当了几十年村干部，却很少有这种待遇，我也打趣说这就是当官和当老师的区别所在。说这话时我很自豪，因为在小镇上和村子里，"胡老师"俨然成了一个标签，无论年纪大小，老老少少都这样称呼我。也许别人就是张三李四叫着习惯，但是说者无意听者有心，我对"胡老师"这个称呼有自己的理解。

按说自从二十年前我背着一个布包踏上去武汉的路途后，就没有被叫"老师"的资格了，但是这些年的经历和心路历程却又一直引领我向"老师"这个称呼回归。因为我所从事的是编辑出版工作，行业内大家相互的称呼就是"老师"。

前些年《成功》杂志的主编姓董，是一个貌似山东大汉的人物，性格也似水泊梁山英雄般洒脱豪放，我们都喊他"董老师"。董老师是地道的武汉人，老牌的武汉师范学院（现湖北大学）毕业生，住在老汉口最繁华之处，地理条件十分优越。但是董老师丝毫没有凌驾于我们这群外来户之上，非常平易近人。董老师是我的上级，也比我年岁大，但他没有直呼我的名字，而是像一些青年编辑一样叫我"胡老师"。据我所知，董老师有粗犷的一面，同时也不失细心和孝心。我到董老师身边工作的时候，董老师已离异，带着女儿和八十多岁的老娘一起生活。平时日常三餐都是他亲自下厨，为老娘和女儿做着可口的饭菜。有一次我晚上去他家汇报工作，还看到他为老娘按摩和梳头呢。董老师在五年前就退休了。退休后他过得很充实，在一家互联网传媒公司担任总裁。董老师朋友非常多，这与他在做杂志主编时积累的人脉有关系。现在我与董老师虽然见面不多，但经常通过社交软件和电话联系。他的文章还是一如既往地深刻犀利，我经常读到他发表在网络媒体上的文章，也经常关注他在世界各地到处跑时所发的动态。而他有时也会打电话或者发消息问问我最近的工作情况和相关项目的进展情况。

这些年我自己组建了一家专门从事编辑出版工作的小型文化公司，办公室内，员工们也依然叫我"胡老师"。除了本职工作外，我还担任了湖北省素质教育研究会的副秘书长。这个研究会是以华中师范大学为主要班底的，成员大多为包括武汉大学、华中科技大学在内的全省多所大学的专家教授。这样一来，我就可以和很多名家经常在一起学习交流。在这里，学习氛围最为浓厚。人说"近朱者赤，近墨者黑"，相信通过与大家的深入交往，我定会在很多方面取得相当大的进步。

研究会的总顾问陶宏开教授，我们同样也喊他"陶老师"，陶老师的名气大得很，他是美籍华人，集专家、学者、教授等称谓于一身，是我们身边的教育家。当年陶老师帮助一名高中生成功戒掉网瘾，引起全社会对青少年上网成瘾问题的关注。

本来我与陶老师接触不多，但是工作的安排却使我有了很多聆听他教导的机会。研究会创办《湖北素质教育》杂志后，我被任命为执行主编，虽然从事编辑工作已有二十年时间，自认为对待工作还算是认真，可是自从和陶老师在一起讨论、修改稿件后，我才真正领略到"认真"二字的含义。陶老师七十多岁了，依旧精神矍铄，战斗力旺盛，一篇稿件、一句话、一个词语，甚至一个字都要打磨推敲很长时间，搞得我有点怕他。我常想，难怪陶老师在学界有这么高的威望，这与他的认真是分不开的。每次讨论的时候，他都苦口婆心地说，我们的杂志一定要突出三性，即指导性、针对性和科学性，要多刊发对教育有正确导向性的好文章，宁缺毋滥。和陶老师打交道的时间不长，但是我从他的身上学到的东西很多。我也常想：认识陶老师并在他的指导下学习和工作是多么值得庆幸的一件事情。

在我的大半生中，除了"老师"以外，我还被人叫过多种称呼，诸如校长、主任、编辑、记者、主编、教授、处长、总经理，当然还有孙子、儿子、哥哥、爸爸、叔叔、爷爷。在这许多的称呼当中，我最钟情的还是"老师"，而我最高兴、最欣慰的也是被叫作"胡老师"的时候。

（原载于2020年9月《湖北素质教育》）

我们的文学社

也许文学在很多人心目中没有什么位置,也没有什么魅力可言。然而我们的文学社却是我们憧憬和希望的所在。

记得那是五年前的一个夜晚,皓月当空,夜色柔和而恬静。我们十几个男女在江边的草地上举行了简单的文学社成立仪式。因为有月亮作伴,我们的文学社便叫作"明月文学社"。我们用浪漫和纯真请明月做证,发誓要为文学事业奋斗终生。而今文学社已走过五个春秋,酸甜苦辣,只有月亮和我们自己知道。尽管我们所付出的和所得到的不成正比,但正如一首歌里所唱的那样:爱我所爱,无怨无悔。

最令我们欣喜的是辛苦写下的文字变成铅字的时候。几杯白酒,几碗萝卜白菜,自然不是只邀明月,而是欢聚一堂。大家的情绪是那么高涨激昂,仿佛回到了童年一般。于是大家猜拳行令,将温文尔雅抛到了九霄云外。各级报刊发表社员作品已达五百余篇(首),这还不包括文学社自办的十五期《明月文学》上刊载的八百多篇(首)作品。我们这种独特的庆祝方式是文学社诗词编辑刘建文首倡的。这位中国诗词学会的年轻会员这样形容我们的文学社：自掬泥香发浩歌，文章质朴赖厮磨，奢风艳雨难能拒，赤子情怀重海河。

我们也有困惑的时候，大文人大作家都在争先下海，我们这些小泥鳅还蹦跶个啥？更何况现在文学已呈衰颓之势。面对时间和经济上的双重压迫，我们也倍感压力。办一期刊物，写稿、组稿、改稿都要耗费大量时间，而各自繁忙的工作往往不允许我们做太多的奉献，此为其一。其二，刊物编好后，排版要钱，印刷要钱。往常，你一角我一角也能凑出来，勉强还能解决问题。如今，随着印刷费用猛涨，东拼西凑出的费用仍是杯水车薪，根本无济于事。这往后的刊物还怎么办，活动怎么搞？

不过，有一点我们是相信的，那就是我们的文学社不会垮掉。因为我们有一种使命感和责任感，我们要活跃我们这一方土地上的文化，我们热爱生活，讴歌生活，我们创作的源泉来自我们所热爱的生活，来自这块充满泥香与稻香的质朴的土地。我们从未打算依靠稿费发家，也不是为了捞个作家的头衔以炫耀自家的门庭。我们立足于这块热土之上，我们会将奋斗进行到底。

我们的精神不死，我们的文学社长青。

（原载于1994年第3期《文化大世界》）

方 老 师

  我的小学时光差不多都是在一位方姓老师的管教下度过的。记得方老师刚来的时候，我们都趴在窗子上顽皮地眨着眼睛。背着铺盖卷的方老师只朝我们一笑，没有吃惊和恶狠狠的样子。方老师那时四十多岁，生得既矮又胖，年纪不大却满头白发，我和伙伴们打赌说那是粉笔灰染成的。他人刚到，我们就给他起好了绰号，叫"白熊"。棒极了，为这绰号我们欢呼雀跃了好几天。

  那时，我是班上有名的淘气鬼，好多同学都自愿投到我的麾下。我封给他们诸如"牛魔王""美猴王""龙太子"这些从《西游记》中捡来的头衔，我则自称"玉皇大帝"，教室和操场常被我们当作战场弄得尘土飞扬。

那天我们正在排练孙悟空过火焰山,背后冷不防传来一句:"真精彩呀!"哟,"熊"来了,"孙悟空"们如鸟兽散。我已经做好了被骂的准备,可他说:"大军同学,真不错呀。你们玩得很愉快、很开心,希望你带同学们玩好,也要学好。"果然,有天下午,我便被老师选为班长。说实话,当时我很激动,不仅为我当上了班长,也为方老师对我的信任。自此,我和我的伙伴们再也不叫方老师的浑名了,并且特别喜欢上方老师的课。他讲得一口流利的普通话,风趣幽默,常常逗得我们开怀大笑,坐在这种气氛的课堂上简直是一种享受。别看我们的方老师那副"熊样",可他琴棋书画样样在行,尤其是方老师拉的那一手好二胡令我们钦佩不已。

那时候,学校搞"开门办学",可方老师与众不同,他平时对我们要求极为严格,绝不允许哪个同学落下课程。当时,学校里没有供学生们学习的课本,方老师就每天晚上为我们整理第二天学习需要的所有资料。

四年过去,我们的成绩是提高了,可由于过度劳累,方老师却落下了严重的神经衰弱。上级为了照顾他,调他到一所条件较好的中心小学任教。那天,我们抢着给他背铺盖卷儿。还是和来时一样,方老师没添置什么东西,他那微薄的工资差不多都变成了我们的笔和本子,除了一个不大的挎包里面装的是方老师的洗漱用具和几件替换的衣服外,再就是比来时更显得破旧的被子了。我们含着泪送了一程又一程。临分手时,方老师拍拍我的肩膀,对大家说:"回去上课吧,同学们。记住,世界上最有用的东西就是知识。"

如今我也成了老师,方老师始终像一面镜子一样照着我,激励我努力教好那些天真幼稚的孩子。

(原载于1992年第49期《湖北教育报》"楚才"副刊)

我们的"黑组长"

那年姚华章上任时,曾有人说他黑得像一块铁。他能当教育组长?没想到他不但一口气当了七八年,而且还当得有模有样,令许多人钦佩不已。1990年,地区教委为省教育系统劳动模范录制专题片,荧屏上的"黑组长"风度超群、风采大展。每当他下乡或进城开会办事,人们总少不了议论这位"黑组长"几句,但眼睛里分明写着对他的尊重和敬爱。

"教育组长不好当","黑组长"姚华章虽然有这样的感慨,但不好当却不等于不好好干。这位抗美援朝时的连指导员从部队带回了严肃认真的作风,说话做事有一股狠劲儿。教育组长不是美差,每天都面临着一揽子事:大到教育方针、知识分子政策、德育工作,小到师生们的生活琐事。八年下来,"黑组长"的体重倒比原来轻了二十斤。乡党委王书记不无爱怜地说:"老姚啊,你要把命拼在工作中了,我将来怎么向古庙河人民交代呀!"

这个叫古庙河的地方属于白莲河库区,条件差,全乡没有一座像样的校舍。那年搞"一无两有"的花费,好多村都把欠账记在"黑组长"姚华章头上,怪他抓得太狠。即便是在这种教学环境中,古庙河教育依旧做出了令人刮目相看的成绩。一次,分管教育的副县长拉着"黑组长"的手说:"老黑,古庙河该有一座教学楼了。""黑组长"赶忙从口袋里掏出一叠《关于筹建古庙河中学教学楼的申请报告》递给副县长。副县长笑着说:"好啊,老黑!你设好了圈套让我钻,得罚你三

杯。""黑组长"就仰着脖子连干三杯说:"只要你县长大人给钱,这酒我再喝三杯!"

其实,虽然县政府在财政非常困难的情况下拿出五万元资助古庙河中学教学楼的兴建,但对至少要筹集四十万的贫困山区来说是远远不够的。在乡长办公会议上,"黑组长"重申了建造教学楼的必要,汇报了自己的规划纲要,他讲得很动情,忍不住流出了眼泪。乡长们都为他的精神所感动,当即表示勒紧裤腰带也要为孩子们办件实事。于是大家集资募捐,出工出料,掀起了建校热潮。功夫不负有心人,虽然款项还未完全筹齐,但教学大楼终于在1991年秋季破土动工了。在奠基仪式上,望着站在讲台上更显单薄的"黑组长",仿佛看到了一株苍劲蓬勃的大树矗立在人们面前。

10月,菊花正黄,在《古庙河教育》创刊三周年纪念座谈会上,我望着乐呵呵的"黑组长"说:"我打算给你搞一个报告文学出来,希望你提供材料。"没想到刚才还笑得好好的"黑组长"突然板起脸,一脸严肃地说:"你乱弹琴,古庙河的教师哪一个不值你写?你开什么玩笑!"我赶紧打住这个话题,事后教育组的同志说他就是这脾性。但我想我如果不写写"黑组长",今后恐怕再也不敢提笔了。于是在这种心境下才凑成了这篇有愧于"黑组长"的散记。

(原载于1991年第29期《湖北教育报》"楚才"副刊)

亲　家（一）

中秋节的前几天，亲家公从黄冈打来电话，邀请我们一家回去过节。这不是亲家第一次邀请了，每逢节假日，他总是热情相邀。因为我的家人都在外地，回去看到的也只是"铁将军"把门的老宅，还有后山上躺着的我的父母，所以每每回去，我们大部分时间是在亲家家里居住。亲家公待人很热情，不仅仅是对我们，对远亲近朋、左邻右舍皆是如此。我很是赞赏亲家公的辛劳，他们家就像是正在营业的农家乐那样，永远是人来人往、热闹非凡。方圆十里的很多人都喜欢到亲家家做客，无论是谁到他们家都有一种宾至如归的感觉，哪怕是三岁孩童也不例外。

亲家公单名一个诚字，人如其名，诚实是亲家公最大的特点，这也是与亲家公有过交往的人都很认可他的主要原因。人人都知道诚实很重要，但要做到这一点难度很大。可亲家公却将忠厚诚实当作他为人处世的准则，这的确难能可贵。关于他这一特点的故事有很多，这里不妨记上两则。

有一年他新调到一所小学，正是开学季。一年级新生人数和名单按照惯例是要上报给中心学校的，亲家公在审核名单和人数时发现有点不对劲儿，好像是多出了一个。他连忙找来报名表，并去一年级班上逐个核对。事实证明他的怀疑没错，果然是多报了一个学生。他找来主任,主任说他知道这个情况,多报一个学生是为了缓解学校的经费压力。去年有老师垫付的学生车费还没有报销。他是想着现在每个学生每学期都要补助五百来块钱,一个学生上面也查不出来。亲家公听后,心里又好气又好笑,这主任糊涂啊,不要说套取国家的钱是犯法的,就是系统内部这样做也是不被允许的。他委婉地批评了主任的做法,主任也心悦诚服地接受了批评,并立即更正了报名表上的错误。

还有一次,亲家公从中心学校开完会,开车回自己学校,看到一位老人倒在前边的路上,疑似被摩托车撞倒。他立即停车,将老人扶起来,并将老人送到镇卫生院,替他交钱上药,还想办法联系了他的家人。这还不算,临了还将自己的家庭住址和工作单位都告诉了医院和老人。回到学校,和老师们谈起这事,大家都认为他这样做欠妥,说万一那是个不讲理的家庭,亲家公反倒脱不了干系。当然事情最后还是向好的方向发展,老人的儿子专门到家里来感谢他。

亲家公的忠厚实诚在老家那边传颂颇多,这里记叙的仅是沧海一粟。亲家公的邻居忠孝兄弟是乡镇的纪委书记,他对我说:"你亲家公是我接触的人当中最为信得过的人,最敬业,脾气好,不多语,不多事,这样的人很难得了。"忠孝兄弟可以说是最了解亲家公的为人的,他们一起长大,一起上学,一起参加工作。忠孝兄弟担任村支书时亲家公就是校长,后来他们又一起走出那个叫姚湾的村子,平常节假日也常在一起吃饭喝酒,相交颇深,所以他的评价还是比较中肯的。

亲家公另一个特点就是脾气好,连和人讲话的声音都是非常温和的,很少听见他用提高八度的

嗓音讲话。不是亲家公的话没有力量，而是他的话总是在深思熟虑后说出，逻辑性和思维性很强，听得人不由得频频点头。亲家公如果没有他的一套处世之道，不可能当得了三十多年的校长。校长这个角色是不好当的，都说文人相轻，农村的中小学校是农村文人最为集中的地方。大家都在心里较着一股劲，没有三板斧还想让别人服你是根本不可能的。我在教书的时候也曾经做过校长，有一次因为与一位老师发生矛盾还被上级训斥：有教书和写文章的才，管理学校却还差火候。为那次的事情我在心里懊恼了多时，但又不得不承认领导说得对。因为有这段经历，我才更佩服亲家公能把几十年的校长当得如此轻松。

亲家公还有一个人所共知的特点，那就是对老婆特别好。儿媳锦霞说，她爸爸从没有对她妈妈大声讲过话。这一点毋庸置疑，我在前面也说过亲家公的秉性如此，这没有什么的，最主要的是亲家公给予亲家母的尊重和爱。行动胜过语言，这些尊重和爱落实到几十年中的每一日上，没有几个人能做到。从没有和老婆以外的女性有过深入接触，对老婆言听计从，永远把老婆当作掌心里的宝，足以说明亲家母在他心中的位置。当然，亲家公敬重亲家母是有理由的，亲家母也是一个能干的女人：她教过书，当过村妇女主任，做事干练，能说会道；她将他们一整个大家族团聚在母亲的旗帜下，四代人精诚团结，努力向上；她为三个儿女的成长和成才呕心沥血……这些都是她获得尊重的资本。

再过几天就是中秋节了，我愉快地接受了亲家公的邀请，回去和他们一家共度佳节。我有自己的打算，和亲家公相聚能够补充一些正能量，正所谓"近朱者赤，近墨者黑"，与亲家公相处和交流自然能有所收获，何况我和他本来就有很多相通之处。我们是很谈得来的，可以说我们不仅仅是亲家，更是有很多共同语言的朋友。朋友建文兄说我们两亲家之间总在互相维护，殊不知我们本就是惺惺相惜的同路人。

亲　家（二）

妻子从上海回来，我去武昌火车站接站，老远就看到她拉着行李箱从西出站口出来，我赶紧迎上去接过行李。见面后妻子跟我说的第一句话就是，亲家母昨天又带了两大箱东西过去，她提都提不动。差不多从三年前起，她就和妻子轮流去上海照顾怀孕的儿媳，以及后来的孙女禾禾。每次亲家母去上海的时候，她都会带两个大箱子。箱子里除了她自己的生活用品外，基本都是吃的东西。她总说上海的东西不仅贵，还没有家乡的味道。去上海之前，她总要提前十多天做准备，去离县城五里路之外的乡村采购土猪肉、土鸡和土鸡蛋，连油和米都要买几斤回来，然后不辞辛劳地将这些东西搬去上海。有一次她买的票是从汉口站出发，而他们那个县城只有到武昌的班车，面对那两口大箱子，我坚持要开车送她过去。起先她不是很愿意，说那样太麻烦我了。我装作很生气的样子，她才不得不同意。进站时我提着箱子，累得上气不接下气，真不知她哪来那么大的力气。那天晚上，我给小儿子打电话，很动情地说了他岳母的这些情况，并告诫他一定要将长辈的心愿化作工作的动力，并要懂得感恩。

亲家母叫春燕，一个充满春天气息的名字，这个名字我是看到她那次带去上海的箱子才知道的。亲家母很细心，每次出门都要用毛笔在箱子上写上自己的名字，以防在转来转去的车子上搞混了。小儿子和儿媳是自由恋爱，我们和亲家又归属两个不同的县，原来的交集不多，

了解自然不够深透。后来小儿子儿媳结婚了我们两家才有了密切的交往。亲家母的家族相比我们要显赫许多,亲家母的亲哥哥曾经是他们那个县的副县长。

亲家母的老家也在乡下。尽管他们在县城里生活了大半辈子,但她还是难以割舍乡下的那份情缘。所以大前年她还花了几万块钱在乡下他们老家的附近购置了一处房产。房子不大,两层楼,前面有个院子。她和亲家公也时不时地去住两天,体验一下没有喧闹的幽静生活。我和她开玩笑说:"你已经是超级大富豪了,城里有房产,乡下有别墅,日子过得真惬意。"这当然是说着玩的,亲家母是个很务实的人,乡下的这栋房子除了颐养身心外,多半是出于叶落归根的考虑。

当然这是后话了,亲家母还正当壮年,身体特别康健,这主要得益于她热爱锻炼。亲家母原来有高血压,但她硬是通过锻炼身体将高血压消灭了。她感受到了锻炼的益处,从此一发不可收,十几年了一直坚持不懈。县城后面有座叫鸡鸣尖的山,山势陡峭,早上爬山锻炼的人不少,但真正能登上山顶的却没有几个人,亲家母就是这为数不多的人之一。从家里出发到登上鸡鸣尖要一个多小时,早晨六点钟出门,八点多回家,亲家母天天如此,风雨无阻。她说看到一些比她年轻的人都被她远远落下,心里也有自豪感。有一次有个年轻人坚持要和她比赛,结果那个年轻人并未到达终点,等她从山顶上折返的时候遇到那个年轻人时,他羞愧地低下了头。锻炼是要有恒心的,有始无终是大多数人交的锻炼答卷。我也有过类似的经历,曾经也想好好锻炼身体,早起围绕小区转几圈,可是最后都因为坚持不了而作罢,所以我对亲家母这种超乎寻常的毅力佩服得五体投地。亲家母一直坚持锻炼,包括在上海照顾外孙女的时候也不曾间断,那里没有鸡鸣尖,住房对面的公园就成了她锻炼的好去处。她说她现在已经把锻炼当成了爱好。

亲家母因为坚持爱上了锻炼,也因为坚持把家庭经营得很好。亲家母早年是在供销社上班的,后来供销社被改组成了很多小商户,她就承包了门前的一个小门面,卖床上用品。亲家母很会做生意,和顾客说话很暖心,顾客都愿意买她的东西。亲家母下岗很早,身体也不好,家里的一切开销完全指着这个小店。那些年,开店、顾家、培养女儿读书、带孙子,亲家母都一直在咬牙坚持。寒冬过后是春天,现在一切都好了,女儿结婚了,孙子也大了,这两年她将小店转租给了别人。因为人缘好,仍有不少人找她买床上用品,她就直接从家里拿给他们,她宁可少赚点钱也要提供高品质的货物。

不开店了,就有时间照顾孙辈们了。我的孙女禾禾就是有福气,这不,妻子说了亲家母带去的这些东西足足可以让禾禾享用整个夏天了。

榜样的力量

——张曙文《年轮》读后

真正与曙文兄结缘，还是在我做乡村教师的时候。起初他是罗田县电台的一名记者，我偶尔也写点通讯报道类的文字，对他一直只闻其名。直到他与那时的古庙河区文化站站长一起来到我供职的学校时，才算认识了。说实话，那时县台的记者来到我们那穷乡僻壤的地方并不是一件常有的事，但曙文兄没有好为人师的姿态，而是和我促膝谈起了一些写稿的要领和体会。他告诉我，他曾经和我一样，也当过乡村教师，正是因为爱写才被电台看中。这其中，恒心和毅力是他最好的朋友，他为了写稿所做的坚持是别人无法想象的。虽然不记得当时的具体情节，但曙文兄的话让我汗颜，因为当时我所缺少的就是他的那股韧劲。从那以后，我就暗暗下定决心要以他为榜样，坚持写作不动摇。

如果仅此而已，我们的渊源也深不到哪儿去。直到有一天他突然成了我们那里的父母官，我才觉得有些事不是用巧合能解释得了的。那年，他调到古庙河乡担任党委宣传委员兼党政办主任，一样的兴趣和爱好使我们彼此惺惺相惜。于是我们开启了一段建立深厚情谊的时光，而且那段长达六年的时光也值得我们引以为豪。也就是从那个时候起，我就开始喊他"张委员"。时至今日，我仍称呼他为"张委员"，不是在意他所谓的官职，而是因由那过往的情分。

我们创立文学社，创办《明月

文学》杂志,抱着油印的、铅印的杂志,我们会像孩童一样高兴得手舞足蹈。那时我们总在为筹钱买纸张、搞活动而绞尽脑汁,尽管四处碰壁,但就是愿意为自己钟爱的事情去奔波。当然文学社所需经费还是曙文兄想的办法多。为办刊我们耗费了很多业余时间,我们都曾贴过自己的零用钱。如今想起来,那时的狂热并不是毫无意义,至少我后来能从事专业的杂志编辑工作,是得益于那时的积累。

在曙文兄的主持下,我们专门召开过文学创作会议,将县文联主席请来做讲座,将文化馆的创作辅导干部请来现身说法。还有一年一度的通讯报道会。我们这些来自基层的通讯员除了接受表彰和领到奖品外,还会被邀请与更高层次的领导共进晚餐。那些年的古庙河小镇被我们这帮爱写通讯报道、热爱文学的乡村青年搞得风生水起。罗田的小报、电台、电视台到处充斥着古庙河的文字与声音,就连当时刚刚改版的《黄冈日报》上也有来自库区水乡的报道。曙文兄的"消息""通讯""散文",还有我的"人物通讯",更是经常发表。其实我当时很少涉猎人物通讯,曙文兄也从没写过散文,这可能是我们相互影响的缘故。但要说影响的话还是他对我的影响大些,勤奋和刻苦的他永远是我的榜样。

后来,我们几乎同时离开了小镇古庙河。曙文兄调到另一个乡镇工作,我也从山沟进入了省城武汉。共事几年,我们的感情已日渐深厚。每次他从家乡来武汉,我们都要小聚,时事政治、大事小情,无话不谈。而最主要的话题还是离不开我们那个小镇,问候故人尚安否。要说那时候我们都还算得上乡里的才子,可到现在想来却没有一点风流可供回顾,唯一留点印象的是文化站楼上的舞厅。每到傍晚时分,我们就早早跑去舞厅,有时下舞池,有时就坐在旁边。那时的舞厅也没有什么丰富的内容,无非是慢三慢四之类的交谊舞,狂点的也就是迪斯科,那是我们除了看书写作以外最迷恋的活动了。

那时除了舞厅,小镇的小餐馆也是我们常聚的地方。每当有作品发表,我们几个朋友就一定要喝两盅以示庆贺。几样小菜、一瓶劣质酒也许稿费就没了,甚至还要倒贴几块钱。但这事搁谁身上都愿意,谁做东的次数多,就代表着谁的文章发表得多。几杯酒落肚,话匣子就打开了。

我们谈人生,谈创作,也谈爱情。不是说爱情是经久不衰的话题吗？那我们当然也得有所涉猎。其实那时我们对爱情的理解很简单,花前月下、风花雪月那都是听来或看来的故事,我们还没有真正体会过。但喝酒就不同了,仗着年轻,我们一次甚至可以灌下八两到一斤白酒。尤其是曙文兄,这位老兄喝酒时也是卷裤捋袖的,正是这样的德行,才将他的豪爽挥洒得淋漓尽致。

和最初的印象一样,曙文兄除了伟岸的身躯外,最令人难忘的还是他那刚直不阿的性格和那"有事你说话"的侠义心肠。他在官场混了多年一直没有变,或许一生都不会变。不像我,现在说话做事都要思考再三,举棋不定,这也是我对他一直很尊敬的一个重要原因。除此之外,曙文兄还有一个显著的特点就是朴实,无论是他担任着乡官的时候,还是退居二线的时候都是一样的风格。解放牌球鞋在那时是很少有人穿的,但他的大脚上却经常套着这样的鞋子,现在虽说皮鞋穿得多了些,但他的这件宝贝还被他珍藏着。幸亏他是在乡镇工作,说到底还是基层,与之打交道的也多是农民,所以才没被看作另类。乡下人不嫌,但城里人就不一样了。记得有一次他来武汉看我,我将他从车站接到办公室,向同事介绍这是我的父母官时,大家都投来异样的目光。我这才注意到这位老兄的装束确实令人忍俊不禁,不说穿着,就是他那一根竹扁担头挂一个蛇皮袋,活脱脱一个进城务工的农民。同事还说："你们村的书记真是实在。"我立即纠正："这是我们的乡镇领导,正科级干部。"同事吐了一下舌头。不过,我对曙文兄的言行还是认同的,我们本来就是农民出身,最不能褪去的就是本色。我到武汉十几年了,除了去外面谈工作和下市、州采访,我也没有过多地去追求物质上的东西,这也是我们最能相通的一个地方。

近年来,我们见面的次数少了些。因为要与家人团聚,曙文兄时不时要去惠州住一段时间,铁汉柔情,我为曙文兄能尽情地享受天伦之乐而高兴。虽说不能面对面交流,但我们还是经常通通电话聊聊天,相互通报彼此的信息以及所见所闻。当知道他要将自己的集子《年轮》整理出版时,我甚至比他还要高兴。一则这是我多次对他的建议,现在终于要付诸实施了；二则是他的这些稿件有很大一部分是在我的见证下诞生的，如果说他是这些作品的父亲、母亲，那我就是这些作品的亲戚朋友。

《年轮》终于要出版了，我觉得我要为这本书写点什么，为他也为自己。虽然已久未动笔，平常写点什么也是在键盘上敲打，但这次不同，想到曙文兄的整部书稿，还有那洋洋洒洒两万多字的《我的一生》，都是他一笔一画写出来，那我就无所畏惧了，我也要重拾爬格子的痛苦与甜蜜。我当初爬格子并不是怀着什么崇高的理想，而是一心一意想通过这条捷径改变窘迫的现状，直到与曙文兄相处后，我才发觉自己原来的想法多么丑陋。我从他身上以及他文章的字里行间看到了一股向上的精气神和榜样的力量。我要将这种力量放入我的怀中，变成我工作的动力。

致敬曙文兄，致敬《年轮》。

（原载于张曙文文集《年轮》）

功夫在诗外

——刘建文《涵冶诗选》读后

建文兄《涵冶诗选》中的大多数诗,我是第一个读者,我与他能这样相知地交往十多年,诗是起了很大的作用的。虽然我不太懂得格律,但每当一首诗写好了,我接过来吟诵咏唱,不甚解处经他提醒一下,那诗的意境和格调就出来了,我心里就有种吃了蜜枣般的感觉。

这样的场景忆不起已有多少回了,而这些快乐如今全都聚集在《涵冶诗选》上。在向建文兄祝贺的同时,我差不多也该向自己祝贺了。这本诗集出版同样令我兴奋不已,因为我们都是一穷二白的"酸秀才",有了这点精神上的财富,当然是可以共享的。我感觉得出来,我的脸上这时肯定写满了春风。

人说以诗言志,借物抒怀,建文兄将他对生活的独特感受和看法写进诗里,那种意味是无法言喻的。哪怕是一首田园诗,他也作得格外不同,使人觉得那些花草树木、山水风云全都有了思想,有了生命。唐代诗人贾岛曾以苦吟著名,而建文兄却不然,一首诗信手拈来,往往言快意新,自然得使人有些怀疑,他自己也有"复恐雷同袭古人"的顾虑。这人概就是所谓的"天然去雕饰"了。我们在一起时,有时也联句题诗,往往是建文兄的诗写好半天,我们还久寻未得,这就使我们好生惭愧。后来这种场面多了,我们也就习以为常了。

与写诗读诗相比,其实我更看重建文兄对人生的体味与理解。人们常说"功夫在诗外",诗人爱憎分明,有感而发能为诗,大概还离不开崇高的品性和渊博的学识。建文兄在这两点上是相当有造诣的,他心性很高,行端举正,心底无私。要说放荡不羁是诗人的禀性,那么建文兄虽说不羁,却从不放荡,有时我倒是觉得他还有些难得的"腐儒"气。说到学识,古今中外、政史文秘,建文兄都有所涉猎,当然他钻研得最深的自然是诗,其次就是《易经》了。他说学诗使人简练、爽达,学《易》使人颖悟、博大,难怪他执迷于这两点。

我说过,这本诗选结集之前,我就读过其中的大多数诗作,感受和感慨当然要多一些、深一些。然而今天要专门地谈他的诗却又有些力不从心了。正如黄州叶钟华先生对《涵冶诗选》的评价:涵晖山月倍光明,冶炼昆钢玉有声;诗脱樊篱胸脱俗,选材质朴少逢迎。我觉得这个评价是很凝练、中肯的。的确,建文兄的诗和他的为人一样,是那么飘逸、洒脱,没有丝毫的俗气可言。我们读他的诗就像读他的明眸一样,着实是要掩卷深思、回味良久的。

(原载于刘建文诗集《涵冶诗选》)

老大的生日

过了农历五月十八这一天,老大就六十了。在我们那个地方,男人的六十是虚岁,女人的六十是实岁。老大这些年一直居住在深圳,虽说是跟着儿子,但他也并没闲着,给儿子开的便利店当店主。有时我们也取笑他大小是个老板,可他只承认自己是个打工的,不过那脸上洋溢的喜悦却是打工者难有的。

老大是我的堂兄,但是我们之间的情谊却比亲兄弟还要深,就连孩子们也是互相叫着我们大父二父。我们能有如此深厚的感情,也与母亲的助力有关系。

老大在二十五岁以前的命运并不怎么样。不到十岁他的父亲就去世了,那时他还有个未出世的弟弟,两个姐姐虽说要大一些,但在那个靠工分生活的年代里,日子自然过得异常清苦。但好在老大是那种喝水也能长壮的体质,寡油薄盐并没有使他面黄肌瘦,相反地,他长得高、块头大。后来他的两个姐姐出嫁了,因为家里太过困难,母亲只好带着年幼的弟弟改嫁到了另一个村子。也就是从那时起,老大成了孤身一人。老大只读到小学四年级，就不得不到队上挣工分填饱肚子了。自此修水库和开田的工地上多了一个少年的身影，那便是年幼的老大。他在从事着与他年龄不相符的劳动。他年龄虽小但是肯吃苦，遇事总是跑在前头，所以深得叔叔伯伯们的赞赏和照顾。

　　我们家与老大家房屋相连，都是那时由集体建的，两家也就隔着几寸的土砖。每当老大从工地上、哪怕是后来从他当厨师的县汽车大修厂回来，不是先打开自己家的门，而是先跑到我们家喊我母亲一声二姨（方言，二妈的意思），然后像在自己家一样翻箱倒柜找吃的。母亲也将他看作自己儿子一样，有吃的便立刻拿出来，为他烧水洗澡、为他浆衣补裳，怜爱的目光一直没有从他身上离开。这样的日子一直持续了十多年，十多年的时间里老大一直是我们家的一分子，母亲完全把我们当成了亲兄弟。为了能帮老大成个家，母亲也是操碎了心，只要是有合适的，母亲一定会托人说媒。后来大嫂进老大家的门，所有的一切，包括认亲、送日子都是母亲和细奶在操持。大嫂家条件优越，初到老大家时，由于落差太大，时不时闹些小矛盾，也是母亲尽力去化解。大嫂怀孕坐月子，都是母亲来照顾。孩子慢慢长大后，老大去了江苏建筑工地，每年的收入都很不错，家里的日子就开始滋润起来。看到侄儿的生活有了起色，母亲才放心了许多。

　　如今老大早已是苦去甘来。他的儿子在深圳开了四家药店和一家便利店，今年还跑到青海去接了高速公路的附建工程。老大除了生活富足，还有了乖巧的孙儿和伶俐的孙女，他们一个上了小学、一个上了幼儿园，老大的幸福指数已然相当高了！说实话我是很羡慕老大的，不是因为他儿孙满堂，而是他对日子的知足。谁能说没有忧患意识，只懂得一支烟一杯酒的人生就是不完满的呢？

　　侄儿是有孝心的，虽然他没有受过高等教育，但是很早就开始闯世界的他对这人世间的认知相对于那些上过大学的人来说要透彻很多。尽管老大有时也抱怨侄儿没怎么顾及他的感受，但我知道那其实也是一种置于心底的爱。侄儿是不怎么去表达的，但是他的行动远胜于语言,这次邀请我们到深圳为老大过六十寿辰就是最好的证明。

记得那几天武汉的温度在逐渐升高,我、兄弟、妹夫还有平叔受邀坐上了去深圳的高铁。列车在高速地行进,侄儿的安排也在有条不紊地进行,除了喝酒打牌,侄儿还要带我们去双月湾看海。深圳的气温只有28℃,非常适宜在室外游览,春节时候的这个约定现在看来太有预见性了。

惠州双月湾,一个风光秀丽的海湾。老大生日当天,我们从深圳驱车两小时抵达那里。我们居住在海景房里,侄儿的安排贴心而又温馨。傍晚和早晨的海滩美到极致,晚霞、朝霞,还有海浪以及踏浪的人们,交融成一幅天人合一的图画。我们一群人每人一个椰子,乘坐快艇劈波斩浪、风驰电掣地驶出海湾,奔向大海,在一个海岛上停留和拍照,那感觉就是人与自然之间的和谐统一。

老大生日当天下午,我们从双月湾回到了深圳的酒店,生日宴就在那里举行,我这才明白双月湾只是前奏。那天晚上,侄儿的朋友、生意伙伴,还有我们这些亲属,二十多人围坐在一张大桌上,气氛温馨而又热烈。我们推杯换盏,整整喝了三箱好酒,吃完了满桌子的精致菜肴。老大很高兴,他嘴上说着不该搞这么大阵仗,可是他那满含热泪的双眼却告诉了我他的真实想法。是的,有人如此重视他的六十岁生日,怎会不感动。那天,老大喝醉了,饶是他有再大的酒量,也禁不住拿着杯子逐个敬酒，一个又一个，一遍又一遍。不仅仅是他，就连曾经自诩最会扯皮的我也喝得不识东南西北，侄儿的岳父更是当场"人仰马翻"，他那个怕耽误上班的亲家破天荒地请了一天假。按说到了我们这个年龄，酒是不能多喝的，但是如果总是理智地控制着自己，那只能说明还没有到需要表露真情的时候。为了老大的生日，侄儿的花费是不菲的，这与他洒脱的风格相一致，我知道侄儿这并不是在炫耀自己，因为他事业刚起步。他是想要以此来表明自己对父亲的用心。

在中国，习惯把六十岁以上的人称为老人，但是我觉得老大并没有老。从身体状况来讲，老大一餐可以喝下八两以上白酒，一拳头下去怕是能打死一头壮牛；从心理状况来说，他白天坐店晚上跳舞，儿孙绕膝，没有什么烦心事。你说这样的人怎么会在六十岁时有老态呢？说不定还有下一个六十年也未可知呢。

深圳我去了很多次，早就对这座城市没有了新鲜感，但是那次因为老大的生日，感受却不一样。除了对老大的诸多祝福以外，也发觉现在生活的节奏日益加快，城市正在飞速发展，所以我们的步伐除了稳健以外还得加快，否则终究要落后于时代！

周 书 记

　　牧牧出生的那天，我正在黄陂的一所学校里参加活动，老婆发消息我没注意到，牧牧外婆打来了恭喜电话我才知道情况，我们的心情是一样兴奋的。接着就是周书记的电话，尽管那一天我的电话快被打爆了，但他的电话仍使我记忆深刻。他在电话里表达了他的喜悦以及对我的祝贺，我知道他是真心实意地为我高兴。

　　周书记在我们村担任了二十多年的支部书记，五年前因为白莲河要建立万湾湖养殖公司，他又对渔业很在行，就被白莲河管理处点将到养殖公司任高层管理者。这样一来实际上我们应该叫他"周总"而不是"周书记"，但是包括我在内，我们村的所有村民，甚至整个匡河镇的人仍然叫他"周书记"。一是习惯使然，陡然改称呼觉得别扭；二是"周书记"似乎比"周总"更为亲切。在我们看来，"周书记"就像他的名字一样，只是一个称谓，与他的身份、职务没有多大关系。

　　二十多年的村书记并没有我们想得那么好当，农村有些人说起话来信口开河，完全不会顾及你的感受。太过强硬搞不好工作，一味退让又只能换来得寸进尺。他离开书记岗位时我对他说苦尽甘来了，但他并不认可我的说法。他说："为乡亲们服务了几十年，哪是说放下就放下的？已经习惯了扯皮拉筋的事，突然安静了你觉得我就能睡个安稳觉？"此言

不虚,他心里是真的装着村民百姓。甘苦自体会,冷暖寸心知。

我与周书记的交往是从三十多年前开始的,这之前虽说我们住在一个村子,但是由于一个住河头一个住库尾,再加上他比我大两岁,所以基本没什么交集。后来我到村里的小学当老师,他也从鹅颈鱼闸调回村里任副主任,我们才开始经常碰面,但也仅是每个月比之前多碰几次面而已。再后来他当主任、当书记,我也当了校长,因为公事常裹在一起,慢慢地就变得很熟络,而真正让我们变得无话不谈的契机是那次"一无两有"的验收。说到"一无两有"这个事,上了点年纪的农村人都记得,那时农村学校的整体情况不是很好,危房比比皆是。为了改造学校的面貌,政府下了很大功夫,提出一定要杜绝危房校舍,建设有课桌凳和围墙的学校,这就是所谓的"一无两有"。可就是这个放在现在怎么也不算高的要求,在当年想要实现可不是件容易的事。周书记和全体村干部,以及我们全校老师想了很多办法,吃了很多苦,历时两年才将这项任务完成。记得"再穷不能穷教育,再苦不能苦孩子"这句响当当的口号就是那个时候提出来的,这个任务的完成过程也让我和周书记有了更多的交流。但最终能形成现在这样的友谊,是源于前面说到的"一无两有"验收。上面布置了任务,自然少不了验收这个环节。那年的"一无两有"验收可谓声势浩大,县政府组织了几十支验收队伍下到各学校。记得到我们学校验收的是一个由姓雷的组长带领的五人团队,评估、打分、填表,每一项内容翔实而具体。中午验收组留在学校吃饭,我们自然要使出浑身解数做好接待工作,以期两年的苦劳获得好评。除了村里自产的鱼肉、鸡蛋和蔬菜,再就是号称罗田最好的稻香酒,虽然这种两元一瓶的劣质酒现在很少有人喝,但那时可是我们的最高档次。为了陪好领导,我和周书记舍命陪君子,而那位雷组长的酒量大得出奇,到他提出改用菜碗喝酒时我们都差不多迷糊了。饶是如此,我们依然没有忘记使命,每人连续喝了三碗酒。之后实在撑不住,我是现场就趴下了,周书记据说是走了半里地后也躺在一个草窝里睡着了。虽然我们在喝酒上表现不佳,但是验收却顺利达标,总算没有枉费我们两年的日不休、夜不眠。因为我们的团结协作,也因为我们的豪气干云,从此以后我和周书记的感情相当深厚和稳固,并且一直持续到现在。

尽管现在我们要隔上两三个月甚至更长的时间才见一次面,但这并不影响我们的交流。每次我回到老家,第一个电话必然是打给他,汇报一下自己的行踪,然后约在他家或者我亲家家聚聚,聊天喝酒打牌什么的,无比亲热。平常我们主要通过电话和视频来关心彼此,有一次我们居然打了一个多小时电话,手机都发烫了。

见面或电话聊天的时候我们无话不谈,工作和生活中的所有话题都会涉及,所以周书记当村书记时的愁喜以及当老总时的苦乐我都清楚。比如说那年给D组安装自来水水塔,因为自然湾落多,水塔的选择地点就要通盘考虑,否则近的有水吃远的就没水吃了。然而大局观念并不是人人都有的,一个小年轻就坚决要求将水塔建在自己家背后的山上,除了当场吵架发狠外,还打电话威胁周书记。他当然没有妥协,不然就不是周书记了,让大家都满意才是他的终极目标。不仅仅是吃水的问题,几次调整责任田地,有哪一次不是在激烈的纷争中进行的呢?但我们那里的土地调整还是得到了上级领导的肯定与村民的赞赏。记得我曾和他开玩笑说:"不要看我们的村书记官阶小,但是论仪表和说道却是用县委书记我们都不换的。"我说这话是有根据的,周书记一表人才不说,还能说会道,开会和做工作时不要稿子也能讲上两小时,而且他也并不像一些农村干部那样夸夸其谈。用词准确、语句得当、条理清楚是他最大的特点,村里很多人都说喜欢听他说话。不仅是在村里,他把话讲到了白莲河管理处,依然赢得了满堂喝彩。现如今的白莲河生态区已经升格成正县级单位,他在万湾湖公司的职位自然也水涨船高,怎么算也是个正科。身为公司的高管,担负的责任与原来的村书记终究有很大的不同。周书记和我说,本职工作他倒是可以轻松胜任,但人际关系却应付得有些吃力。领导多,部门复杂,公司高层多是有钱的主,身家动辄几千万上亿,他一个曾经的村书记能有多少实力?虽然明面上没有谁嫌弃谁,但心底的距离毕竟存在。我说:"你是没有别人的钱多,可你有基层工作经验,人缘好,有管理水准,这些优势别人也不一定有。"对于我的分析他没有反驳,正是凭借自身的优势,他将万湾湖公司推进到了一个新的高度。

"因公结交,私交甚笃",这是我对我和周书记之间情谊发展的总结。我的两个儿子结婚时我已经在武汉工作,但是他们的婚礼我依然选择在老家举行。这是因为,一来他们两个的媳妇都是老家那边的人,二来大多的亲戚朋友也居住在罗田,但最主要的原因还是证婚人的安排问题,毫无疑义,周书记是证婚人的不二人选。他既是村书记,又是我要好的朋友,平常对儿子们也是关心备至。婚礼上他的祝福和要求也化作了儿子们奋进的动力。两个儿子的工作有了向上发展的态势,这自然是我和周书记最愿意见到的结果。

写到这篇文章结尾的时候,我正在琢磨如何造句,电话进来了,一看又是周书记的。三天前他谈到了白莲河生态区的发展进入了前所未有的新局面,三天后他又会说到哪些变化呢?料想应该是我和他最期待的那样,家乡每天都会不一样!

老贺和他的忘年交

人们叫他老贺，除了因为他的年纪大，还因为他的资历深。十三年来，古庙河乡政府机关的人走了一拨又一拨，唯独老贺是一如既往，没有挪过窝儿，工作干得津津有味、红红火火。那年，局里调他去戏工室，他只坐了两天办公室就打道回府。老贺不愿离开古庙河这个穷山沟，除了他对文化事业的执着外，也因为他还有我们这一群忘年交。

其实，我们并不叫他老贺，只喊他贺老师或贺站长。但是，老贺却从未以老师或站长自居，尽管他有的是资本。单凭他是一个自学成才的农民作家这一点，就足以令人心悦诚服。论说老贺搞的是文学，自古有"文人清高"之说，但老贺的谦和平易，在我们这儿的大官小官中却不多见。除此之外，老贺的认真和刻苦更是激励鼓舞着我们。听人说，老贺只上过三年小学，最初编辑读他的稿子总要累出一身汗，但老贺的刻苦却很令编辑刮目相看。一位编辑有一年夏天到他家去看他，发现他竟然把一双脚浸在水桶里，原来那是他在三伏时节既防蚊虫叮咬又舒适凉快的惯用方法，而三九寒天他披一床破棉被挑灯夜战也是常有的事。我们时常想，老贺在那个年代尚能如此刻苦，我们就更不应该辜负这大好的时光。

令老贺和我们都欣慰的是，老贺取得了成就，我们也取得了成绩。老贺早年加入了省作家协会，如今又拿到华中师范大学的毕业文凭。而我们的作品发表了不少，案头也开始有约稿信。每当我们的心血变成铅字的时候，老贺就高兴得不得了，逢人就说"某某的作品发表了"，直弄得人莫名其妙。那次我的《我们的文学社》被省文化厅《文化大世界》刊用，老贺步行十余里专程到我家向我妻子表示祝贺。那时我正在广东团省委协助做推广古诗文诵读的工作，从广州回来后，妻向我说起这事，我感动不已。

没有年龄的障碍，老贺和我们的关系日渐亲密，真正结为了忘年交。我们在一起谈文学和琐事，在一起饮酒赋诗，几天未见就觉得少了点什么。正因为有我们这群忘年交，在当年群众文化处于低谷时，我们却把这山沟沟里的文化活动搞得热热闹闹，成立了文学社，又成立了报道组。

一位熟悉老贺与我们之间情谊的期刊编辑给我写信，她说："你们那里有老贺这个领头羊，搞文化蔚然成风，坚持下去，相信你们会成功的。"其实，成不成功我们早已看淡，但老贺有我们这些朋友，我们能有老贺这个朋友，彼此都很满足。

（原载于1995年第3期《湖北文化》）

难忘昨天

一夜风和雨,虽然枝折花落,却也湿润了滞闷的空气和人们焦渴的心田,几多烦躁骚动,忽地遁去,不再抖动的双手捧着珍藏已久的记忆献给春天。

昨天,我们曾在这漠漠旷野的岭头坐成"一"字。夕阳的余晖,晚霞的光焰,以及星星和月牙的璀璨,映衬着我们脸上童稚般的天真,写下了快乐的诗篇。于是三月桃花睁开了眉眼,童心幻化成五彩云朵。小树小草翩翩起舞,风儿轻轻摩挲着面颊,犹如母亲的手在温情地抚摸。好久不曾领略这种情趣,更不曾有这样的奢想,是梦啊,不是梦。不需要语言和行动,谁也不愿意破坏这份宁静,真想就这样一直坐下去。

我们互道一声珍重。

是的,明天你就要远行。远去的帆不会再泊留于我的港湾,心胸太窄,如何系得住那条小舟？早就料到那片帆要远行的,然而一旦真的启航,港湾能风平浪静吗？

如今,自觉不自觉地爬上后山冈那昨天待过的地方。明知梦中的景象不会再现,却仍然痴迷地寻寻觅觅,如茵绿草被茫然无措的脚步踩得杂乱纷纷。迷茫中小河仿佛缎带从天际飘来。天上的生活好吗？忽地,我看到了太阳,金光四射,光芒万丈。

不过朋友,请相信,对昨天的眷恋不会影响对今天的钟情和对明天的热爱。因为做人的原则在于奉献,我追求在奉献中创造自身的价值。我坚信,阵痛之后娩出的只会是收获。

（原载于1992年第2期《明月文学》）

愿你当好乡邮员

朋友当上了乡邮员,临行之前嘱咐我为他写点东西。写什么呢?我想就把我的一些感受送给他吧。说实话,我真为我的朋友高兴,因为他将要从事的是我心目中最神圣的职业。我这个人就是怪,怪得连自己也说不清。我不艳羡腰缠万贯的富豪和权势赫赫的达官贵人,偏钦佩跨一辆单车带两个邮包的乡邮员。每当"铃铃"声敲进耳鼓、绿衣服映入眼帘的时候,我的心里便有一种莫名的激动。倒不是因为那厚厚的一叠邮件中有我的一份,而是乡邮员潜在的气质令我感动不已。

这种潜在的气质在老余身上最能体现出来。

前几年,我们那条邮路上的乡邮员是个五十多岁的老同志,大家都亲切地喊他老余。老余身体不好,发起病来连走路都困难。可是,不管刮风下雨还是酷暑寒天,哪怕是一步一挨,老余也从没误过时间。我们那地方,山路多不好走,纵使老余技术再高,有时也不得不来一回"车骑人"的节目。有一次,老余来到我们学校时天还未亮,而我知道我们这儿是老余的最后一站,便怀疑老余压根儿就没睡觉,要不然不会这么早。老余解释说,因为他要去县里开一个表彰会,怕耽误了大家看报,所以就起得早点。望着老余推着车子在寒风中蹒跚远去的背影,我的心里禁不住一热:感谢您,老余。

老余和我们那儿的乡亲们很熟,大人小孩没有不知道老余的。村子里的胡应明老人,一提起老余更不忘念叨那是个大好人。

记得是10月的某一天,老余把报纸交给我后又递给我一封信,问我们这儿有没有这个人。我接信一看,信封写得很简单,地名仅有个古庙河乡,收信人叫胡礼名,信则是由西安西北电讯工程学院寄来的。我想了一下,村子里不是有个叫胡应明的老人嘛,据父亲说他从朝鲜战场上回来后曾在西安工作过,会不会是他呢?老余的眼睛蓦地一亮,急着要我带他去核实。事情果然是这样，胡礼名就是这个胡应明。这封信是学院按照国务院文件给他落实政策用的，捧着信，老人热泪盈眶。老余也很激动，为了这封信，他差不多问遍了整个古庙河乡邮路上碰到的每一个人。正当他懊丧地准备把信退回原址时，这才柳暗花明又一村。现在既让这封信的主人沐浴了党的阳光、党的温暖，又了却了老余半个多月的心愿，他怎能不高兴呢？

老余在我们那条邮路上干了五年，留下了许许多多的佳话，是我这支笨拙的笔很难叙述得清楚的。老余的邮车给我们带来了太多的幸福和幸运。邮车过处，撒下了几多兴奋、几多欢快。如今，退休后的老余仍然义务担任村里的送信人。老余离不开他的工作，老余还是我认识的那个老余。

好了，是该结束这个故事的时候了。朋友当上了乡邮员，应该祝贺他。朋友是个认真的人，相信他能把工作干得很出色，也会像老余那样，不辱没这"绿衣天使"的神圣称号。

愿你当好乡邮员，我的朋友。

（原载于1990年版文集《邮电之光》）

左 师 傅

  左宏亮的爹妈当初给他起这个名字时,绝对不知道他日后果然人如其名。大概是与学校有缘,身体敦实如学校那座古钟,嗓音洪亮亦如学校那座古钟。用他自己的话说,矮胖的身材不是缺陷,洪亮的大嗓门足以体现男子汉的阳刚之气。

  他到学校刚担任炊事员不久,乡供销社便想聘他去担任主厨,工资比学校高10%。可是左宏亮师傅却说:"老师们辛苦是为了孩子,我的辛苦是为老师服务,所以归根结底我也是为了下一代。为了下一代再苦也值得,大鱼大肉我不爱,偏吃教育豆腐菜。"

  自从左师傅担任了学校炊事员,厨内厨外、灶上灶下,各处都飞舞着左师傅矫健忙碌的身影。食堂有十一名老师长期就餐,中午还有近百名学生搭伙。校长看他实在忙不过来,几次欲请帮工,都被他谢绝。校长又要给他加工资,他说:"学校资金有限,我多做一点,就算我为最贫困的同学代交书杂费吧。"这一番话语,硬是把校长感动得落下了眼泪。

  "左师傅人好!"师生们这样赞誉左宏亮。一位老师生病了,他代为抓药,又细心地煎好亲自端到床边服侍老师喝下。学生们误了饭,他就将热了几次的饭菜送到桌子上。那次召开全镇学校校长会,待我们赶回来,学校已经吃完了晚饭,左师傅也因为有点不舒服早早上床睡了。正当我们打算去餐馆时,被一骨碌翻身起来的左师傅一把拦住,不一会儿便端上来一桌子虽然不名贵但很丰盛的菜肴。

  下雪了,这是入冬后的第一场大雪,雪花纷纷扬扬。清晨,在学校门前的那条石板小路上,早已留下左师傅的足迹。是啊,左师傅就是这样长期默默地用自己的劳动,为师生们创造一份温暖。

(原载于1993年109期《湖北教育报》"楚才"副刊)

百炼成钢

　　五年的时间说长不长，说短不短，但要了解和认识一个人，我觉得已经足够了。我对钱验钢老师的总体印象是：认真务实、遵规守纪、吃苦耐劳。这十二个字说起来容易做起来难，但钱验钢老师不仅做到了，而且做得很好，我想这可能与他的军人出身有关。

　　钱老师早年从部队转业到湖北省作协机关上班，那时的省作协，尽是些大师级的名人：姚雪垠、徐迟、鄢国培、白桦、刘富道等，随便一个都是全国叫得响的名家。名人是有效应的，当时的省领导包括省委书记都经常来作协进行座谈，连作协如今办公楼及宿舍的地皮也是时任省委书记亲自划定的，目的只有一个，那就是要让这些大作家有归属感和温馨感。钱老师刚开始在作协工作时还是一个小年轻，大作家们都习惯称他为小钱。小钱乖巧又勤快，深得大家的喜欢，经常被带到省领导的办公室，也因此认识了当时的很多省领导，到现在钱老师逢年过节还要去拜访一下这些老领导。

　　随着韶华的逝去，小钱也逐渐变成了老钱，但作协的大作家们仍然喊他小钱。当然钱老师也才刚刚过了花甲之年而已，而且他的精神面貌没有丝毫的改变，完全是一副年轻人才有的精气神。

　　因为我的关系，也因为对文字的热爱，钱老师退休后的这两年参与到了我们素质教育杂志的工作当中。正是由于他的加入，我们编辑部的工作才有了更多活力和进步。

　　和原来的工作性质差不多，钱老师在编辑部负责的还是采编这一块。跑采编是很辛苦的，除了要有很强的责任心，还要能吃苦耐劳。我们编辑部摊子小，各种条件比不了省作协这样的大机关。每次有任务，他从没有讲过价钱，也从不提要求，就像士兵在执行上级的命令，一切都是无条件服从。难怪他总是叫我"总指挥"，我是当作玩笑的，他却认真地把自己当成一个兵来要求。那次在汉川的采编任务就是最好的例证。

汉川市虽说靠近武汉,但是它的偏远乡镇却与武汉有着两百公里的距离。那次他约了一个乡镇中心学校的校长谈工作,约好的时间是上午10点,钱老师早晨6点就从武汉的家里出发,地铁转公共汽车,再转长途客运班车,到达汉川城区时也才8点,接着又搭上了去乡镇的公共汽车。按照平常的速度,9点钟钱老师完全可以到达目的地,但是由于前一天的大雨,唯一一座去乡镇的桥被大水冲垮了桥墩,桥被临时封堵,这样一来车就没法过去了,而前面还有约十公里的路程。这十公里的路程该如何办,要是其他人一定会打电话给校长改时间或改见面地点,可是在钱老师面前就从没有这样一说,这是他一贯的风格。任何时间、任何事情,只要是他答应了的,就一定要兑现诺言。曾经为了约定,他早上5点起床,晚上12点回家;曾经为了约定,他寒风里去,雨雪中归。所以这次他更是不假思索地迈开了双腿,一路跑步奔向学校。45分钟,也就是一节课的时间,钱老师跑完了约十公里的路程,当他出现在校长办公室时,时间刚好是9点55分。校长听说他是跑步到的学校,立即从座位上站起来,拉着钱老师的手连声说辛苦辛苦,语气中充满敬佩。那次采访的气氛十分融洽,相当成功。

刚过去的7月似乎比任何一年都热,在这个月,由我们单位担纲的咸宁一所中学的校志编纂工作正式启动,而最重要的资料搜集整理工作自然又落到了钱老师身上。学校是20世纪70年代末建的,已经有几十年的历史,资料整理的难度可想而知。钱老师每天早晨都是第一个到学校，打开档案室的门，让空气流通，再点蚊香熏蚊子。档案室在一楼，潮气重，也没有人经常在里面办公，味道有些难闻，有老师进去就呕吐了，还有的老师进去待了两个小时就病了。但钱老师在里面一工作就是十几个小时，在电脑上找目录，再在对应的档案柜里找资料。这些资料都是纸质的，与我们要的电子档案还有差距，他就找书记、校长要人帮忙扫描打印。可是面对那一叠叠一捆捆的东西，老师们望而生畏，到了档案室鼓捣了会儿，就找各种理由离开了。没有法子，他和主任商量，干脆让印刷厂协助，这才解决了难题。那段时间钱老师俨然成了学校的一分子，可又是特殊的一分子，他比很多老师更为学校着想。除了工作，校长也周到地安排了钱老师生活的方方面面。吃和住，都在学校旁边的酒店，工作方便，生活也方便。可是钱老师在吃了第一顿午饭后就改变了想法，坚持中午叫外卖，晚上去朋友家一间无人居住的房子里住，晚饭就在朋友房子附近的餐馆解决。

因为是第一天工作，他在电话里顺便和我说了这事，我问："为什么这样呢？"他说："你不知道，做事的人没有，吃饭的人一大桌，有的老师甚至还喊了家属，又是酒又是肉的，一餐下来不整个千儿八百的还做得了数？"想想也是，学校又不是大财团，经费都是很有限的，能节约一点是一点。当然这些他只是和我说，在学校只能说为了抓紧时间。

他朋友那间无人居住的房子是个平房，条件也异常简陋，为了有个地方睡，他打扫了两个多小时。末了，才记起自己还没吃晚饭，于是就在附近餐馆点了个炒黄瓜，连饭一起花了12块钱，拍了照片发给了学校办公室主任。至此，第一天的工作生活宣告结束。

接下来的半个月时间，钱老师基本上日复一日地重复前一天的轨迹，同时每天又在克服新的困难：扫描仪坏了要修理，网络不好资料发不出去，天天下雨衣服洗了干不了，房间里闷热晚上睡不着。说实话，我要是在这种环境下工作生活，早就当了逃兵，可是钱老师不仅没有逃离，就连回武汉歇歇气透透风的想法都没有。一直到半个月后将所有的资料整理完成并发回办公室，才在当天下午4点钟搭乘动车回到单位，到单位时已经是晚上7点30分，同事们早就下班了，只有我在办公室等他。

认识钱老师五年，与他共事两年，关于他的故事虽然不是车船装载不完，但的确还有很多很多。一句话：百炼成钢。磨砺对于人来说十分必要，因为只有这样才能有更为正确的人生观和价值观。钱验钢老师以他雷厉风行的作风激励着我，感动着我，"百炼钢"没有因为混迹机关多年而变成"绕指柔"，相反以更加坚毅、更加坚韧的姿态在时代的大潮中搏击向前，而我也是在这样不能自已的情况下写下这篇文章，我向钱老师表达的敬意是真正从心底流出的。

桑阴种瓜

种瓜得瓜,种豆得豆。播种后能不能有收获,关键得看你播种的是什么。文章中小人物命运的呈现或许折射了我们生命的意义。

月 朦 胧

得光得的是癌症,医院早就确诊了。

这下更苦了旭莲,一家六口的担子全都落在她的肩上。一个女人家忙里忙外,身子还能不垮?不出两月,原先那个苗条俊秀的旭莲已不复存在了。

看到这景象,伯芝便心酸。

伯芝和得光生在一块长在一块,是一对十分要好的朋友。只是后来不知什么缘故,原本和伯芝相好的旭莲竟突然嫁给了得光。那其中缘由伯芝是无论如何也想不通的。他和旭莲同学三载,毕业后又曾同在一家工厂当合同工,朝夕相伴,耳鬓厮磨,就只差喝交杯酒了。可如今旭莲竟成了朋友的妻子。是旭莲变了心,还是命运对他伯芝太残酷?

10月15日,伯芝永远忘不了那一天。那天,震天价响的锣鼓从王村接来了旭莲。伯芝跟着迎亲队伍疯跑了一阵儿,但当他意识到新郎不是自己而是得光时,双脚顿时像灌满了铅,一步也难以挪动。最后终于一头栽倒在地上。

好久好久,他才从地上站起。侄儿递给他一张纸条,上面是一行他再熟悉不过且极其娟秀的字体:不要为我而悲伤,也不要问我为什么,忘掉我吧。

"旭莲!"他对着已经没有踪迹的迎新队伍大声喊道。

那夜,他喝光了家里的好几瓶酒。

从此,伯芝和得光这对好朋友便有了芥蒂。于是愤怒逐渐出现在目光中,交织在田间村头。后来伯芝也娶了妻。

得光刚生病时,一丝窃喜掠过伯芝心头。但那念头只一闪,伯芝便在自己的脑袋上狠力拍了一下。

得光从医院回到家后,伯芝虽然犹豫了好一阵,最后也还是和大家一样去了得光家。

得光半倚半卧地斜躺在床上,那模样伯芝简直目不忍睹。仅仅两个多月,病魔就夺去了他身上的肌肉,剩下的是一张皮裹着的骨架。

看到他来,得光深陷的眼窝里溢满了泪水。他拉住伯芝,哽咽着说:"伯芝,我对不起你,我知道你喜欢旭莲,可我……当初旭莲要是跟你,怎么会像现在这样活受罪……"得光知道伯芝爱旭莲。伯芝对旭莲的爱,并没有因为时间的流逝而淡漠,那爱太刻骨铭心。旭莲还爱他吗?他不知道。五年来,她已为得光生了一儿一女。五年中他们夫妻恩爱,日子过得令伯芝妒忌得要死。他曾经发誓要夺回旭莲,但他又越来越觉得信心不足。几次试图接近旭莲,想谈点深刻的话,却都被她不冷不热地挡了回去。

人为什么那么自私?

伯芝正准备安慰得光几句,恰巧旭莲端着参汤进来,听到得光的话,便用手指点了一下他额头,嗔怪道:"你胡说些什么呀。医生说了,好好调养一些时候,就会好的。"说这话时,伯芝看见旭莲的眼泪簌簌地落进汤碗里。幸亏得光扭转了脸。

得光说:"你不要骗我了,我自己的身体自己还不知道?"他又转过脸来对伯芝说:"伯芝,我今生今世做的最蠢的事,就是从你手中抢来了旭莲。我真浑呐……"

"快别这么说了,得光。"伯芝打断得光的话,"我们原本就是好朋友,这些年虽然有些疙瘩,但现在不是又和好了吗?为了旭莲,你也要好好地活下去!"

伯芝告辞时,旭莲送他到门口,说:"伯芝哥,我替得光谢谢你。"

自此,得光的田里地里除了旭莲瘦弱的身影外,还多了一个健壮的男子汉。那自然是伯芝。

田里地里有了伯芝,自然便不同。

每次干完活,旭莲没有说过谢谢,也不曾报以妩媚的一笑,而总是说,"你不要再来了",声音低低的。

可下次伯芝又来了。

旭莲有旭莲的思想。当初嫁给得光时,说不上什么样的心情、什么样的感情。和伯芝相好几年,心中虽然没有非他不嫁的誓愿,但把伯芝想象成将来的丈夫这一念头却是时萦脑际的,是得光改变了她的归宿。

那是个有着七彩云霞的傍晚,旭莲懊丧地从伯芝家出来。她来刘村有事要找伯芝商量,不巧伯芝去他姨妈家了。这时候,得光来了,他是来送旭莲回家的。在后山坳那片桃林里,得光向她表白了自己的心迹。旭莲委婉地说明了拒绝他求爱的理由,可得光火了,将她撂倒在地上后强行占有了她。彩霞、落红和旭莲融为一体,形成一种色彩。奇怪的是,旭莲没有太多的反抗。

她爱伯芝,所以她便不能再做伯芝的妻子了。得光是个好丈夫,对她很好。她原先想让伯芝做她情夫来报失贞之仇的想法已经显得幼稚可笑,同时良心也不允许她再伤害另一个女人的心。

得光病了,他需要的是心灵上的绝对平静。

伯芝再次闯入他们的生活之中,旭莲知道自己的周围不会再平静。但她却不能拒绝伯芝。田里地里太需要男人了。

伯芝的妻子叫怡花,很贤惠的。

怡花起初并不反对伯芝帮旭莲,那女人太可怜了。后来她意识到自己好像犯了错,越来越多的流言使她无力招架。

不吃醋的男人不是男人,不吃醋的女人也不是女人。

更何况伯芝和那女人原来就有情,这地方时兴"藕断丝连"的说法。

相对邻里的一些女人来说,怡花算是很不错的了。这时才发作,便证明了她的涵养。

怡花没有和伯芝大吵大闹,她有自己独特的处事方式。她要抓住狐狸尾巴,然后再割断它。

伯芝当然不知道,在他后来与旭莲交往的所有过程中,有一双眼睛始终跟随着他。

但这双眼睛始终没发现什么。

其实不能说没发现什么,只是这发现让她意外。

朗朗的月夜,伯芝在得光的院子里劈柴,他脱得只剩一条裤衩儿。

旭莲在屋内一汤匙一汤匙地给得光喂药，夫妻俩好像在商量什么事。

只听得光说："人家好心好意帮我们，你应多陪他说说话才是。"

"他不会在乎这个的，你宽心养病就是。"屋里传出旭莲的声音。

"旭莲，我已不是长久客了，你和伯芝即使真有那事，我也不会在意的。我欠你的、欠伯芝的太多了。"

"得光，你不要自轻自贱好不好，也不要胡思乱想好不好，伯芝有恩于我们家，不是我和他睡一夜就能报答得了的。"

药喂完了，旭莲拍拍得光的脊梁，像哄孩子那样："好好睡，一定要做个好梦。"并在他额上轻吻了一下，这才离开。

月光下，劈好的柴已经码了很大一堆。满头汗水的伯芝抬起头来，面对他的是一双似嗔似爱的充满温情的大眼。

旭莲左手端着一杯凉茶，二人的手紧紧握在一起。

黑暗处的怡花瞪大了眼睛。

只听旭莲说："回去吧，怡花嫂该等急了。"

只听伯芝说："嗯，你也该进屋去照顾得光了，病人的感情很脆弱的。"

怡花担心的场景没有出现。是离开的时候了，怡花跌跌撞撞地跑回家，她想扑进丈夫的怀里痛痛快快哭一场。

（原载于1991年《大别山报》创刊号）

凤 姐

这是个平平常常的夜晚,月亮很圆,圆得凤姐一看那月儿便心动。因为有约在先,凤姐就没有打开电视,早早便睡下了。大约11点钟,俭哥从留着的门儿钻了进来,然后又很熟练地钻进了凤姐的被窝里。月光从窗外泻入房间,光斑投在褥子上,更增添了浪漫的氛围。凤姐索性将乳罩也解了下来,白玉般的胴体横陈在俭哥面前,俭哥意乱情迷不能自已。两人心情很好,对于那事十分地投入。

然而,就在他们正难舍难分之时,门外响起了敲门声。

俭哥停止了动作,慌慌地说:"莫不是云哥吧?"

凤姐说:"不会吧,他这些天都是夜不归宿。"

门外这时传来了云哥的声音。

幸亏凤姐卧室的窗前是一口池塘。二人手忙脚乱地收拾。待到把衣服穿好,云哥在外面已是吼声如雷了。凤姐顾不了那些,打开后门把俭哥推了出去。

可是俭哥还未跑出十步远,云哥已赶到了后门旁,险些一把抓住了俭哥。原来云哥见妻子久不开门,便起了疑心,绕到后门,这样就撞见了刚从后门离开的俭哥。

于是,朗朗的月光下,萧何月下追韩信的传统剧目正式上演。终于,俭哥心慌气喘跑不动了,一拐就进了凤姐家的牛栏屋。云哥心知肚明,没有追进牛栏,而是大喊:"抓偷牛贼!抓偷牛贼!"

这个叫枫树坳的村子里的人有晚睡觉的习惯,当他们听到有偷牛贼,就蜂拥而至把凤姐家的牛栏围得水泄不通。很自然地,俭哥被当作偷牛贼送进了派出所。

凤姐心里只有暗暗叫苦。

事情终究还是被捅穿了,云哥的那个小心计只是掩耳盗铃而已。枫树坳的人们沸沸扬扬地议论：云哥抓的并不是偷牛贼，而是偷情贼。这件事其实再简单不过，当人们把瑟瑟发抖的俭哥从牛栏里拉出来时，一眼就看到了俭哥身上套了一件凤姐常穿的紫色秋衣。

当然，即使人们不说破，后来凤姐从容地走进派出所，也否定了俭哥是偷牛贼的说法。

云哥将凤姐狠狠地打了一顿。凤姐一反往日的温和柔顺，枫树坳的人都听到凤姐的歇斯底里。

"你个王八蛋，有什么权利打我骂我？你仗着当个屠夫杀几口猪弄几个臭钱，把老娘不当人看，不是打麻将，就是和镇上餐馆的那几个丫头片子鬼混。你做得初一我就做得初二。这些年来，我苦也吃够了气也受够了。告诉你，过去的凤姐已经死了，莫把去年的黄历拿到今年翻！"

云哥被噎得说不出话来，于是又将拳脚相加于凤姐。

凤姐没有哭，还是一个劲儿地骂。

"好端端的一个妹子，怎么就变成这样了呢？这世风啊。"枫树坳的老年人在摇头叹息。

在枫树坳，凤姐很结人缘，她的贤良是出了名的。凤姐初嫁云哥时，脸皮很薄。湾里的小伙偶尔一个玩笑，就把她弄了个大红脸，如果你再动手动脚的话，她会狠狠瞪你一眼然后快步离开。

人家都说凤姐有教养、守规矩，这话不假。

凤姐的爷是个老先生，她爷说："妇道妇道，洁身自爱是妇道。"

可以说在枫树坳的前十年，凤姐没有给她爷脸上抹黑。

可是凤姐渐渐地觉得这种生活没滋没味。

她开始向往外面的世界，其实这时的枫树坳也不像以往那么闭塞了。贵州湖南的四个漂亮小姐进垸当了小媳妇，三个出去的女孩傍上了深圳香港的大老板，吃香的喝辣的，还有钞票源源不断地汇回家。

去年，她也随着打工潮南下到了广州。尽管在那里只待了一个多月就打道回府，但广州的一切在她的头脑里留下了深深的烙印。

云哥一如既往地待她不怎么样，但她守身如玉的信念开始动摇了，她突然觉得太对不起俭哥了。俭哥一直爱着她，十几年了，她从不让俭哥拢她的身。俭哥与她娘家住一个村子,与她可算是青梅竹马、两小无猜,但她却阴错阳差嫁了云哥,害得俭哥至今还单着。说实话,她并不想嫁云哥,但嫁都嫁了,还有什么说的。她把爷的话记在心中,跟云哥一心一意地过日子。

后来孩子出世了,凤姐把对俭哥的爱倾注到孩子身上,全身心地抚养孩子。

每次回娘家,俭哥都等在路口,凤姐每每却绕道避开。

那是一个风和日丽的上午,轻风拂面,凤姐觉得身上好舒服。凤姐回娘家再没有避开路口的意思。看到那迎风伫立的身影,凤姐心里一阵激动。凤姐迎着俭哥走上前去。

俭哥说:"凤妹,我终于等到了你。"

凤姐说:"俭哥,我过去真傻。"

俭哥说:"跟云哥离了,嫁给我。我知道你在他家并不幸福。"

凤姐说:"那不可能,我最见不得没娘的孩子。"

"可是,我……"

"今晚你到我家去,我……我给你留着门儿。那畜生有他自己的路子。"

那天夜晚,俭哥踏着月光去了枫树坳,凤姐真正体验了一回要死要活的感觉。

凤姐和俭哥一来二往就少了许多顾忌,以致发生了偷牛贼事件。

云哥打了凤姐第二天,凤姐就走进派出所彻底公开了事情的原委,并当着派出所工作人员的面,与俭哥换穿了秋衣,挽着俭哥的手走出派出所。

派出所的人目送着他们的背影走了很远很远。

难忘那段情缘

北京的四月虽然仍有些寒意,但也已是春意盎然了。刚从大西北考察回来的王平生满身疲惫,可当他看到桌子上有两封写给自己的挂号信时,精神为之一振。

"家里来的。"妻子说。

他知道妻子说的家里是哪里,几回梦里他都喊着丁家套的名字。

那个与平湖东冲畈隔河相望的丁家套,是他的第二故乡。

时值深秋,他们十二名知青一道儿来到丁家套,在这里蹚水过河。河很宽,他们一个个冻得直打颤,是蚕桑场的"六爹"丁少经烧了一堆柴火才使他们转过神来。

他们就被安排到蚕桑场。

开始做饭了,看着那个黑乎乎的吊罐,却又不知怎么将它从上面移到火塘中。

舒劲秋提议大家往下拉,王平生和几个男知青就一拥而上,用力拽吊罐,可是任凭他们用多大的力气,那铁丝上的吊罐还是纹丝不动。支部书记丁杏书来看他们时,恰好看到了这一幕,笑着说:"那上面有个扣子,松一松扣子就行了。"

陈芙蓉一试,吊罐果然就下来了。

舒劲秋像个快乐的小鸟一样连声啾啾,打趣道:"五个男子汉还不如一个小姑娘。"

大家笑得直不起腰。

知青来时,桑场里没有厕所,一个木棚男女混用。

知青们谁也不敢去上,女孩子更是脸憋得通红。

场长田孟珍明白了,城里的孩子不一样。他带着场里的职工拣了一天砖头,垒了一个知青厕,末了还未忘记让王平生用毛笔在墙上分别写下了男女两个字。

吃花生是很平常的事,但王平生那次吃花生却是一生中最难忘的。

一天,王平生和刘清世在山上给桑树松土。

劳累了一整天,又累又饿,摸黑回场的路上,两个人几乎迈不动脚。

路过民兵连长胡华清的家,刘清世他们想喝点水,于是就走进了胡家。胡华清赶紧招呼妻子给他们弄点吃的,可是翻遍了箱柜坛罐,也只有小半袋花生。那时的口粮是按月发放的,月底了,几家还有米和面?胡华清没有犹豫,他和妻子立即动手,将那花生全数炒了,一个不留地端出来。

两人饿极了,全然顾不得害羞,连壳儿都不剥干净,直吃到只剩下一个空碗底。

看着他们这个样子,胡华清和妻子相视一笑。

回到场里,"六爹"丁少经还在等着他们,这个心地善良的老头儿自打为知青们做第一餐饭起,就变着花样给他们弄好吃的,尽管那时好吃的是那样难得。

知青们被安排到蚕桑场,作为炊事员的他非常高兴。那天,他把知青们一个个地看了个够。孩子们长得标致,惹人爱怜。可他们这么小就离开了父母,无儿无女的丁少经把他们当作了亲骨肉。

丁少经对王平生更是疼爱。有次,他去看孩子们睡觉是不是蹬掉了被子,却发现王平生还在煤油灯下读书,边看边做着笔记。丁少经虽然自己未读过多少书,却很喜欢爱读书的人,他走上前去,对王平生说:"孩子,书要读,可也要注意身体,白天干了一天的活儿,可不兴这样啊。"

"六爹,我这就睡。"王平生也和村里的少男少女一样,管这位慈祥的老人叫六爹。

目送着掖好几个知青被子的丁少经离去,王平生的心里涌起一阵感激。

后来,知青中的舒劲秋和陈芙蓉被调到民办小学当教师,王平生和郭建军去做山林巡视员。

丁家套的山林资源十分丰富,但总管理不好,经常有人盗伐树木。

王平生和郭建军日夜巡逻。一次,他发现有一个人砍了树正背着往七道河方向跑,就连忙和郭建军一起去追,那人把树撂了在前面跑,他们在后面追,一直追到了七道河才赶上那个人。

王平生按照队里制定的"砍一栽三罚五"的规章对那人进行了处罚,那人自知理亏,只好认罚。

参天的大树布满了丁家套的山山寨寨。时至今日,村里人总说丁家套的青山绿树有王平生他们的一份功劳。

1979年知青大返城时,王平生是舍不得走的。他不忍离开丁杏书书记和六爹,不忍离开将自己唯一的生蛋母鸡杀了送到知青桌上的三婆,不忍离开替他洗了四年衣服的五婶,也不忍离开丁家套其他的父老乡亲们。

但是,母亲要他回到古城,他也要完成自己的学业。

那一天,知青们在丁家套百名男女老少的簇拥下,一步三挨地来到丁家套的大河边。

"唰唰唰",村里的十几名青年把鞋全脱了,他们抢着背知青们过河,这时候怎么能让知青赤脚呢?他们马上就要在大都市里显身手呢。可是知青们说什么也不肯让他们背,还是丁杏书做通了王平生的工作,王平生就趴在了一个绰号叫"飞机"的青年身上,趴在"飞机"背上的王平生泪水直往"飞机"染色的老棉布上衣上掉。

临分别时,王平生拉着丁杏书的手说:"要是这里能建座桥多好啊。"丁杏书不无遗憾地说:"建桥是我们几代人的梦想,可是大山里贫穷,连一座木板桥都架不起,更何谈建钢筋水泥的大桥呢?"

一转眼过了二十多年。二十多年中,知青们的人生旅途各异,王平生也由一名大学生成长为国家发展计划委员会的领导干部。他回过两次丁家套,丁家套到北京去的人大多在他的家里起居。鸿雁传书,音讯不断,三千里路是思念的延长线。

这一天,丁家套村新书记和老书记在平湖的街上相遇,二人都拿着一封信往邮局跑,相互一打听都笑了,因为收信人都是北京的王平生。

内容不用说就知道,在国家计委和县、乡政府的大力支持下,全长255.8米的丁家套大桥建成了,7月1日就要通车。两位书记想请王平生回家来看看。要是时间允许,最好是回来参加剪彩仪式。

其实，王平生已经知道这个消息了，因为他已接到了好几个来自丁家套的电话。

他是要回去的，那里有他知青时代的梦，有他难以忘怀的岁月情缘。

（原载于 2001 年 2 月《大别山文艺》创刊号）

桥　祭

　　双龙河生在大别山腹地的南北龙山之下,这条小河平常的时候像姑娘般温柔恬静。然而一旦雨季来临,干涸的河床突然爆满,其凶悍的程度又与泼妇无异。方晶就是在这样的季节中死去的。这个三年级的小学生放学回家涉水过双龙河,被洪水无情地卷走了。

　　李辉很后悔。在这世界也许真有冥冥之神和阴阳之族,要不那天五婆婆的话为何应验了? 五婆婆做了一个梦,梦见她的孙子被一条五彩的巨蟒吞吃,于是五婆婆就死活不肯让方晶去上学。方晶三天没去北岸的小学上课,李辉去家访的时候,五婆婆还是那句话:"我不能没了晶晶,他是我的命根子。"

　　谈判陷入了僵局时,方惠回来了。方惠是村上的妇联主任。

　　方惠说:"妈,我早说过,那是迷信。"

　　五婆婆说:"迷信迷信,大家都信。这些天我老是耳热眼跳,怕真的是要出事呢。"

　　方惠说:"真的要出事,你不让晶晶上学也不是个办法。李老师来了,你就让晶晶去吧,不然他的功课怎么办? 将来又怎么能考大学?"

　　五婆婆说:"也罢,功课还真的误不得。"

说完就去了厅堂,烧了一炷高香,磕了三个响头,说:"保佑我的孙子吧。"

背着书包的方晶向妈妈做了个鬼脸。

李辉对仍很不放心的五婆婆说:"五婆婆,我一定为您保护好方晶。"又对方惠笑了笑说:"方惠,谢谢你。"

李辉万万没有料到此举会铸成大错。按说方晶的不幸与他没有丝毫干系,可他的好意却成了五婆婆发泄的出口。当李辉抱着方晶的尸体回到岸边,五婆婆简直疯了。她呼天喊地地撕打着李辉,说:"还我的孙子,还我的孙子……"

在场的人无不伤心落泪,连连感叹:这老太婆的命真硬,儿子早逝,小孙子刚刚知道点事,现在又失去了。

委屈的泪水自李辉眼里流了出来。

他不想解释。几滴委屈的泪如何抵得消方晶的生命以及老人痛失孙子的悲痛。他在想,要是教育组早点散会的话,他也许能赶上护送路队,那就不会出现今天这样的惨剧。

自那以后的许多时候,李辉就想着要在双龙河上架座桥。明知道架桥不是一件容易的事,可是他仍然痴痴迷迷地幻想着有朝一日孩子们背着书包平平安安地从桥上走过。

方晶出事后,他常去方惠家。挑水、劈柴,也谈一些家常,当然,每次谈话的对象仍旧只有方惠,五婆婆从不搭理他,妇联主任倒是很宽厚。

他和方惠谈了自己的

想法。

方惠听完后说:"这个想法太棒了！李辉,你大胆干吧。"

五婆婆瞅了他们一眼:"什么事值得你们这样高兴？方惠你不要忘了,我们与这位李老师有仇。"

李辉尴尬地一笑。

方惠附着婆婆的耳边说:"你知道李辉想干什么？"

"想干什么,不是杀人越货吧？"

"妈,李辉想在双龙河上架座桥。"

"架桥？"婆婆张了一下嘴,终于没说什么。

村主任刘洁和方惠顺着双龙河的沙滩向前走着,河水很浅,清澈见底。

方惠说:"刘洁,告诉你个事。"

刘洁笑了笑:"啊,是好消息吗？"

"当然,李辉想集资建桥。"

刘洁立时沉了脸:"我说方惠,架桥是小孩儿玩过家家吗？双龙河几代人都有过这样的愿望,可愿望和现实有多大的距离你不是不知道,你跟着瞎起哄干什么？"

"李辉这个设想很实际,我看有可能实现。"

"这可能的保险系数有多大？万一失败不成了笑柄？再说我们村委会都不敢想象的事,他李辉有那金刚钻吗？方惠,听我的没错,少掺和。"

"年轻人总要有点事业心吧。刘洁,这事你不支持我支持。"

两个人第一次为了不是自己的事不欢而散。

其实,在刘洁和方惠争执的时候,李辉已经开始了他的游说。

毕竟心有灵犀一点通,人们都说双龙河上早该有座桥。

几天以后,双龙河破天荒有了个民办组织——双龙河大桥筹建指挥部,李辉被公推为这非官方组织的指挥长。

筹建指挥部的第一项工作当然是募捐和集资。这是一项非常关键又艰巨的工作,大桥的成功与否基本取决于这一步。

那天放学后,李辉去方惠家帮忙挑水时,请方惠帮忙做宣传,她没有犹豫就答应了。

五婆婆再也没有对他瞪眼睛,面目好像比以前慈祥了许多。

方惠到底是非同凡响,请动了县报记者。报上一登,县长看夹山沟里出了这么件新鲜事,连忙叫人送了2000块钱来。县长的行动使村里村外的群众触动颇大,于是大家捐钱出物,掀起了建桥热潮。

不出一月,筹建指挥部就筹集到了5万元。李辉决定趁暑假的时候去县上采购钢材水泥。

他和方惠说这事时,方惠一副男儿气概:"我也去。"方惠同时担任着大桥指挥部的会计。

可就是这种男儿气概惹下了许多不必要的麻烦。那天从县里回来后,方惠屁股还没坐下来,刘洁就气冲冲地找上门来。

婆婆赶紧倒茶端烟,她晓得这些年轻人的习性,动不动就吵,吵过后又是烟消云散。

"谁叫你跟李辉去县城的?"刘洁火气特别旺。

"走得太匆忙了,没来得及和你商量。"

"商量,还用得着吗?你说这些天你和那臭小子干了些什么事?"

本来想缓和一下气氛的方惠,一听这话竟也忍不住大声嚷起来:"刘洁,我告诉你,我还不是你的老婆,我干了些什么关你什么事?你听着,你可以误会我,但绝不可以误会李辉。"

方惠的这句话倒不是替李辉辩解,因为几天的相处确实使方惠真正认识了李辉,确切地说是看到了文弱的李辉的另一面。这个在女人面前腼腆得像个小姑娘的小伙子原来是那么富有朝气,办起事来那么雷厉风行。

从水泥厂出来,方惠要他快请搬运工,李辉推说不急。然而那天早上方惠被李辉叫醒后看到的却是满载五吨水泥的大卡车。水泥厂厂长说那是李辉一夜没合眼的功劳。厂长还说:"我送给你们一千斤水泥,这小伙子不简单啦。"方惠真不敢相信这个文弱书生的能量。

双龙河大桥奠基的那天,没有谁敲钟上工,两岸群众都自动带着工具来到了工地。

五婆婆在孙女的搀扶下也出现在人群中,和她们一起来的还有村长刘洁。

李辉挥铲铲第一铲土时,工地上掌声雷动,鞭炮响彻云天。

突然,大家听到了一阵哭声,那是五婆婆的声音。

"晶晶,终于快有桥了。你再不用担心小伙伴们过不来河了,呜呜,我的晶晶啊。"

"妈,你不要哭了,今天是双龙河人大喜的日子,大家都在高兴。"方惠哽着不让泪水流出来。婆婆说出了她的心里话,这段时间她跟着李辉东奔西忙,一半是为了双龙河的人,一半力量则是来自她那死去的儿子。

站在高处的李辉环视着他脚下忙碌的人群,作为一个老师,他不具备"统率大军"的才能,而眼前这支"大军"犹如他的学生一样可爱,他不禁在心里高呼:山里人万岁。

不知谁别出心裁找来一杆红旗插在了土地上,鲜艳的红旗迎风飘扬,工地上人声鼎沸,好不热闹。

方惠、五婆婆和李辉聚在了一起,唯独不见了刘洁。方惠曾要求自己的这个恋人替李辉分担一部分建设大桥的责任,可刘洁一听这话就来气。

刘洁说:"他建大桥他出风头,我何苦要自找苦吃?"

"可这不是哪一个人的事,有了桥,双龙河的人不知要少吃多少苦头。"方惠鼻子一酸,她又想起了晶晶。

"他李辉是英雄,双龙河世世代代没有桥都照样活过来了。"

"活是活过来了,可双龙河人不知付出了多大代价。刘洁你还是帮帮李辉吧。"

"对不起,要关心你去关心好了,我没那闲心。"

"你……你……"

双龙河大桥的三个桥墩建成的当天,双龙河突然遭遇了山洪暴发,河水裹挟着桥墩上新垒的石头顺流而下。闪电中,正在带人清理桥墩旁沙包的李辉一个趔趄倒进了洪水里,瞬间就没了踪影。

"李辉呀,李辉!"火把顿时燃遍了双龙河两岸,可是回答他们的只有怒吼的风雨,河水拍打岸边发出的轰鸣,以及人们慌乱的脚步声。

五婆婆听到这个消息的时候已是凌晨,当泪眼婆娑的方惠和这个细脚的婆婆站在双龙河边,面对凶狠依然的双龙河水时,方惠听见婆婆在喃喃细语:"都说建桥要死人,可凭什么就是这个小伙子?"

在那以后的某一天里,几阵锣响将双龙河的悲痛推向了高潮。锣声和哭声中,道士开始了他们的工作。道士让人在一个澡盆上系上一只鸭子,口中唱着祭奠的曲子,催鸭子上路,鸭子被逼着拉起了澡盆满河游荡。

五婆婆哭着大叫:"李辉,你起来呀!"

岸上的人也跟着大叫:"李辉,你起来呀!"

声音庄严而凄婉,令人毛骨悚然。

直到天黑的时候,飘荡在中间桥墩处的澡盆里才跳上了一只小虫子。五婆婆颠着小脚如获至宝,欣慰地说:"终于起来了。"方惠很奇怪,她怎么竟真的看到了李辉从那儿飘上来,清瘦的脸带着安详的笑容,神情中还是那般坚毅果决。"李辉!"她竟忍不住大喊一声。有人推了她一把,她才惊觉自己的失态。她的面前没有李辉,只有捧着小虫子肃然起敬的婆婆和悲恸的人群。

婆婆搞这个活动时没有告诉方惠,当方惠知道后提出反对意见时,婆婆说:"我知道你的心思,但这个小伙子不应当水鬼,而应该让他升上天堂啊,我这样做,是想给双龙河提个醒呀。"

在孩子们用稚嫩的童音喊他们的老师时,在听见那凄切得令人伤心欲绝的声音时,方惠便陷入了沉思。

方惠分明听见李辉飘上天空时对她说了一句什么话,依稀是要她和伙伴们不辱使命,完成他的未竟之业。

不知什么时候下起了雨,这雨水仿佛只倾注在人们的脸上,和那眼里涌出的东西搅在一起,形成了一种复杂的情绪。

　　一把雨伞倾到了方惠的头上,有人用纸巾抹去了她脸上的水珠,并挽着她离开人群。走了半里地,她才瞥了那人一眼,那是她曾经的恋人,刘洁。

　　一年以后,双龙河桥终于通车了,给大桥剪彩的除了县长,还有村主任方惠。

(原载于1993年第2期《热土》)

失

　　媳妇说:"越教越穷,还教个么子书呀。"

　　张春来不吭声。越教越穷,这话倒不假。本来就没有几个钱,又将十之二三贴给了学生,而他还要支撑那么大的一个家,能好得了吗?苦自己倒无所谓,只是累及年迈的父母、瘦小的妻子和年幼的女儿,实在惭愧。但几次下决心辞职,都因娃娃们稚气的脸蛋、纯真的眼睛而又打消了念头。

　　不能再犹豫了,张春来连夜向校长交了辞呈,匆匆融入南下的打工潮。他怕自己受不了娃们琅琅书声的诱惑而后悔。

　　那些天,在南方这个陌生的小城市里,他拼命让自己去想钱,十几块钱一天的工资虽然很令人满足,可他心里却仍然很惶惑,好像丢了什么一样。

　　丢了什么呢,连他自己也不明白。他只知道自己在挣钱的同时,脑子里总有小青和林林他们的影子。那次梦醒,他到处找粉笔,说同学们一定要把这个问题弄清楚。待到记起这已不是学校时不禁摇了摇头。他放不下小青和林林他们。小青刚刚改掉毛手毛脚的毛病,这会儿会不会又犯了?更使他牵挂的是林林,当他听说林林爸准备让林林去镇上为自己守摊点时,就赶紧去家访。他对林林爸说:"林林才十一岁呀,十一岁正是学习文化的年纪,你就甘心让你儿子守一辈子摊吗?知识可不是金钱能买得来的呀。"林林爸说:"张老师,你的好心我不是不知道,可大家都在挣钱,我也想让林林早点儿学些本事。"张春来继续劝道:"大哥,不要说了,林林是个有希望的孩子,我们做大人的宁可自己苦点,也千万不能苦了孩子,何况法律也不允许你这样做。"从林林家里出来,林林默默地送了他好一程,他向林林投去鼓励的目光。可是,不待林林返学,他却自己偷偷地来到了南方,他只觉得好对不起林林,好对不起全班同学。

那天下午他没有去上班,于惶惑中漫无目的地往前街走去。忽然他又听到了琅琅的读书声,禁不住心潮澎湃、热血沸腾,不顾一切地循书声奔去。然而一奔到校门口,他又呆呆地立在那儿不动了。这不是他的用武之地,这座南方小城的学校多么使他艳羡啊,可他却无法走进去一步。

想着想着,张春来不知不觉地就走进了火车站,他从售票口买了最早的一张北归车票。

(原载于1995年第118期《湖北教育报》"楚才"副刊)

锦绣山河

大自然的壮美是我们无法用笔形容和描绘的,但多看看、多走走无疑是开阔眼界、增长阅历极为有效的途径。

旅行深港澳

2013年春节的时候,我回家乡团聚,和我的兄弟姊妹、儿子,以及侄儿侄女相聚一堂。说到侄孙周岁的事情,我表态说今年夏天一定去一趟深圳,一来为侄孙庆贺周岁,二来还可以借机去香港、澳门看看。一晃时间就进入了6月,就在我快要忘了这事时,侄儿从深圳打来了电话,问及我的行程。于是我决定兑现承诺,暂时抛开手上的工作,邀上好友老郭和老李,带上老婆踏上了去深圳的高铁,开始为期一周的深港澳之旅。说来惭愧,动车和飞机我都坐过了,唯独乘坐这高铁还是头一遭。虽说高铁也是火车的一种,但高铁究竟不一样,能将二十多个小时的距离缩短到不到五小时,难怪我们的总理总向国际友人推荐中国的高铁,原来高铁的性能这么优越。

侄儿早就为我们订好了酒店,还把在深圳的亲朋好友都喊在一起,两个儿子也分别从佛山和东莞赶到这里,十几个人坐了满满一大桌。那晚的聚餐我们都很高兴。女士们没喝酒,小辈们都开着车,就我们几个人喝了两瓶52度的白酒,要知道南方的城市很少有卖这种烈酒的,但是我们觉得那种淡得像猫尿一样的东西不足以代表我们此刻的心情,何况老李和老郭是很能喝酒的。像年轻人一样闹腾够了,等我们回到宾馆时,已经是晚上10点了。因为兴奋劲儿还没过,老郭提议我们玩会儿斗地主,于是我们找服务员要来扑克,三个人又兴

致勃勃地玩了三个钟头,想到第二天还有行程这才作罢。

　　第二天就是侄孙的生日,所以我们计划在深圳玩一天,去看看这座节奏很快的城市与武汉的差别在哪里,也看看它与前些年相比有多大的变化,还要看看深圳的几处景点。早晨侄儿来接我们去吃早点,五个人近三百的费用对于一顿早餐来说还着实有点贵。但我心里挺高兴的,这除了意味着侄儿对我们的尊重,也说明他在深圳闯出来了一点儿小名堂。第一站我们去的是世界之窗,十几年前我也来过这里,但印象却很模糊。因为想看看其他地方,所以我们也只在外面逛了逛,拍了一些照片。后来我们雇了一辆车子,先后跑了航母海湾、中英街和大梅沙。深圳的街道都很宽敞,道路也是林荫道的那种,中间的隔离带不像武汉那么小家子气。这里的道路中间有几米宽,满是参天的树木,路两边也都绿树成荫,没有武汉的拥挤,还有就是老李说的很少看到左转道。中英街本就不长,才二百四十多米,几步就走到头了。去中英街的人大多是去淘东西的,我们无东西可买,再加上还要去香港,所以差不多用了二十分钟就折返了。大梅沙实际上就是坐游船看海湾罢了,海湾两边看起来也都是一样的景致,像走马观花一样很难去深入接触了。晚上7点钟我们准时回到了侄儿预订的酒店,参加侄孙的生日晚宴。侄儿的人缘不错,亲戚朋友和同事都来了,侄儿也舍得花钱,一只龙虾就花了一千五百多元。因为对手多了,我喝的比头天晚上还要多,一切为了高兴。愿在这异地他乡工作生活的亲人和朋友都幸福愉快,也愿侄孙茁壮成长。

　　第三天,我们要出发去香港了,那个我在梦中和荧屏上见到过无数次的地方。因为已与深圳的旅行公司签约,我们是跟团走的,毕竟出入境的手续太复杂,儿子他们觉得跟团还是要妥当些。早晨7时30分,在小儿子和我学生的护送下,我们一行六人进入了深圳皇岗口岸。儿子和学生很细心,一直将我们送到关口,在工作人员的催促下才离开,我们也深深体验到被呵护的感觉。排队排队还是排队,那天的天气很热,太阳很大,排得人头上冒汗,腿脚抽筋。这还是在旅行社的帮助下度过的,有人报关,有人送关,还有人接关。老郭说这快把人搞死了,真是不出门不知旅途的辛苦。在终于见到香港街道的时候已经是上午11点30分了，我算了一下，在关口差不多待了四个小时。接关导游姓李，是一个五十多岁的短发男人，很健谈，当然这可能是所有导游的共性。李导游讲话很幽默，滔滔不绝，每个景点也介绍得很详细。金紫荆广场和星光大道，这是我们这天上午马不停蹄要去的景点。金紫荆广场说是广场，其实面积是不大的。但这个广场与它旁边的建筑物却是意义非凡，因为这是香港回归仪式举行的地方，过往那激动人心的场面就是在这儿发生的。金紫荆广场最大的亮点就是那个巨大的紫金花雕塑，据说这个底座下面压了5千万人民币，上面的紫金花也是用意大利纯金雕塑而成，那光芒万丈的金色是永远褪不了颜色的，寓意香港永久繁荣昌盛。

简单吃过午餐后我们便去了香港海洋公园，这里与武汉的海洋大世界还是有很大的不同的，海底动物倒没有什么好新鲜，就是玩的地方多，而且都是一票通。三个小时的时间里，我们坐了海底列车，登了高转盘，像年轻人一样畅快地玩了一把过山车。说是海底列车，其实是从山下通往山上的隧道，列车启动，门窗一关，顶上的荧屏就开始播放海底动物的录像，使人感觉就像置身海底一样。隧道很短，上行是竖起来上，下行是竖起来下，整个过程也不过五分钟，但这五分钟确实值得体验一番。高转盘每次可以容纳六十个人，转盘沿着一根大柱子缓缓上升，到顶峰时就可以将整个香港尽收眼底了。过山车本来不是我们这个年纪玩的，但为了证明我们不老，我和老李就上去过了一把瘾。过山车跑得飞快，我还好，没有一点紧张的感觉，但老李却很害怕，死死地拉住保险杠不敢动一下，以至于他的身子整个歪在了我这边。从海洋世界出来我们顺道去了浅水湾，这时的导游已经换成了一个年过四旬的王姓女人。据她介绍说，她已是四个孩子的母亲，一对孪生女儿已经十六岁，还给我们看了她们的照片，很可爱的样子。浅水湾三面环海，是香港的富人区，据说，香港前十名的富人和一些影视明星都居住在这里。海浪拍击沙滩，游人嬉戏海水，夕阳下的这一幅美景真的很令人赞叹。我和老婆脱了鞋袜，跑到海水里尽情玩耍，连裤子被打湿了都不知道。我们还以四周作为背景拍照，希望能沾一沾香港富豪们的贵气，带给我们一些财运。吃罢晚饭我们终于回到了酒店，这回算是真正体验到了香港的拥挤。说是星级宾馆，其实也就内地的旅社那么大的房间，空间狭小不说，条件还很简陋，说香港人一家三代能有三四十平米的房屋都算是富人的话我这才信了。原来说香港是寸土寸金，现在得改为寸土寸钻了。

第四天，我们游览完黄大仙庙后，便被带去了购物城，也便有了被愚弄的经历。本来我们的想法是善良的，心想商家提供了本次旅行的赞助，我们也自然要以购物的方式去回馈他们，但天上不会掉馅饼的。大半天的时间里我们一共去了三个购物中心，它们分别是珠宝店、钟表店和百货店。后来经儿子提醒，我才意识到这些店其实都是关门营业的，因为它们只对游客开放。店面的面积都很大，里面也非常热闹和兴旺，而这些都归功于各个旅行社，这些繁华是他们带来的。进店后我们无一例外地被拉到一个大屏幕下听导购员声情并茂地讲解，关于彩金如何比金子时髦，关于名表体现的人生价值，还有关于德国电子产品堪比日本货的优越性能，于是游客就像被洗了脑一样疯狂地购物。我真的很佩服这些超级演说家，商家确实应该重赏他们，他们的鼓动使商家赚得盆满钵满。我更佩服商家和旅行社联手的精明策略，游客们表面上是省却了不少的费用，但在这里却完完全全双倍还不止地奉还了。那天回酒店粗略地统计了一下,我们一行四人共花费了四万多元人民币:老郭最多,有两万,我和老李一起也有两万多。其他团友也少不到哪儿去。我为孙女买了一条彩金项链,为儿子买了一块手表,还为亲戚朋友带了一些礼物。我买的东西老郭和老李差不多也都买了。姑且不论这些东西是不是像导游们说得那样划算,单就我们回到深圳东莞后小儿子的一席话便让我们顿悟。小儿子说:"所谓彩金不过是金子和铜的合金,要买金子一定要选择真金白银,因为那个才是保值的根本。"儿子的说法我虽然嘴上不以为然,但内心还是接受的,且不说他是正宗的化工硕士出身,就是他对这些东西的研究也是我望尘莫及的,看来导游和导购的话还真信不得。本来我以为彩金即使没有纯金值钱,但也不至于一文不值,其价值比真金白银也差不到哪儿去吧。没想到东西到了大儿子和儿媳妇的手上,我和老婆受的打击更大,因为他们说这个根本就不是彩金,拿吸铁石都可以吸起来,而且还会掉颜色。有没有儿子儿媳验证得那么邪乎已经不重要了,香港的商家已经让我异常愤慨,货品贵一点是可以理解的,但绝不能以假乱真啊。要知道香港的发展与我们内地的游客是有很大的关系的,而且每天还有成千上万的内地游客奔走于内地和香港之间,各地的旅行社还在不遗余力地拉人上当。后来查明,手表、摄像机、化妆品也都与宣传的明显不符。老郭买了两条香烟打算送领导,花了近千元,但回来在网上一查,每条才值两百多,搞得他不敢送了。

  第五天,是我们起得最早的一天。凌晨3点多,我们就被酒店的电话叫醒,因为4点30分旅行社的车子就要来接我们了。这一天我们的行程是很紧张的,6点钟的时候我们已经被送到了去澳门的码头,在码头上每人被派发了一袋面包和一罐凉茶算是早餐。过关很顺利,7点钟我们就登上了到澳门的轮船。轮船在海上航行,我们的心胸也随之开阔起来,昨天的不愉快也被海浪给吞没了。烟波浩渺的大海、满是游人的轮船勾勒出了一幅绝美的画卷。

  那天我们参观了澳门的一些景点,包括大三巴牌坊、妈祖庙、澳门大桥、渔人码头、盛世莲花,晚上还观赏了澳门的夜景,观看了现代钢管舞

等舞台表演。还听导游讲了很多何鸿燊的传奇故事,就像在香港撇不开李嘉诚一样,在澳门是离不开何鸿燊这个话题的。那天晚上的10点钟,我们终于回到了内地。三天的时间仿佛是一个世纪,内地和香港澳门的差异的确是很大,尤其是在价值观和道德观上。走马观花的港澳游虽然没有触摸到深层的东西,但仅这些就够了,因为我们在认识上已经达到了另外一个高度。澳门和珠海虽然只是一桥之隔,但这桥的两边是两个不同的世界。那天晚上我们在珠海睡得很好,有一种踏实的感觉。

　　第六天,老郭和老李准备踏上归程了。我和老婆因为要看看在东莞工作的小儿子,便绕道中山和广州到了东莞汽车总站,儿子专门请假来东莞市区接我们,他所工作的松山湖地区离市区有一个小时的车程。松山湖的风景真的很好,虽然湖不是很大,但四周的生态景观却是异常优美,景区虽然也有公路,但车辆是不能轻易进去的。景区边最大的亮点就是那十多家整齐划一的自行车棚,租一辆自行车,沿着湖边的公路边骑边浏览景色真是人生的一大快事。带着中午饮酒的兴致,在儿子的指导下我也租了一辆车子,二十多年没骑自行车了,还担心能不能驾驭得了它。还好,只是刚开始有点生疏感,在广场上骑了两圈后就拐上了湖边的道路。儿子侄儿还有学生他们去钓鱼了,我和侄女就一前一后地展开了骑车比赛。绕湖半周就用了我们两个小时的时间，每每有好景致的时候我们也会停下来尽情观赏，停下来时也没有气喘的样子。脱下鞋袜，坐在青石板上，看着鱼儿在水里游，多么惬意和温馨的画面。因为运动，在这南方的湖滨城市我仿佛年轻了十岁。老婆说："运动真的能够给人带来意外的惊喜，所以要加强运动才能让你那大肚子瘪下去。"那晚我们在东莞吃了晚饭，因为要赶第二天从深圳北归的高铁，所以还是回到了深圳北站附近的酒店住下了。

第七天，因为怕惊动了侄儿及学生他们，早早起床的我们谁的电话也没打。我想这些天耽误他们太多时间了，也花费了不少的钱，深圳是个快节奏的城市，不能因为我们影响到他们的工作和生活。我们早上6点钟就直接打的去了深圳北站，小儿子一直在陪着我们，还是像我们去香港那天一样，他一直将我们送到了站内，直到我们检票准备上车了他才回去。其实他那天也是要远行的，那天是他那在上海的女友的生日，他要乘飞机去上海和她一起吃生日蛋糕。

列车启动了，高铁用一眨眼功夫就开到了三百多公里的时速，窗外的南方城市一座连着一座，仿佛这里的土地不长庄稼只生长高楼大厦。虽然远处的山是绿的，但绿中的高楼和路网织就了这特有的美景，与我们所居住的城市真是有太多的不同啊。当然我没有丝毫贬损我们武汉的意思,相反我觉得我们能居住在九省通衢的位置是一件不简单的事。老郭在回去之前说这次旅行是不虚此行,我虽不敢完全认同他的观点,但我们此行确实是有收获的,我们对这世界多了一些认识,也多了一些思考。

  香港、澳门,还有深圳,再见了。在这几天中发生的愉快和不愉快的事,我们都会珍藏在记忆之中。

相约泰新马

2016年12月11日,农历冬月十三,我们终于开启了泰新马之旅。这是几个朋友在前两年去深港澳时就有的约定,这一约定终于在三年后变成了现实。机缘巧合的是,出发这一天是妻子的生日,要知道这个时间不是我们自己能确定的,报团是一个多月前就开始的事情。妻子说,这是我送给她最像样的一份生日礼物。其实说来惭愧,我其至不记得几十年来还送过妻子什么样的礼物。这样一说,我倒乐得做一个好丈夫了。

我们的领队姓董,是一个扎着小辫子的青年人,同行的一共七个家庭,一个二十人的团队就这样产生了。旅行社的安排相对来说还是比较周密的,十天的行程满满当当,泰国六天,新加坡一天,马来西亚三天。除了所见所闻,真正让我感触最深的是泰国的皇家文化、佛教文化和情色文化,新加坡的风水学以及马来西亚浓郁的宗教色彩,三国同属东南亚国家,有一些共同点,但又风格各异。尽管我们这次是走马观花,但是窥一斑而知全豹,我的记录就循着这三站的轨迹来进行吧。

到达泰国曼谷的时候已经是当地时间下午五点，落地签什么的用了两个多小时，走出机场时外面只剩微弱的光线。有泰国少女在我们的豪华大巴前等着跟我们拍照，一圈鲜花戴在脖子上，这上宾的礼遇居然也被我们享受到了。导游叫佟林，普通话说得很标准，是北京人，只是在泰国生活十几年，皮肤被打上了泰国风土的印记。他让我们叫他"屁佟"，说在泰国这是佟先生的意思。自此屁佟、阿明还有司机母子二人就成了我们六天行程中的伙伴，尽管屁佟他们的工作有不尽如人意的地方，但我对他们积极的一面还是认可的。屁佟的学识、司机母子的谦卑都给人留下了深刻的印象。

　　泰国的六天游览，让我到现在仍然难以忘怀的只有玉佛寺、大皇宫和芭提雅了。玉佛寺在泰国几千所寺庙中享有崇高的地位，这里人山人海，热闹非凡。玉佛寺建在大皇宫北边，四周有走廊环绕，院墙里金碧辉煌，雕梁画栋。泰国的镇国之宝——玉佛就供奉在大雄宝殿金色的高座上，晶莹剔透、光彩照人，令人肃然起敬。玉佛依照泰国一年三季的时间更换锦衣，更换仪式由国王亲自主持。除了玉佛以外，其外围的佛塔也是富丽堂皇，这里的所有建筑都以金色为主题，仿佛是金子砌就，平添了庄重的氛围。因为是泰国皇家寺庙，也因为紧挨着大皇宫，玉佛寺很早就成为世界少有的佛教圣地之一。

　　确切地说，玉佛寺也算是大皇宫的一部分，虽然说大皇宫和玉佛寺离得不远，但是我们从玉佛寺绕到大皇宫的正面却足足花了一个多小时。因为普密蓬国王新逝，成千上万的泰国民众自发地去瞻仰他的遗容，一路上见到的除了游客就是身穿黑衣、胸佩白花的人，他们中有小学生，也有坐着轮椅的老人。为了能送别国王，有的人要赶几天的路程，有的人甚至昏倒在路上。泰国天气炎热，泰国政府为此提供了很好的便利，沿途配备了急救装备、药品以及生活用品。我们还看到街上到处是国王的画像，家家户户门上、围墙外都挂着黑纱白花。政府没有任何要求，这是泰国民众发自内心的尊敬和悼念。国王普密蓬是泰国人民心目中的英雄，他不仅为泰国的民众带来了很高的幸福指数，而且身体力行地为民众谋福利。也因为国王逝世，大皇宫壁垒森严，我们只能从外围领略皇家宫殿的风采,远远望去,只看见皇家卫队士兵矫健的身影和宫殿内隐约的华贵,还有那些肃然进入宫殿的泰国民众。听领队小董讲,皇宫内有些地方原本是可以参观的,他带领过数不清的团队深入过内殿。虽然他讲得绘声绘色,但我们也只能靠自己丰富的想象力去勾勒其中美丽的画面了。

  从大皇宫出来后,我们便去了湄南河上的长尾船,游览了湄南河壮丽的风光,也看了一场人妖歌舞表演,真正领略到这个奇妙国度假女人的风范。泰国没有假货假药,却到处都是假女人。泰国禁毒禁赌不禁色,在那里没有我们中国的所谓"黄色"一说,芭提雅的繁荣昌盛就是最好的佐证。作为情色之都的芭提雅是我们后面两天驻足忘返的地方,当然不仅仅是因为情色那么简单,它的历史渊源和发展都是足以为人称道的。这里原来是个小渔村,后来美军侵略越南时成了一个后方基地,美国大兵有钱,一些女人蜂拥而至,久而久之造就了这儿的繁华。现在的芭提雅远非越战时候可比,五大洲四大洋的人应有尽有,高端大气上档次的街道、酒店以及酒吧比比皆是。那天我们乘着豪华游轮游历了暹罗海湾,游船上的晚餐丰盛可口,还有人妖歌舞助兴。怪不得在曼谷时屁佟说,到了芭提雅才知道什么是真正的人妖。灯光中的人妖们艳丽非常,游人们抢着和人妖合影。芭提雅还有两大特色:妓院和情色表演。据说这里有多达上百家的妓院,我们没去过不好评论,但情色之都的情色表演却是可以记上一笔的。看过这种表演的人都知道,其实情色和色情还是有区别的,前者是一种文化,后者却是赤裸裸的展示。节目的时间不长,不到一个小时,是不清场的循环演出。灯光、舞美还有场景都布置得自然温馨,节目编排上也不乏艺术性,无不体现出女人的形体美和男人的阳刚美,以及男女交融的浑然天成。

  芭提雅还有一个去处值得记叙,那就是富贵黄金屋。富贵黄金屋是泰国首富华人谢国民为其母亲专门修建的豪华墅区,但可惜老太太未住多久就仙逝了。为了怀念母亲,也是尊重国家的建议,谢国民兄弟将其对外开放,门票收入全部捐给慈善机构。这个占地上千亩的海湾墅区里有许多栋房屋,站在主楼的顶层上可以将整个暹罗湾尽收眼底。

用真金塑就的观音庄重肃穆,令人肃然起敬,佛堂里供奉的佛像上全都镶嵌着宝石。想到昨天逛珠宝店时我想买一颗宝石都觉得能力不够,其富裕程度不禁令人咋舌。景区内的餐厅除了丰富的自助餐外,还有针对中国人的大型演出。

芭提雅的珠宝、自然博物馆、快艇、海岛、风情园、泼水节,还有泰式按摩我们都体验了个遍,其中最刺激的当属海底漫步。我原以为只是坐船去看一下海底,不承想我们只穿上泳衣、戴上氧气帽就被推向了近五十米深的海底,那感觉确实如老李说的,经历了一场生死考验。也正因为这个项目有些惊险,二十人的团队只有我和老郭、老李以及小王四个人参与。在海底我们臂膀相挽由潜水员带领着艰难前行,有潜水员给我们拍照,我们配合摆着各样动作,只可惜水底拍摄要求太高,最终照片没有拍好,白白浪费了我们的表情。

因为要从曼谷搭乘飞机去新加坡和马来西亚,所以我们还得返回曼谷。从芭提雅回曼谷的路上,我们顺便参观了泰国的毒蛇研究中心。泰国是热带地区,常有毒蛇猛兽出没,为了防治蛇虫叮咬,泰国成立了毒蛇研究中心。这个研究中心很有名,一些研究成果比如说蛇药什么的也很有名,所以同伴们没少买这一类药品。

新加坡是我们此次旅行的第二站。我们到达新加坡后连晚饭都顾不上吃,连逛了鱼尾狮公园等几个景点。新加坡的夜景的确很美,尤以鱼尾狮公园为甚。公园环湖而建,四周高楼林立,霓虹闪烁,叠影重重,使人顿觉置身于仙境之中。相传鱼尾狮公园改建时,要将巨大的鱼尾狮雕塑从外湖移到内湖,必须经过中间的大桥,从桥底下转移相对便捷,可是当时的总理要求一定要从桥上翻过,不然就亵渎了狮神,后来还是花费了几十倍的代价从桥上吊装了鱼尾狮雕塑。鱼尾狮在公园的新地方安家,头尾所对的方位很有讲究,就像新加坡的很多重要建筑物一样,风水是第一道要过的关口。新加坡人对风水学的看重到了近乎痴迷的程度,这个来自中国的古老学科在这儿被推崇到了极致。除了鱼尾狮公园,我们还登了花芭山。这个海拔115米的山算是新加坡的较高处,站在山上不仅能将新加坡全景一览无余,还可以看到东面的太平洋、西面的印度洋,以及多个国家的概貌。

新加坡的经济发展迅速,政府会提供很多福利给国民,涉及教育、医疗和养老等诸多领域。虽然是弹丸小国,就连水、粮食和蔬菜都需要进口,但凭借优越的地理位置,新加坡港口的吞吐量足够让新加坡人丰衣足食。

新加坡和马来西亚隔得很近,就像左邻右舍一样。我们的汽车接受边检后直接开过新马大桥,就到了以马来族穆斯林为主要群体的马来半岛。三天的时间使我们感受到了不一样的异域风情,大马并非人们想象的那样落后,这个国家还是有它很多的特色和独到之处的。

从大马口岸坐上豪华大巴,行驶三百多公里就到了举世闻名的马六甲洲。

马六甲虽然失去了往日的优越和繁华,但仍然不失为一处研究历史和观赏的最佳处所。殖民时期的英国和葡萄牙市政厅现在已经是历史博物馆,门前具有欧洲风格的广场似乎向游人诉说着它曾经的辉煌。而六百多年前郑和下西洋时带来的中华文化也在这里生了根发了芽,至今保留着鸡场文化街、郑和井等珍贵的文化遗迹。三宝山两万多华人志士之墓,三宝寺的中华佛教文化,以及坐落在山侧的华文小学,都昭示着在这异域他乡的土地上还生活着很多我们的中华同胞。大马的华人虽然较多,但因为是异教,所以地位相对低下。华人虽没什么政治地位,但由于团结、勤奋和聪明,在经济上撑起了大马的半壁江山。1984年由华人发起的保护三宝山的运动就很好地说明了这一点。当时当地政府因为要建一个什么基地,要将三宝山铲平,华人为了保护这块华人之根就准备筹款买下这片土地,这场运动后来由马六甲延展到了整个大马,最后终于将款项筹齐,三宝山地域自然也就成了大马境内的华人世界。

早在泰国时就听说,在大马的旅行主要在车上度过,这不,一天的时间差不多有三分之二是在豪华大巴上。好在大马的高速收费很便宜,而且沿途的棕榈树和橡胶树以及热带雨林的景色足以让人忘记旅途的疲乏。

从马六甲出发,行驶了四百多公里就到了大马的首都吉隆坡。吉隆坡是大马最热闹繁华的地方,太子广场空旷辽阔,国家大清真寺庄严肃穆,首相府高深莫测。更有那气势恢宏的王宫,伊斯兰惯有的圆顶建筑风格贯穿始终,皇家仪仗队的四名士兵分列大门的两旁,两名骑马两名端枪肃立,神情威武。这一切无不让我逐渐改变对这个国家的最初印象。

当地导游阿聪是个很帅的小伙子,非常健谈,说话也很幽默。在王宫前,阿聪开玩笑说,国王今天不得空接待我们,让我们见谅,惹得我们一阵大笑。到了要去云顶高原时,他又说:"人生难得几回搏,这次的一搏,说不定这云顶高原就要易主成你们的了,到时可别忘记了我阿聪啊。"这么一说去云顶的沉重气氛顿时变得轻松起来。

云顶高原是东南亚最大的赌场,比大马王宫还要热闹。大家都想在这儿试试运气,希望可以从此改变命运,但大多数人也只是在梦境里实现梦想而已,揣着梦想上山来、带着失望下山去是最真实的写照。当然,对于我们来说,上山的兴致还缘于有半个小时的缆车可以乘坐。外面大雨滂沱,云雾缭绕,脚下是原始森林,头上是烟雨蒙蒙,飘飘然如入仙境一般。所谓的发财梦原本就不是我们所求,饱览美景和心有感动才是我们此次旅行的真正目的。

走出国门第十天,我们的旅行要结束了。飞机在晚点一小时后终于于上午9点30分升空。看到南航的飞机,看到熟悉的中国面孔,听到亲切的普通话，一股热流顿时自心底涌出，最亲最美的还是自己的祖国。在广州等候转机的间隙，面对即将解散的七个家庭二十人的团队，我们建立了微信群，群的名字就叫"相约泰新马"。两个多月来，我们的微信群相当活跃，大家有关生活和工作的话题都在里面交流，我们偶尔还在群里打趣一句如"萨瓦迪卡"之类的泰语。泰新马之行让我们收获了友谊和信任，还有对前景的期待。对了，武汉的几位朋友——老李、老郭、老徐又有了一个和襄阳三姊妹的约定，那就是今年我们要去襄阳看一看，去和曾经生活在隆中的诸葛前辈对对话。尽管襄阳我们都去了很多次，但这次去的意义很不同了，因为那里有我们在异国他乡认识的朋友。

下一站，襄阳见。

北京纪行

儿时千千万万的梦随着时光的流逝逐渐淡忘了,但去毛主席住过的地方看一看的企盼反而越来越强烈。真该感谢这个美丽的春天,她让我圆了北京之行的梦。当我登上天安门城楼时,不禁在心里高喊:首都,我终于投进了您的怀抱;毛主席,我终于听到了您那庄严的声音。

我是随一个旅游观光团到达北京的。火车载着我们跨越长江、跨越黄河,于二十个钟头后驶进北京站。进入北京,我的眼里和心里豁地一亮,一个全新的世界便呈现在面前。整齐的楼群、洁净的街道、如蚁的车辆和人群都是那么有条不紊,丝毫不显得忙乱。我们不禁大发感慨:毕竟是"天子"脚下,就是与其他城市不同。因为是傍晚时分,我们只好按捺住内心的激动,在一位李小姐的引导下住进了人前门附近的一家旅馆。虽然路途劳顿,那天晚上我仍旧醒了几次,同伴说,那是睡着了笑醒的。对于这话,我虽然只是笑笑,但默认了是这样的。

第二天起来,吃过北京馄饨,大家相伴着去了天安门广场。天安门广场辽阔且壮丽,如织的游人在广场上参观、拍照、合影留念。天安门、毛主席纪念堂、人民大会堂及中国革命历史博物馆相互映衬,气势磅礴,真是一幅雄伟壮观的画卷。怀着对毛主席崇敬的心情,我们首先参观了毛主席纪念堂。前来瞻仰毛主席的人很多,从纪念堂的前门排了四队到广场上。我们买了鲜花,从北门进入北大厅,迎面是一座用汉白玉雕成的毛主席座像,我们将鲜花献在毛主席的座像前,那里早已是一片花海。步入瞻仰厅,毛主席的遗体安卧在明彻的水晶棺中,覆盖着党旗,沧桑的面容上露出平静安详的神情。我们缓步走过他老人家身旁,觉得这位巨人只是睡着了。几分钟后,我们看到南大厅雪白的大理石墙壁上主席的手迹《满江红》时,更坚定了主席没有离我们远去的信念。

  从毛主席纪念堂出来,走过广场,就到了天安门。虽然之前我从未到过天安门,但这里的一切我都是很熟悉的,电视电影里关于天安门的画面早已镌刻在脑中了。天安门前面的大花坛、喷水池,以及护城河,都是那么美丽诱人。正门上毛主席的巨幅画像更是光彩夺目,令人神往。进入正门,登上天安门城楼,我们找到了毛主席当时站着的位置。我站在那个位置上,鸟瞰广场上的人流车流,鸟瞰普天下的劳苦百姓,不由感叹领袖当年的心境是何等圣洁、何等伟大!在天安门城楼上,我们领到了一个由北京市市长签发的登楼证书和一枚登楼纪念章。这两件礼物我很珍惜,轻易不肯示人。

  天安门的北面便是故宫博物院,明清两代皇帝将这里营造成"城中城"。怀着看一看昔日皇帝是怎么个活法的心情,我们走进了故宫。用"迷宫"去形容紫禁城,到过故宫的人认为一点儿都不过分。紫禁城共有四大门:正南是午门,向东是东华门,向西的叫西华门,向北的叫神武门。每个门上都有一座结构精巧、造型别致的角楼。听说紫禁城占地约72万平方米,有大小宫殿七十多座,房屋九千余间。因为时间不允许我们每个角落都跑到,我们只参观了太和殿、中和殿、保和殿、养心殿、乾清宫和御花园,目睹了金碧辉煌的金銮殿,心里想着皇帝的威风真是一般人不可企及的。从故宫出来,心里便有一种特殊的感受:故宫的伟大其实不在于它是皇帝曾经住过的地方,而在于它的构造是劳动人民勤劳和智慧的结晶。

  与故宫相比,颐和园则是另一种韵味。美景最是颐和园,赏心悦目莫过如此。走入园中,最先映入眼帘的便是昆明湖。昆明湖碧波荡漾,坐在机动的小艇上游览湖光山色,我顿觉心旷神怡。我们一行十九人租了六艘小艇沿昆明湖游湖一周,自然早将各种感慨融入情韵之中了。下了小艇,又上了十七孔桥,这座闻名中外的小桥虽然不大但很秀气。十七个桥洞娴静得如苏杭姑娘刺就的锦绣,而桥栏杆上的雕龙画凤又纯粹是北方汉子的大家手笔。至于万寿山则又是另一番景象,禅光佛气,曲径通幽。走进庙宇,和尚们很客气,端水送茶,并教我们怎样瞻仰菩萨。这里是慈禧吃斋念佛的地方,自然非其他寺庙可以比拟。走下万寿山,我们顺着长廊款款前行。由几百多间小亭子组成的长廊盘曲在昆明湖和万寿山中间,因为前者和后者的衬托,因为那石柱上飞龙舞凤,因为那些绿荫中的石桌石凳,因为间或出现的气派豪华的行宫,所以长廊特别受人青睐。

到了与导游约定的时间,该出园了。走出颐和园时,我让一位同伴给我照了一张相,照片上的我站在颐和园的牌匾下笑得好开心。颐和园,我真正领略到了你的风采。

旅游车将我们送到八达岭长城的时候,已经下午两点了。那天风很大,我们乘坐的缆车一直摇晃个不停。上了长城,风更大,我们顶着风,比赛着向上攀,我第一个登上了顶峰。站在长城顶上,远处的建筑物竟显得那么渺小,巍峨的大山把长城衬托得雄浑粗犷。这个据说在宇宙飞船上唯一能看到的建筑自有它的了不起之处,窑烧大青砖垒砌的高大城墙和城堡如一条巨龙从眼前一直延伸到天际。站在这巍然屹立的脊背之上,虽然不能指点眼底的江山,却自信已是一条好汉。

我们这个旅游观光团在北京待了一个多星期，除了上面叙述的地方，我们还到过记录中华民族耻辱的圆明园遗址公园，到过"地下宫殿"定陵博物馆，到过"不到九龙真遗憾"的九龙游乐园，到过据说是中国饲养动物最多的北京动物园，到过记载中国革命斗争史的军事博物馆，还到过秦始皇艺术宫、亚运村、十三陵水库。此外，我们还体验了被称为"天上北京城"的立交桥，见识了被誉为"地下北京城"的地铁和地下通道，也了解了北京人直爽的脾性、纯朴的气质。北京是一座融古典和新潮为一体的现代化城市。

　　玩了乐了，吃了喝了，也开了眼界长了见识。

　　看不够的北京城。

　　从北京出发的列车又要载我们返回家乡，我从车窗里伸出右手使劲地挥了挥。

　　北京，再见了。

（原载于1995年第2期《明月文学》）

游五祖寺

新世纪的第一个春天,我和朋友受湖北教育报刊社的委托,到黄梅县为《湖北名校名园》画册组稿。工作之余,黄梅县教委很热情地安排我们去了五祖寺。不为朝神拜佛,实因五祖寺不仅是一个历史悠久的寺庙,而且是全国有名的风景区,所以一半是客随主便,一半是心驰神往,游五祖寺就成为自然而然的事了。

那天下着蒙蒙细雨,雨伞花开遍五祖寺的角角落落。导游小姐正好和陪同我们的蒋主任同姓,自然亲近了许多。她向我们讲五祖寺的历史和五祖的传奇故事。大殿里有很多供人跪拜的蒲团,蒋小姐向我们讲解拜佛的要领,她说,跪拜时只要用膝盖抵住蒲团就行了,不要扑地跪在蒲团上,上半身要尽量放平,因为尾巴是不能高过头的。我们自然明白,这里所说的"尾巴"指的就是屁股,佛门圣地,任何语言都得过滤。我忽地记起儿时在家乡人们求神拜佛的景象,家乡人拜佛,全然没有这种肃穆的气氛和庄严的姿势,随便得如同小孩子玩游戏一般。

转遍了大殿、二殿和后殿，在经过一处标示着"游人止步"字样的厢房时，我们不经意来到了寺里的生活区。五祖寺属僧尼混居的寺庙，那木牌的深处便是尼姑们起居的所在。看着那些年轻貌美的尼姑出出进进，司机小波的调皮劲又上来了，他问蒋小姐："那和尚和尼姑会不会产生情愫呢？"蒋小姐的脸上一红，回答说："大概不会吧，这庙里的规矩挺严的。"哪知道小波紧追不舍，说："朝夕相处，万一有那种剪不断的情丝怎么办？"朋友和蒋主任都说："年纪轻轻，和尚尼姑不是仙人，有情有意也是情理之中的事。"我说："有情就还俗。"一句突然冒出的话解了蒋小姐的围。蒋小姐说："庙里是有还俗的先例的，不过自从慧能大师接任住持后，五祖寺香火旺盛，还没有听说这些事。"接着话题自然转到了慧能大师身上。据蒋小姐介绍，这慧能大师可不是一般的人，他曾是一个有亿万资财业主的子弟，后来不知怎么就皈依了佛教。蒋小姐的介绍使我产生了无限感慨，人世纷争，如蚁逐尘，佛门虽不是百分之百的净土，但毕竟远离了尘世，心如止水，人生天地间，只不过向往不同罢了。

　　不知不觉到了通天路，说是"通天路"，其实是五祖寺通往后山五祖塔的一条百级石阶。听说这里有苏东坡亲自撰写的"通天路"石碑，我们几位便都在石碑前留了影。通天路的名声很响亮，在来的路上我们就听蒋主任介绍过。这会儿又听蒋小姐讲了许多通天路鲜为人知的故事，大家感慨不已。

与蒋小姐分别的时候,我回首遥望五祖寺那巍峨的建筑群落,再望望大街上不息的车辆、接踵的人群,内心涌动着一种朦胧的想法。这时,我猛然记起弘忍大师的弟子神秀的四句诗:身是菩提树,心如明镜台;时时勤拂拭,莫使惹尘埃。我想,在这物欲横流的社会,我们同样也要保有一块心灵的净土。

(原载于2001年第1期《大别山文艺》)

上海纪行

小儿子结婚三天就辞去了东莞的工作，随儿媳一起去了上海，并在互联网公司入了职。儿媳是在上海读研究生之后选择留在那儿的。这样，儿子儿媳就都在上海工作，还以不菲的价格租住了一套两居室的房子，他们就算像模像样地在上海安家了。2015年5月底，因为儿子要出差，儿媳又有孕在身，需要人照顾，于是我让儿子给我和老伴儿买了去上海的动车票。当然，我此行的目的一是看看儿子儿媳的工作居住环境，二是了却去上海看看的愿望。上海，这个国际化的大都市，除了电影、电视剧里的镜头，它的庐山真面目我还无缘见识呢。这次，机会终于来了！

红安、麻城、六安、合肥、南京，每到一站，我都会在社交软件里更新一下动态，每次都有人立即响应并送达祝福，待到我发布的信息是上海虹桥时，更是欢呼一片。那天正好是我的一位侄孙女出世，社交软件动态里大儿子这样写道：今天我们家族里有两件大事，第一件是佳哥的女儿诞生，第二件是我爸妈到上海。小儿子立刻回应说，我已经准备接站了，大家放心，我一定会让爸妈的这次旅行圆满愉快。小儿子没有食言，现在回想起来，我们的上海之旅的确被愉快和幸福填得满满的。从我们一下火车走到出站口就感受到了温馨，那个时候是晚上7点多钟，儿子已等候多时，除了给我们大大的拥抱之外，他还将我和老婆手上的行李悉数拿了过去，看到他很吃力的样子，我们想分担，他又不让。儿子告诉我们,他和媳妇分工了:他负责接站,儿媳因为下班晚,就负责给我们安排吃住。上海的夜生活丰富,酒店如果不预订是没有位子的。果然等我们乘坐的士赶到酒店时,酒店已经是里三层外三层了,有一百多人在等着叫号呢。这时,儿媳从订好的位置上跑过来,说一切都安排好了,菜也点了,只等我们一到就马上开席。于是我们就开始喝饮料吃菜肴,一切都显得井井有条。望着门外那黑压压的等饭吃的人群,我不得不佩服儿子儿媳这样安排是何等英明睿智。如果让坐了七八个小时火车的我们在这儿等饭吃,那我们宁愿饿一顿。当然这个只是我的想法,不会说出来的。

儿子租住的房子在长宁区的延安西路附近,处于市区中心,交通极为方便,就是地铁离得太近,而且这段地铁又是在地上,差不多是绕着房子在跑,所以动静特别大。不过还好,也许是累了,也许是心里踏实,我竟然一觉睡到大天亮,只是由于地铁的轰鸣声醒得比较早。不过儿子也已经安排好了行程,所以我就索性起了个大早,洗漱好就去小区及附近的地方转了转。那天的行程是上海自然博物馆和徐家汇天主大教堂。我们早上10点钟才从家里出发,到达博物馆的时候已临近中午。即便是中午,游客还是特别多,买票的人排成了几条大长龙。随着人流进馆后,我们的眼界一下子开阔了许多。这个博物馆规模宏大,上下四层楼,每层约有万把平方米,一些举世罕有的动植物标本都被纳入馆中,当然也不乏很多模型。配上现代的光电技术,使得那些诸如恐龙、食人鱼之类的远古动物又被赋予了生命。我们在这远古和现实之间流连,在历史长河中游走,真正实现了一回穿越。展览很有层次,分为起源之谜、生命长河等几个部分,每个部分都有特定的历史环境和故事,看了上一个部分,就有看下一个部分的渴求。每看完一个展览,我头脑里就多了一些思考,人类生存几千年,物种进化上亿年,一切的一切都是多么伟大和不可思议呀。走出博物馆的时候,已经下午3点多了,因为要赶去徐家汇天主大教堂,所以在博物馆看一场3D大电影的计划就无法实现了。我们紧赶慢赶,到了大教堂那儿还是迟了,大教堂在下午4点就关门谢客了。于是我们只好绕场一周,透过紧闭的门看看里面都有什么。其实教堂不大，除了两座塔形的建筑好像也没有其他引人注目的东西，倒是那两个塔顶上的十字架显得很特别，似乎在昭示着真主神奇的力量，而我似乎也明白了为什么有些人那么崇拜耶稣了。教堂的肃穆、安静的钟声可以去除现代人的浮躁，我想我也得去教堂里坐一坐，因为我的身上已经有这种病态了。"没问题的。"儿子说，"下次我们早点过来便是。"当然我只是想感受一下那种庄严的氛围。

　　第三天正好是星期天，儿子儿媳决定带我们去看看黄浦江和东方明珠。我们坐车到南京路，在南京路步行街的石碑前合影留念。南京路上欧式的高楼林立，人流的拥挤、商家的叫卖无不印证它的繁华。记得小时候读的一篇课文叫《南京路上好八连》，还有一部电影《霓虹灯下的哨兵》都写的是这儿的故事，如今有谁站在这里不是满眼的富贵荣华呢？那"新三年旧三年，缝缝补补又三年"的俭朴又有谁会记在心上呢？时代进步了，生活富裕了，难道这种作风就该摒弃了？南京路的东头连接外滩，陈毅广场坐落在这里，这位共和国首任市长的铜像就矗立在黄浦江边。斯人已去，身影犹在，不知道他是否知道他身后的这座城市已经发生了翻天覆地的变化。出于经济的考虑，也因为需要有人讲解沿途的风景，儿子决定让我们跟团一日游。于是我们在江边被临时编进了一个方队，胸前还佩戴了徽章。跟团毕竟不同，确实便捷了许多。通过江底的观光隧道，我们被安排进了一处叫"信不信由你"和3D照相馆的景点。"信不信由你"是浓缩世界上的奇闻怪事和民俗组成的故事长廊，比如世界上耳朵最大的人，世界上牙齿最长的人，还有吸血鬼的演示、僵尸的演示，使人半信半疑，怪不得起了这么个听起来有些怪的名字。3D照相馆就是一些模型，利用眼睛的错觉形成栩栩如生的假象：如骑在马背上，双手举起汽车，还有站在珠峰上亲吻国旗，拍摄后的效果还真是有如身临其境。也许直到那天，我才悟到了3D的真谛。从那些个亦真亦幻的空间走出的时候，东方明珠就到了眼前。站在它前面的广场上，我才看清楚这个庞然大物的真面目。照样是经历了排队等电梯的过程，我们被送到近三百米的半空中，也就是第三个球体那里，再往上是不允许参观的，不过这就够了。球体的外半部分是悬空的，站在上面往下望时,我不由得倒吸一口凉气,玻璃当然是那种很厚的钢化玻璃,走在上面绝对安全,可是我心底还是害怕,边走边试探。儿子儿媳毕竟年轻些,他们拉着我们的手,边走边鼓励我们。后来我们胆子大了点,神经也放松了很多。于是我们在上面自己拍照,也请专业摄影师帮忙拍,一家人坐在玻璃上,底下是上海的土地和高楼大厦,我们开怀大笑,壮志凌云。不过当我们从专业照相馆那里取了照片,我还是看到了自己的胆怯和懦弱,但那个瞬间的记忆却是最美好的。导游预留的时间很充裕,我们下到第二个球体时还看了一场3D电影,算是弥补了自然博物馆的遗憾。再后来我们就在一楼参观了上海的历史展览。展览很详尽,历史的变迁往往让人捉摸不透,从一个小渔村发展成为国际化的大都市,上海的先辈们不知历经了多少磨难和困苦。海上捕鱼,躬耕陇亩、商贾云集、抵御外侮,那逝去的一幕一幕仿佛又回到了眼前,"古为今用,洋为中用"在上海的发展史上得到了最好的运用。

走出东方明珠已经是华灯初上了,黄浦江的两岸亮起了无数盏路灯,水面与灯交相辉映,使得夜晚的黄浦江更为壮观,到我们夜游黄浦江的时候了。我们上了游船,并立即跑上了三楼。上海5月的夜晚还是凉风习习,游船上欢声如潮,岸边的高楼和东方明珠刚进入了我们的视野又倏然远离了我们的视野。我们自拍也互拍,夜景很美,但进入相机却略显模糊,这或许是我们的摄影水平有限的缘故。我仿佛又回到了去年的这个时候,那时我在维多利亚港夜游,上海、香港,这两座最国际化的中国城市有多少相同和不同的地方呢?那天晚上我和儿子在黄浦江上自拍的一张照片被我用作了社交软件的头像。

因为儿子儿媳要上班,接下来的几天就是属于我们自由活动的时间了。好在儿子儿媳很细心,为我们办好了交通卡,打的,坐地铁、公汽很方便。六一那天,我和老婆决定去儿媳的单位看一看。儿媳所在的单位是一家成人培训机构,专门做公司白领、老总,还有想出国深造的成功人士的英语培训。它是一家连锁机构,名气很响亮,儿媳所在的这个校区规模虽然不大,但品味却相当高端。校区从校长到员工都是年轻人,听到媳妇的介绍,大家都热情地喊我们叔叔阿姨。儿媳是在VIP教室里担当英语辅导老师的职位,我们去到那儿的时候她还正在辅导学员呢。儿媳带我们参观了办公区和教学区,我还和那位年轻的女校长做了简单的交流。我是有自己想法的,自己在武汉的培训机构效益一直不理想,尽管我们从事的不是同一种培训模式,但应该有很多相通的地方,或许学习他们先进的管理经验能使我们的培训理念有些新的变化。

  中午的时候,我和儿子取得联系,告知他我们打算下午去浦东的想法。儿子让我们稍晚点过去,说他下班的时候可以陪我们转转,还说他们公司除了一楼外人可以进出以外,楼上的任何一层都是不可以随便出入的,哪怕是公司的客户和地方政府的领导。下午5点30分,我们抵达了浦东张江高科工业园区,出了地铁站,远远就看到了东面的联想大厦。走近大厦才和儿子打了电话,儿子戴着工作牌出来迎接,带我们进了联想大楼。不愧是大公司,这个一楼其实就是个生活和工作的小世界,接待、会议、休息区间层次分明,甚至包括取款机都一应俱全。所以无论有客自远方来、附近来,都可以在一楼做好安排,当然其他楼层也许就是该公司的商业机密。我们在一楼坐了片刻,还逛了整个院子、楼前的广场和有两层楼的大餐厅。餐厅和办公楼是分开的,正门的墙上也有着该公司的标志和英文字符,不像该公司大厦上的联想标志在大厦楼顶上,即便一公里外也能看到。该公司大厦对面有餐饮一条街,风格各异的饮食吸引了大半个工业园区的人们,使得这里非常喧闹。儿子选择了一家台湾风味的酒店,他说他曾在这里接待了他的前老板和同事。那天晚上我们三个人享受了那家台湾酒店的高规格服务。

  后面的时间我和老婆还去了附近的东华大学延安西路校区和中山公园。学校的景色很美,就是没有想象得那么大。那天正好是雨后,树木青翠欲滴，花朵含苞欲放，我们在树木花丛中流连忘返。对了，我感觉上海的确比武汉宜居，我们在那里的几天，差不多每天晚上都下雨，而白天又是晴天，所以晚上非常凉爽，这可能是海洋气候的特点吧。上海的中山公园和武汉的中山公园虽然名字相同，景点也有相同之处，但各自的山水、各自的规划设置总能给人带来不同的感受。湖光山色，风光旖旎，再加上林荫道远处的歌声，无不让人觉得自己不是一个看客，而是和上海这座城市成为一个整体了。

6月3日，儿子要启程远赴福建宁德和广东东莞出差，而我也要回武汉了。早晨和老婆、儿媳道声再见后我和儿子一起去火车站，在车站我又和儿子互道珍重，各自踏上了属于自己的旅程。当火车驶出虹桥站时，我此次的上海之旅也结束了。诸多的感慨从心底涌起，说不上我和上海这座城市有多亲密，但有亲人在此地工作和生活，心自然也就没有距离了。10月份我还会来的，在儿媳生产的时候。如果儿子儿媳能在上海站稳脚跟，如果一切顺利，我估计今后上海武汉两地来回跑的次数会多很多，虽辛苦但也是幸福的。

上海，10月见！

我想去桂林

我想去桂林的想法源于多年前春晚的一首歌曲，记得那首歌的名字就叫《我想去桂林》，自此见识一下桂林的山水也就成了我的夙愿。金秋10月，在深圳工作的侄儿打算带着全家去桂林为他的母亲庆祝六十岁的生日，邀我去那里相聚。我决定响应这个提议，刚好老婆的两位闺蜜林英和慧玲，以及大儿媳锦霞和孙女萱萱愿意一同前往，于是我们一行六人就乘上了22日武汉到桂林的高铁。

列车从湖北经湖南再到广西，用了五个小时，比我想象得要快许多。

下午3点，我们抵达桂林，侄儿他们也在差不多的时间到达了。锦霞在网上约了专车，我们在火车站对面的租车门店提了车就导航去了酒店，侄儿已经等在那儿了。九个大人三个小孩相聚在桂林，这一幕仿佛发生在梦中，又好像在老家某一处集市上偶尔碰到了一起那么真切。

十多个人在酒店订了一排的房间，这就是人多的优势。晚上的活动是夜游两江四湖，晚饭后我们乘坐几辆的士来到了漓江边。乘坐游船的时间还没到，我们就在漓江解放桥码头边观赏桂林夜景。桂林的夜景的确很美，璀璨的灯光掩映漓江两岸，将桂林出落得如刚出浴的少妇，艳丽而又极具风韵。我们在河边观景拍照，孙辈们在嬉戏打闹，游人熙熙攘攘，夜钓者旁若无人，大家都乐在其中。游船来了，我们鱼贯而上，开启了桂林第一天的游览旅程。

桂林的"两江四湖"，是漓江、桃花江和木龙湖、桂湖、榕湖、杉湖的统称，其环城水系全长七八公里，水面面积近四十万平方米。它最早形成于北宋年间，当时榕湖、杉湖、桂湖上舟楫纵横，游人如织，兴盛一时。后来由于年代久远，一些湖塘已经填没。为了再现当年桂林"水城"的繁荣景象，并恢复桂林宋代水上游的城市游览模式，桂林市政府于20世纪末开始实施重塑桂林"两江四湖"工程，并于2002年6月实现了通航。南宋著名诗人刘克庄咏叹桂林"千山环野立，一水抱城流"的诗句，再次成为现实。

我们泛舟河上和湖上,领略两岸和四周的景色,我为大自然塑造的这精美绝伦的桂林山水而拍案叫绝,更为桂林人民的勤劳和智慧所折服。河水、湖景、小桥、远山、建筑融为了一体。游船进入升降通道,仿佛是坐了电梯,就像是从人间入了仙境一般。从船上看到远处坊间的宋代歌舞以及耳鼓充斥的民族乐器和丝竹之声,更是觉得自己混淆了人间天堂的界限。

一个半小时的夜游活动很快就结束了,游船在另一个码头靠了岸,可所有的人仿佛都余兴未尽,大家都在议论纷纷。我拿着相机,在码头上一阵乱拍,刚才在游船上只顾欣赏美景,很多的时候都忘记了举起相机,现在再也不能这样忘乎所以了。因为有了相机的记录,我的游记才会有真实的素材,否则过一些时日,就只剩下模糊的桂林印象了。

那天晚上,也许是有点疲惫,也许是有了游湖游江的满足感,我一改往日择床的毛病,睡得很香,老婆说我的呼噜打得震天响。休息好了就好,因为第二天我们要开车去阳朔,这就是侄儿和锦霞决定要租车的原因,他们都来过这里,自然要比我们清楚如何去游览更为便捷。

阳朔是桂林的一个县,距桂林市区一百多公里。人说"桂林山水甲天下,阳朔风光甲桂林",号称中国最美县城的阳朔的确不是徒有其名。接下来的三天三夜我们都生活在阳朔,在一个热情的秦姓女导游的带领下很认真地领略了这里的自然风光:银子岩、兴坪古镇、十里画廊、图腾古道、遇龙河、蝴蝶泉、大榕树、月亮山、西街。还观看了张艺谋亲自执导的《印象刘三姐》。

银子岩虽说距阳朔不远,人们也往往把它当作阳朔的风景,实际上它属于桂林的另一个市——荔浦。银子岩溶洞是典型的喀斯特地貌,贯

穿十二座山峰，属层楼式溶洞。洞内汇集了不同地质年代发育生长的钟乳石，晶莹剔透、洁白无瑕，宛如夜空的银河倾泄而下，闪烁出像银子、似钻石的光芒，也可能这就是银子岩名字的由来。鹤立鸡群，双柱擎天，大自然的瑰丽在这里被展示得淋漓尽致，被誉为"世界溶洞奇观"。同时，银子岩景区集自然、人文景观于一体。山是绿色的，水是绿色的，地是绿色的，树是绿色的，田野是绿色的。景区宛如一个巨大的天然盆景，四周群山环绕，百亩桃林错落其间，四季花果飘香，湖光山色，田园风光使人心醉，有"诗境家园典范"的称谓。

接下来去的兴坪是一座有着悠久历史的古镇，周围群峰竞秀，有三岩、五井、十二山等名胜。漓江蜿蜒流入该镇西南部，境内江段长达二十多公里，两岸群峰连绵起伏、奇特怪异、万态千姿，绿水潆洄、青山环列、倒影幢幢，翠竹成林、垂柳成荫，江心帆星点点，相映成趣。兴坪，可以说是桂林山水的精华，有著名的九马画山、黄布倒影、僧尼斗嘴、朝板山、榕潭揽胜、雾绕青螺。这里有蒙着神奇面纱的古朴渔村，有堪称世界岩溶奇观的莲花岩，还有被印制在1999年版20元人民币背景图案上的秀丽风景。古往今来，兴坪秀丽的山水，引得无数骚人墨客为之陶醉。老一辈无产阶级革命家叶剑英元帅曾在1963年畅游兴坪时写下了"春风漓水客舟轻，夹岸奇峰列送迎。马跃华山人睇镜，果然佳胜在兴坪"的不朽诗篇。虽然没有伟人的胸怀和文采，但乘着机动竹筏，听着船夫的介绍和他不时哼唱的古老民族歌谣，我们也是真的如痴如醉了。

回到阳朔县城的时候，已经是华灯初上了，因为开着车子，我也就无暇顾及这座小城美丽的夜景。对了，那天晚上我们还好好地开展了另一个意义重大的主题活动，那就是庆祝大嫂的六十岁生日。大嫂居然将生日过到了桂林，这实在是一件值得庆祝的事。大嫂的幸运在于老大对她的尊重，更在于侄儿侄媳的孝心。我们选择在一家酒店为大嫂举办生日宴会，点了一桌子的广西风味佳肴，还特地买了45度的六年窖藏广西三花，这是那个酒店浓度最高、品质最好的酒。我们这群分别从武汉和深圳来到桂林的亲人和朋友推杯换盏，兴致勃勃地举杯祝福大嫂。其实那天晚上真正喝酒的只有我和老大，其他人喝的都是苹果醋。

虽然我和老大也才三个月没见面，但是我们见面最大的特点就是必须喝一壶。加上老大的心情格外高兴，所以一瓶酒硬是让我们对半掰了。酒店老板也热情，除了送长寿面，还在我们吃蛋糕时用喇叭播送了生日快乐歌。我不禁感慨，这生意人也不完全念的是生意经，也有温馨且富有人情味的一面。

小秦宣布了第二天上午属于自由活动时间，除了因为那天晚上喝多了，也因为第二天阳朔要举行世界级的自行车竞赛，很多路段都被禁行，所以我们的行程不得不有所改变。第二天，我们几个长辈都在8点钟起了床，几个小辈睡到了上午10点。吃完早饭，我沿着酒店前面的街道信步走去，看到很多房子都是依山势而建，有的甚至将砖砌在石壁上，石壁就形成了一堵自然的墙。桂林和阳朔很少有高楼大厦，有人说这是桂林有规定，不准盖高楼，防止破坏或遮挡了美丽的风景。阳朔的山势都很陡峭，山与山之间似乎不相连接。我想说，桂林的山不应该用"座"来形容，而应该用"个"来阐释好像更为贴切，我甚至为我的这个发现兴奋不已。那天在我的提议下，我们并没有一直待在酒店的房间，而是带着愉悦的心情去到了县城旁的漓江。漓江从桂林流到阳朔，绕城而去。从桂林来的游船经阳朔又驶向远方，我们在河边看着那些大游轮一艘接着一艘，游船和远山倒映在水中。河面不宽，游船上的人们清晰可见，他们拿着相机，手指着青山，形成了远山、绿水、轮船和人浑然一体的壮观景象，这就是阳朔。除了桂林的阳朔，天下还有哪里有这般美景。与兴坪古镇一样，这里的漓江江岸也没有刻意地去修饰什么，大部分还是以自然景观为主体。岸边的石头砌就的台阶，还有河里的石板铺成的半截坡堤，都是供游人观赏和拍照的所在。为了更好地亲近漓江水，我们脱了鞋袜，女人们还换了民族服装，老婆、林英、慧玲，还有大嫂都成了资深"刘三姐"。这还不算，慧玲硬是要拉我当一

回"阿牛哥"。现在看照片,摆着各种造型的"刘三姐"们和"阿牛哥"还真是惬意和开心。第二天除了自由地逛逛阳朔县城,我们主要的活动就是晚上观看大型实景演艺节目《印象刘三姐》。

因为要看晚会,我们特地在一家干净的小店里点了桂林米粉。还别说,正宗的桂林米粉果然不一样,质地细腻、柔滑爽口、劲道十足,难怪它像武汉的热干面那样声名远播。晚饭吃得简单,自然是为了早一点来到剧场。看晚会的人很多,三千人的剧场座无虚席,而且每天晚上要连演两场,可见来阳朔的游客真是不少。座位在江边,舞台在江中,远山是背景,一切都是实景。放眼望去,漓江的水,桂林的山,给人宽广的视野和超然的感受。山峰的隐现、水镜的倒影、烟雨的点缀、竹林的轻吟、月光的披洒随时进入演出,成为美妙的插曲。演出以"印象刘三姐"为主题,写意地将刘三姐的经典山歌、民族风情、漓江渔火等元素创新组合,不着痕迹地融入山水,还原自然,成功诠释了人与自然的和谐关系,创造出天人合一的境界。演出还把广西举世闻名的桂林山水和刘三姐的传说进行巧妙的嫁接和有机的融合,让自然风光与人文景观交相辉映。张大导演缔造的节目无一不是场面浩大,气势恢宏,《印象刘三姐》也不例外,上千名演员,上百艘船只,加上现代的各种舞美和灯光的配合,的确给人高端大气的感觉。只可惜十年前建立的屏幕太小,所展示的信息资料远没有达到今天应该有的视觉效果。

在阳朔的第三天,我们是在十里画廊度过的。十里画廊位于阳朔月亮山沿线,主要景观有图腾古道、海豚出水、火焰山、龙角山、青厄风光、古榕美景。据说当年修建十里画廊的自行车道还有一个小故事:美国总统卡特来阳朔游览,他从保镖们那里得知,十里画廊有许多景色特别有趣,坐汽车会一晃而过。卡特听后,临时向接待人员提出改变游览方案,借了几辆自行车漫游了十里画廊。所以后来政府就专门修建了骑行的栈道，以便于骑行观景。那天，侄儿他们租的是电动车，而我坚持租一辆自行车，因为骑车观景能使身心得到最好的陶冶。看到沿途喜欢的景色时，我便会甩下自行车，驻足观赏。欣赏完民族歌舞，我们就进入了旁边的图腾古道，虽说其中所有的景观都是人造的，但原始部落的痕迹还是随处可见，也的确有土著人在里面工作和生活，这不禁使我们有了无限的遐想和思考。月亮山似曾相识，原来是在我们来阳朔的路上就看到过，只是当时没有留意。月亮山也只适合远观，就像半弯月亮悬在天空，站在农家酒店的场院里一览无余，拍照的效果会更加明晰。遇龙河的竹排则是另一处美丽所在，我们骑行到河边，上了竹排，船夫用竹竿一点点划水和撑杆，竹排吃水很深，快要没到我们的脚踝。小河的水清澈见底，两岸绿树成荫，远山青翠欲滴，这远古的交通工具的慢恰到好处地点缀在青山绿水之间，创造了一种无与伦比的意境。回来后我翻看相片，站在竹排上拍的锦霞以及侄儿侄媳最是风采卓然。我们最后到的景点是古榕树，据说这棵古榕树已经有一千多年的树龄了。榕树很大，树围有七米多，高达十七八米，枝繁叶茂，浓荫蔽天，覆盖之地有近二百平方米，当年刘三姐电影就在这儿取过景。刘三姐和阿牛哥的爱情故事可谓家喻户晓，传说他们的定情地就在大榕树旁。也许是被这美好的故事所感染，我们也在这儿许下了美好的愿望，愿我们的生活甜甜美美，幸福美满。

将自行车和电动车交还给租赁处后，我们没有回到酒店，而是径直去了西街。

刚来的时候，小秦就说，阳朔虽是座平静安逸的小城，却有条繁华小资的西街。明天就要回程，刚好又有时间，岂可错过？果不其然，这里充斥着异域风情，酒吧、咖啡厅、工艺品店应有尽有。西街的晚上是很繁华的，一座小县城堪比大都市，这可能只有阳朔了。灯光璀璨，游人如织，车水马龙，咖啡厅和酒吧里上演的热歌劲舞，使我突然想起了异域的芭提雅。当然，这里没有芭提雅的开放和热辣，但热闹非凡的程度让人深受感染，热血沸腾。于是我们也情不自禁地加入打糍粑、坐小火车、唱歌、买东西的队伍当中了。回来的时候，大家都是满载而归，手上的东西多得都快提不动了。

　　五天的行程就要结束,到了要和侄儿他们一家说再见的时候,因为车票的时间不同,我们先行离开了阳朔。待到我们坐上回归的火车时,萱萱已经跟两位姨奶奶很熟络了,跑到她们的座位上唱念做打,极力地要表现自己。而她的姨奶奶们也在努力迎合她,和她一起疯一起闹,为她点赞。萱萱很高兴,但她不知道她的两位姨奶奶其实心里有事才归心似箭。林英本没打算参与这次行动,是她的两位闺蜜力邀才促成了此事,现在儿子女儿一天一个电话说孙子感冒了催她回去,她是早已待不住了。慧玲是个女强人,自己办了一所幼儿园,还有工作上的一摊子事等着她去办。这次她是下了很大的决心才毅然决然地走了出来,我说这是她的进步,一个人如果完全被杂务所羁绊,于身心都是不利的。抽空出来走走,放飞心情,这是最大的收获。

　　我想去桂林的愿望终于达成了,但我并没有打算去修改这篇文章的名字,因为我想应该会有更多的朋友去桂林看一看,那里除了有"桂林山水甲天下"的美誉,更有民族兄弟待人的亲切和热忱。

印象杭州

在孩提时代,我就知道有句话叫作"上有天堂,下有苏杭",可直到现在才有机会亲近一下杭州。尽管这一天比想象中迟了许多,但丝毫没有影响我对这座城市的浓厚兴趣。能来就行,何必在乎迟早呢?我对杭州的印象,差不多仅限于西湖和宋城,尽管西湖和宋城仅是杭州的万一,但大多数到过杭州的人都说去杭州就是看西湖。这话虽然有些片面,但也足见西湖在杭州的分量。

从上海坐动车到杭州也就一个半小时,然后乘半个小时的士就到达西湖景区了。因为是五一假期,景区显得格外喧闹,摩肩接踵的人们或远眺西湖的浩渺烟波,或近观湖畔的壮丽风光。每到一处,拍照留念是第一位的,摆个造型拿起相机就将风景定格成了永恒。我观察了周围的人群,真正像我一样背个相机的还真不多。大家都用手机拍照,与这尽收眼底的西湖景色一样简单干脆。西湖不比武汉的东湖大,但景致却是东湖难以比拟的,不仅仅是因为那句"水光潋滟晴方好,山色空蒙雨亦奇",更是因为那着实醉人的西湖十景。由于时间有限,我们没来得及全部欣赏,只粗略地观赏了苏堤春晓、柳浪闻莺、花港观鱼、雷峰夕照,并倾听了南屏晚钟。至于断桥残雪,看了断桥,却未能赏得了残雪。

那天我们沿着西湖边走了大约五六个小时,差不多绕了半个西湖,却一点儿也不觉得累。下午四点多的时候,我们终于到达了雷峰塔下。雷峰塔——这个承载着流传了千百年爱情故事的神奇之塔,是21世纪初在吴越古塔的遗址上建起来的,整座建筑气势恢宏,在浑厚沉稳中透出秀气,于苍古盎然中包含灵气。进入塔内,首先映入眼帘的是玻璃幕墙内倒掉的老塔,残垣败壁,黄砖青瓦。这当然不是被许仕林所拜倒的,而是在历经战乱、年久失修后轰然倒塌的。好在新塔对古塔的保护可谓匠心独运,既便于观瞻,又不至于再有损毁,所谓一湖双塔的意义就变得无限深远起来。登上塔顶,正遇夕阳回照,给雷峰塔和游览的人们镀上一层金色,这就使塔更富有灵气,人则更加神采飞扬。再看向塔下的西湖,更是波光粼粼、天湖相接,仿佛城市的喧嚣已经远去,留下的只有春水荡漾的人间佳境了。从雷峰塔下来的时候,正值净慈寺晚钟敲响,阵阵钟声沁人心脾,心中一切杂念顿时消散,平素不信佛的我这时对佛的虔诚似乎不亚于任何一个善男信女。

从净慈寺门前的马路上公交,坐了一个多小时,然后转乘的士,到达我们租住的小区时已经是晚上7点多了。这是一套两居室,房间里窗明几净,井然有序,各种布置恰到好处。"回家了!"小儿子说着就往床上一躺,长长地吁了口气。累了一天,这个时候还有比回到家里更舒心惬意的事情吗?晚饭点的外卖,一家人围坐在饭桌边,吃着浙菜喝着啤酒饮料,这种温馨的感觉是在酒店里无论如何也找不到的,后来才知道这就是民宿。

吃完晚饭,小儿子提议去看西湖的夜景,老婆本不想去,说在家带孙女禾禾休息。小儿媳说来了杭州,不看西湖的夜景岂不是太可惜了,禾禾我们可以轮流抱着。于是快10点的时候,我们一行五人又来到了西湖的断桥边。灯如昼、人如织,夜晚的西湖的确更为美妙迷人。如果说白天的西湖是一位风姿绰约的少妇,那么夜晚的西湖便是一位端庄文静的姑娘。虽然一如既往地喧闹,但却少了白天那份张扬。断桥是连接白堤的,站在桥上四周环望,月影下的湖水涟漪轻泛,山上的彩色灯光和对面城市高楼上的霓虹交相辉映。想到这般佳境白、苏二公无论如何是体味不到的,不禁感叹现如今的文人骚客不知都去了哪里。或若白、苏二公再世,不知能否写出比那个传颂了几百年的爱情故事还要动人的美篇佳句呢?

那天晚上，我们沿着白堤走了很长时间，禾禾在怀里安静地睡着了。我们四个大人轮流抱着她，看到她不时露出甜甜的笑容，或许小小的她和我们一样正在感受西湖怡人的夜景。后来，一位英山教育局的朋友看到我发在社交平台的西湖夜景照片，戏谑我说："胡兄千年等一回，欲效许仙携蛇归。西湖了无青白影，踯躅断桥到黄昏。"面对他的玩笑，我回复道："断桥今夜因怀月，早知青白不曾归。平生只爱冬藏美，不解风情几百回。"多年没写诗了，在白、苏二公唱和的西湖上，我权当这是让老师批改的作文了。

第二天的行程是宋城，杭州是做过南宋的都城的，这也是杭州除了南京以外，不同于其他南方城市之处。所谓宋城，并不是南宋时候的古城，而是一个展现宋代文化风貌的旅游景区。

宋城旅游景区位于西湖西南面，北依云台山，南濒钱塘江，是中国最大的宋文化主题公园，也是中国人气颇旺的主题公园。文化是宋城的灵魂，其在表现自然山水美、园林建筑美、民俗风情美、社会人文美、文化艺术美上做了自己的探索。它模糊了时空概念，缩短了时空距离。宋城是对中国古代文化的一种追忆与表述，是一座寓教于乐的历史之城。循着路标的指引，我们首先参观了石井街。从宋城城门楼到石井街，长达一百二十米的石板路是骨灰级的文物。20世纪90年代初，杭州的抗咸工程从南宋皇宫的遗址区域穿过，发现了一条由石板铺就的御道。建设宋城时抢救并收集了这批南宋皇宫石板，将其铺在宋城城门楼和市井街。历史是如此的神奇，千年前宋高宗走过的御道，今天也被我们这些寻常百姓踩在脚下，还真有点穿越千年的奇妙感觉呢。柳永风月阁也在这石井街内。"一生风月供惆怅，到处烟花恨别离。"辗转于风月场所的柳永创作了众多流芳百世的诗词。而在柳永风月阁中，我们除了见证他与青楼女绝美的爱情故事外，还对昔日的勾栏瓦肆以及生活在其中的人们有了一些新的了解。

南宋虽说是一个充满着屈辱的朝代，但也是一个工业繁荣、经济发达的朝代，巍峨的城楼似乎在向我们诉说着一个王朝的辉煌。如今城楼上改造的宋皇宫金碧辉煌，有兴趣的话还可以穿上龙袍做一回"宋皇"。

小儿子、小儿媳还有禾禾在进入宋城时像很多游人一样换上了宋服,虽然他们没有在金銮殿上拍照留念,但我们一家却在皇宫前的广场上合了影。现代和古代水乳交融,我们一家真正实现了一回穿越时空的旅行。广场上那棵千年古樟,传说是宋高宗的救命神,每年宋皇都要在这里祭拜。历经千年的古樟,曾守卫过古老的王朝,今天它还在默默地守护着宋城,也守护着来自五湖四海的游客们。广场上汹涌的人潮中不时出现一阵骚动,那是"皇帝"出巡了。"皇帝"在众人的簇拥下声势浩大地走出皇宫,游人们争先拍照录像。"皇帝"回宫了,但广场的喧闹依然如故,那是八抬大轿的轿夫在吆喝,锣鼓手在卖力地敲打。只要你交了50元钱,立马就被轿子抬起来绕场一周,享一回古代达官显贵才有资格享受的福。此外,我们还参观了数字化的清明上河图,体验了王家小姐抛绣球,还吃了武大郎炊饼和孙二娘叉烧包。最后看演出的时间就要到了,我们紧跑慢赶地到了宋城大剧院。一场叫作《宋城千古情》的大型演艺秀即将拉开帷幕。

"一生必看一次",这是宋城景区的巨幅广告上说的。当我们坐进剧场,看着演出的时候,倒觉得这句话虽然是噱头但也不怎么过分,因为演出的确给我们带来了视觉的刺激和心灵的震撼。

可以说《宋城千古情》是杭州宋城的灵魂。当舞台上出现水漫金山寺和金国攻城的场景时,当舞台上方电闪雷鸣乌云密布甚至下起雨时,当舞台下的座位随着剧情左右晃动时,当观众席上突然有演员互动时,我们不知自己是处在剧情里还是现实中。据序幕介绍,《宋城千古情》创造了世界演艺史上的奇迹,年演出1300多场,旅游旺季经常每天演出10场,推出十多年来已累计演出16000多场,接待观众4800多万人次,是目前世界上年演出场次和观众最多的剧场演出。而且宋城演艺已然上市,成为中国演艺第一股。

  走出剧场很久后,在去杭州火车站的出租车上,我和儿子仍在讨论刚才的剧情。出租车司机是个健谈的小伙子,除了向我们介绍宋城的相关情况外,还和我们聊了很多杭州的风土人情和逸闻趣事,也算是弥补了我们没能去杭州其他地方的缺憾。虽然旅程结束了,但从此刻起,杭州在我的记忆里变成了永恒。记忆里杭州有很多城市所不具备的湖光山色,给人一种干脆简练、清新明快的感觉,除了先天的地理条件外,我想这"天堂"主要还是由杭州人的勤劳和智慧创造出来的。

大美乌镇

第一次知道乌镇是在小儿子的婚礼上。婚礼那天，现场放映他们特别制作的结婚照，背景就是江南水乡，一张张如诗如画的风景照使我对乌镇有了一种莫名的向往。那里不仅有江南特色的水岸人家，更重要的是，那座在厚重浓郁的江南文化浸染下的古镇一直在追求创新和发展，使古典美和现代美有机地融合在了一起。

乌镇水乡最大的特点是比我们的房子多了一条水路。房子前面是马路，后面则是小河，从小河上划一条小船，便能到达寻常人家的后门。以前交通不发达的时候，这样的设计自然省去了很多的人力物力。当然，古时候的人家也是有穷有富的。穷人家的房子小，就几家或十几家一起建一个连廊，连廊连通各家各户，连廊外边就是一个或几个小小的码头。富人家的院子大，自然不用连廊，单独的泊位可以供他们上下船。

乌镇的河流有着江南水系的显著特点，河流纵横交错，河水轻泛涟漪，两岸依河而建的千家万户也由一座座石拱桥紧密相连，难怪现在成了旅游胜地，这与前人的智慧和勤劳息息相关。乌篷船从石拱桥底下穿过，载着的已经不仅仅是穿着旗袍的江南美女了，更多的是一边举着自拍杆，一边摆着各种造型的来自全国各地的游客。走过连廊，除了看到一家一户的后门，再就是层层叠叠的台阶，以及横亘在小河上的石拱桥，还有连接南北方向的小石桥。小石桥建得非常简陋，就是三根石条一字儿排过去，中间甚至都没有桥墩，石条与石条之间还有很宽的缝隙，透过缝隙可以看见河水。

乌镇小桥流水人家的清新风格自然是得益于千年古镇厚重的文化底蕴，染坊、六朝遗胜书院、评弹、佛寺，无一不在彰显着古镇的非凡魅力。

走进恒源泰染坊，宽敞的庭院里搭着六七米高的木架。木架上晾满了几丈长的手工蓝印花布，从高高的云天直挂而下，在和风细雨中飘扬摇曳，似"飞流直下三千尺"，气势恢宏；又如"寂寞嫦娥舒广袖"，舞姿曼妙。蓝花白底，与粉壁、青砖、黛瓦和灰蒙蒙的天空融为一体，自成一道不可多得的江南风景。

六朝遗胜指的是梁昭明太子同沈尚书的读书处。这是一处不大的院落，虽然如织的游人打破了这里的宁静，但是肃穆庄严的氛围还是让人充满崇敬之情。也是因为萧统当年潜心修学，才有了在中国文坛影响极大的，可与《诗经》《楚辞》并列的《昭明文选》。

在江南，评弹是相当受欢迎的艺术形式。简单明了，有无戏台皆可以唱，一人两人三人都可以唱，三弦琵琶作为乐器，张嘴就来，随口就唱。晚上的剧场更是热闹，认识或不认识的人围坐在一起，沏一壶茶，眯着眼睛听弹唱自然是一种美好的享受。

佛寺建在河岸的一片开阔处，寺是高楼大阁，佛是观音大士。观音普度众生的目光一如既往地慈祥，善男信女的跪拜更使她不怒而威。可惜的是，佛寺的旁边竟多出许多极不协调的咖啡屋和茶座，敞胸露脐的所谓歌手发出鬼号一样的声音。看看大士依然慈祥的笑容，我豁然开朗，明白了度量与和谐的真正含义。

说到文化，小小的乌镇却是有人人的名人的。除了昭明太子，还有中国最早的镇志编撰者沈平，著名理学家张杨园，著名藏书家鲍廷博，晚清翰林严辰、夏同善；近现代的政治活动家沈泽民，银行家卢学溥，新闻学前辈严独鹤，旷代清才汤国梨，农学家沈骊英，著名作家孔另境……这些大家都出自这个小小的乌镇，小镇也因他们而饮誉四方。而名家当中真正为大家所熟知的莫过于茅盾了，他是中华人民共和国成立后第一任文化部长。他的小说《子夜》《春蚕》《林家铺子》是"五四"以来优秀文学的典范。还有出生于乌镇东栅的木心，他是中国当代文学大师、画家，被视为深解中国传统文化的精英和传奇人物，出版了多部著作。也是为了纪念这两位当代名人，乌镇风景管理区管理人员在西栅景区建了茅盾纪念馆和木心美术馆，如今的两馆自然也是游人最为集中的地方。

当然，近年来在乌镇最具影响力的还是一年一度的"世界互联网大会"。每年的参会嘉宾不仅有中外互联网企业领军人物，还有一些国家的政府代表，这也就成了乌镇每年11月至12月的头等大事。

最后，值得一提的还有乌镇的民宿和街头巷尾的店名。

我们虽然在杭州也住过民宿，但乌镇的民宿依然给了我们别样的新鲜感，大概是更具有人文气息的缘故。杭州的民宿是由公司在操作，我们自始至终都没有见到一个人，全部是电话和社交软件联系。而乌镇民宿的服务就十分体贴入微。从到达乌镇的那一刻起，那个被儿子叫作王姐的女人就成了我们的专职司机，不说三室两厅的大房子使人温馨舒服，就是这一连两天往返景区所耗费的时间成本，也足见服务之用心。我想，乌镇的美与乌镇的人自然是分不开的。

乌镇是全国著名景区，各色门面小店数不胜数，可是这些店名却各有韵味。店虽小，名字却响亮，如忆江南、更上层楼、岁月如歌……一看就很有诗情画意。

这就是江南，这就是乌镇，无论是河流、小桥，还是房舍、人家，无不透着一种大美。这种美是深入到了骨子里的。

（原载于2019年10月《湖北素质教育》）

西部纪行

8月中旬,武汉正是酷暑难熬的时候,远在青海做高速公路附建工程的侄儿邀请大儿子一家三口和我一起去青海看看。原本我今年还没有去那里的打算,但想想有这么好的机会,于是就背起行囊踏上了西部之旅。一行人乘车到天河,然后从天河起飞再到西宁,前后也就是四个小时的时间。一路向西,在飞机上自然是没什么感觉的,要说有所不同的话,就是万米高空下面的绿色渐渐变得少了起来,层峦叠嶂的浓绿逐渐被沟沟坎坎的橘黄所代替,也许这就是西部的特色吧。

走下飞机,取回行李,一步入接机大厅,就看到了侄儿和我的学生吴强正挥舞着手臂招呼我们。为方便工作,侄儿将自己的汽车从深圳托运到了青海,他们今天就是从五十公里外的湟源县专程来接我们的。

"青海长云暗雪山",我们这次真的来到了青海。最早了解青藏高原还是在学生时期的地理课本上,从那时起就有一种神秘感萦绕在心际。西宁除了天比武汉要蓝很多以外,黑夜也来临得晚一些。到达湟源时,已是晚上8点了。湟源是西宁下辖的一个县,距西宁大约一个小时的车程。若在武汉早已是华灯齐上了,而这里还能看到远山的阳光和天边的晚霞。在青海的第一天晚上,我与在那里的亲友们相聚,认识了许多新朋友,并受到了他们最盛情的款待。我知道这一切除了和他们是乡邻以外,最主要的原因还是我曾经是他们中大多数人的老师。至今我对他们的热情似火仍然记忆犹新。刘总的盛情、吴强的热情、邹华的敬业、侄儿的周到都给我留下了深刻的印象。那个晚上,6个男人,3斤42度的青稞酒被喝得一滴不剩。快12点了,以往我们早已进入梦乡,而现在却还在找各种理由喝得昏天黑地。到青海依然有回家的感觉,的确是一种幸福。愿在青海做工程的年轻的家乡人工作顺利,赚得盆满钵满。

位于湟源县的丹葛尔古城曾是中国西部重要的经济文化枢纽和军事重镇,那里保留着西部地区特有的文化。虽然房子都很低矮,但看上去依旧豪放大气,干净敞亮。这是第二天上午在等候从深圳来的友人时产生的收获,因为这个地方原本没有在规划之中。下午的行程是早就安排好了的——游览青海湖。青海湖博大、蔚蓝,湖天一色。置身湖畔,顿觉神清气爽,心所想、念所起仿佛皆可释然,放下一切在这样的环境中才成为最大的可能。是的,心静,看一切都是那么富有新鲜感,湖边的沙滩、湖畔成片的草地和油菜花给人的都是满满的温馨。脱了鞋,闭上眼睛,让湖水没过脚踝,让浪头打过膝盖,顿时觉得其他事物瞬间消失殆尽,有的只是人与自然的和谐共处。

可是那天游了青海湖后,我的心里却隐隐有些惋惜。青海湖的名气虽然很大,但是在建设上远没有太湖的恢宏与大气,马路离湖很远,除了几处围栏的景点外,大部分都是任由私人在那里围上铁丝网,进去就收几十块钱的费用。我们开车沿着湖畔的公路跑了一个多小时,看到的情况也大抵如此。我总觉得这里的管理似乎太过粗陋,与青海湖的声名远播有些不大匹配。

与青海湖相比,让我印象更加深刻的是位于西宁市的塔尔寺。那天去的时候,塔尔寺正在举办一场较大的佛事活动。参加活动和游玩的人使得寺庙的人气爆棚,除了泰国的皇家寺院以外,我还真没见到过这么大的阵势。人们的热情程度就像天上的日头一样火辣,走了东头走西头,逛了南庙逛北庙,脚步匆匆而不嘈杂,其虔诚的心可见一斑。

塔尔寺是藏传佛教的圣地,是全国重点文物保护单位,国家AAAAA级旅游景区。塔尔寺的名头其实还有很多,五世以前的达赖和九世以后的班禅都在这里举办过活动。藏传佛教与中原佛教虽属同宗同源,但区别却很大,这也是我想深入了解的原因之一。依山势而建的寺院庄重巍峨,错落有致,气势恢宏。身穿红色衣服的喇嘛以及身穿藏服的藏人对佛的敬畏,与我们这些所谓敬佛的人完全不可同日而语,五体投地是他们最虔诚的态度。心诚则灵,愿佛祖保佑他们一世平安,保佑我们中华民族大家庭幸福吉祥!

"我行走在高原上,离天不远,离梦更近……"当我们从湟源驱车三百公里到达被誉为柴达木盆地东大门的茶卡盐湖时,广播里正在播放着这首歌曲。我们当然没有下车,但从车窗远眺,一些影视剧里常有的景象跃然眼底,公路、草原、牛羊和用来发电的大风车,还有路旁显眼的牌子,上面写着:有牛羊穿过路段,请谨慎驾驶。几乎看不见人家的路旁,成群结队的牛羊在优哉游哉地横穿马路,也只有它们能在这茫茫高原上旁若无人,真是羡煞了我们这些所谓的能"主宰世界"的人类。318国道宽阔又平坦。这条从上海起,途经我们老家黄冈,再一路向西的"大动脉"到了这里才真的让人觉得无比厚重,因为它不仅仅是东西之

间货物的流通枢纽,还是民族融合的纽带。

公路让我们与兄弟民族的感情近了许多,高原让我们与天近了许多,高原的空旷和豁达更是让我们感觉进入了仙境。造物主真是能力非凡,茶卡盐湖名副其实,难怪网红们要经常在这里露脸,好借这个美丽的天空之镜拉票,获得更多的打赏。天是蓝的,湖是白的,仿佛一面镜子,映照着天的喜怒哀乐,所以天空在这里就格外地勤勉和认真。这里的盐看起来不是白的,因为矿物质含量丰富,所以是白中带青,满目皆是如此。湖水很少,盐很多,人一下到湖中踩到的全是盐,而且是颗粒很大的岩盐,硌得脚生疼。景区建设得很好,人景合一,让人不禁感叹,柴达木是聚宝盆,茶卡盐湖是宝中之宝!

那天晚上,我们住在茶卡镇的一个藏族人家里,真切地感受到了他们的热情。房间是早就从网上预订好了的民宿,十几个人住满了四大间。从服饰上看,辨认不出主人的身份,交谈中才知道他们这里大部分都是藏族和蒙古族,汉族人相对较少。

在茶卡盐湖风景区住了一晚后,我们十三人的大团队又马不停蹄地抵达了龙羊峡。这里天蓝水碧,原来黄河上游并不混浊。"天下黄河贵德清,清水源来龙羊湖"说的就是龙羊峡这里的景象。龙羊峡位于贵德、共和等县的交界处,颇有点像我们黄冈的白莲河。中午的全鱼宴也值得一提,黄河鲤鱼、三文鱼味道鲜美,直让我们胃口和心情一样美到了极点。我虽然也是在水库边长大的,但三文鱼原来只是听说过,更别说吃了。侄儿曾经来过这里,与酒店的老板熟识,给的自然是地道的黄河三文鱼。将三文鱼切成宽条,柠檬去梗切一半备用。将黑胡椒、碎蒜等调料搅拌均匀调成汁,洒在三文鱼上腌制十分钟。煎锅烧热下黄油至化开后下三文鱼,煎至鱼肉变色后关火,装盘,再将柠檬汁挤在三文鱼上。这是侄儿要求的做法和吃法,果然不是一般的美味。

吃罢全鱼宴,租一只快船,飞驶在峡区的水面上,远山近水,快船快要侧飞的时候,水面被犁起一道巨沟,鸥鹭被惊起,年轻人们禁不住一阵阵惊呼。此时此刻,作为唯一长辈的我仿佛也变成了和他们一般年纪。

晚饭是烤全羊,这是吴强早在两天前就安排好了的。别看他年轻,在这个六千多万的工程中,他是最高指挥官。他让工地所在村的书记专门安排人将羊杀了并且烤熟,当我们回到他们工程指挥部时,这一切都已准备妥当了。在工棚外的场地上,老友新朋欢聚一堂,吃着烤全羊,喝着青稞酒,大家其乐融融,与在家乡毫无二致。而且工地驻地的工作人员大部分都是我们湖北老乡,除了有个老表在这里当厨师外,管理日常的叶老师也是我曾经的同事,他是退休后受聘到这里来工作的,在这个远隔几千公里的省份见到老乡,觉得分外亲切。叶老师为我斟酒、切羊肉、盛羊汤,我分明看到了他眼含热泪在做着这一切。他乡遇故知,即使不是故知,可有什么比熟悉的乡音还要让人感触良深呢?那天晚上我们喝了很多酒,我喝了他们敬我的酒,同时也向他们回敬了酒,回敬了叶老师,回敬了我老表,回敬了村书记,还回敬了差不多一周时间都在一起的晚辈们。在他们的陪伴下,我度过了一段幸福快乐的时光,并留下了永恒的记忆。

西安是我一直很向往的地方,这座十三朝古都透着诸多神秘,使我梦驰神往。原来的规划是空闲时邀几个朋友一起坐高铁从武汉到西安,据说现在也就五个小时的车程。但这次从西宁到上海的飞机短时间内都没了票,只好先绕道西安,只可惜在西安只有一个晚上加大半天的时间。时间紧迫,但也不能错过。安排好酒店后,我们又急忙赶往西安古城墙永宁门,坐游船沿护城河环游,目睹了城墙和几座城楼。接着又随着人群上了城墙,据说这是中国保存得最完好的一段城墙。城墙如长城般雄伟壮观、恢宏大气。转了个把小时后，天黑了，华灯初上，包括古城墙在内的整个西安城一下子全都被点燃，置身于灯海城郭之中，用心花怒放来形容当时的心情再恰当不过了。原本我们打算要看一场实景演出，可惜那天剧场被借用，我们看演出的计划被打乱，无奈只好去临近的回民街。回民街其实也是西安网红景点，各种特色小吃应有尽有，边逛边吃，到出街时肚子早就鼓鼓的了。本想回到酒店后记录一下当天的见闻，但实在太累了，不知不觉就睡着了，直到第二天早晨7点才醒过来。

第二天的行程更满，一天跑了大唐芙蓉园、大雁塔、秦始皇帝陵博物院三个景点，这三个景点都是国家AAAAA级旅游景区。大唐芙蓉园是为了展示盛唐文化仿照唐代皇家园林式样建造的。据说，大雁塔是唐代时专为供奉玄奘从印度带回的佛像、梵文经典等所建，悠久的历史底蕴可想而知。而兵马俑虽然被发掘的时间是在20世纪70年代，但发生于秦朝时期的很多故事更是让人觉得神秘无比。参观的人摩肩接踵，气温又高，四个场馆逛下来，我全身都被汗浸湿了。但即使是这样，我们仍然被皇家的气势所震撼，被古代人民的勤劳与智慧所折服。在瞻仰完大雁塔后的一点空余时间，我们还游览了网红街大唐不夜城，这个地方也是西安人民的骄傲所在。这里的景观设计无不和大唐芙蓉园一样，最大限度地体现了盛唐文化对中国的影响力和价值！"最中国，看西安"，这句话尽管让我们这些来自楚地的人心里很不爽，但细细品味却又不得不认可其中的韵味。

西部旅行早在8月21日就结束了，如今回忆起来，脑子里仍然是那

些天亲历的景象——青海的青海湖、茶卡盐湖、龙羊峡，西安的古城墙、大雁塔、兵马俑。除了青海、陕西等地的游历之外，天上地下怕是横跨了十多个省市吧。一路的风景美如画，一路的情谊暖心间。

云台山的故事

　　提到安化,不能不提安化黑茶,虽然不相信那包治百病的传说,但深厚的茶文化还是非常值得称道的。一张条桌,几把古朴的木椅,再摆上现代工艺的茶具,主人端坐在正上方,无论男女,泡茶的手法和技艺绝对一流。围坐在条桌边的客人,一边享受着主人的功夫茶,一边听着茶马古道和黑茶的发展历史,谈论着"三江四水"的昨天与明天,诸多的感慨和感动随着一杯杯黑茶流入肠胃,沁人心脾。

　　云台山的故事就是在这样的场合下获知的,并且一直萦绕脑际,久久挥之不去。

　　在湖南,云台山的名字如同安化黑茶一样,是非常响亮的,那里如今已经是国家AAAA级景区了。山上除了各具特色的景点以外,就是数不胜数的供游客吃喝玩住的山庄墅院了,乡亲们依托旅游资源实现了家家致富的梦想。上山的路尽管蜿蜒曲折,但宽七米,双向两车道,相向而行的两辆车完全不用刻意避让,轻轻松松就可呼啸而过。在云台山成为风景区之前,这条长达五公里的路就已经存在了,它是云台山人用了三年多时间修建起来的。

　　仇书记坐在村委会茶室里一边给我们泡茶,一边动情地讲述着他们的故事。说是村委会,其实也可以叫管委会,因为云台山风景区管委会是和云台山村委会合署办公的。讲故事的是仇书记,听故事的则是由华中农业大学冯兰教授带队的几位专家教授,还有安化县创建办的谌利华主任。从王氏兄弟投资近四亿的茶乡花海,到这有着"云上茶都"之称的云台山,还有资水边的黑茶博物馆,无一不是围绕黑茶和旅游这两个撑起了安化经济半壁江山的支柱产业在进行美好的愿景描绘,也无一不是站在新的高度进行着物质文明和精神文明的创建。故事就是围绕修路展开的,说者有心,听者动容,说实话我已经很少有这么激荡的心绪了。

云台山位于安化县马路镇西部，这里住着280户人家，共1000多人。2000年以前的云台山可是个鸟不拉屎的地方，偌大的山沟沟只有"三鬼"出没：杵棍打棒的是老鬼，放牛拾柴的是丑鬼，拖儿带女的是女鬼。男人都去外面打工谋生路，山上只留了一些老弱病残"苟延残喘"。那时的村干部最怕下山开会，一个来回须花费至少一上午。山高路远，林茂树密，荆棘丛生，他们每次都是五更动身，却总是最后一个回到镇上。

那时的村书记还是现在仇书记的父亲老仇书记，老仇书记决意要改变这种状况，第一步就是无论如何要修通山上通往镇上的路。要致富先修路，这道理谁都懂，但是在云台山修路的难度堪比登天。没经费、线路长、坡度大，随便一项就是难题，更不要说这样样都是拦路虎。

但是再难这路也得修，村支两委决定正式拉开为期1260多天修路的序幕。那是2005年一个秋天的上午，按照村里的要求，回到云台山的青壮年、留守的老人及妇女共360多人从如今的英雄纪念碑下的广场开始了属于云台山的筑梦行动。说起来不可思议，那些在外务工的青壮年听到山上要修路的号召，竟无一例外地回到了云台山，据说有的还是辞去十几万年薪赶回来的。此外，几个已经出嫁了的女儿也都参与了动工仪式。

与别的地方修路的标准不同，老仇书记一开始就将路基确定到8米宽，铺水泥路面7米，这是要生生地将标准提高一倍呀。对于这样的要求，老仇书记自有他的解释：云台山风景优美，有五百年的古寺——真武寺，有很多的珍稀林木，有朝一日一定会成为风景名胜，所以这个百年大计的基础要打得稳当。路面宽，预算当然也得翻番，这就要发挥云台山人吃苦耐劳的精神，力争用工不花钱，只买工具和建设材料，将外援来的和村里捐助的每一分钱都用在刀刃上。当看到工地上这一幕时，老仇书记紧皱的眉头舒展开了，原来的担心变得多余，那一刻他信心十足。

说到村里的捐助，人均600元在十几年前可不是一笔小数目，但是和范春秀婆婆比起来，就连捐款最多的老仇书记自己都觉得汗颜。范春秀婆婆，这位83岁的老人，将她毕生的积蓄183265.73元毫不犹豫地悉数交到老仇书记手上，这是她舍不得吃舍不得喝历经20多年积攒下来的。每年养的猪到腊月全卖了，就留个猪头和猪肚肠过年，养的十几只母鸡生的蛋她自己也不知是个啥味。这份积蓄里甚至还包括她60多岁时打的柴送到山下卖的钱。老仇书记是了解她的情况的，当他要推辞的时候，没想到脾气一直很好的范婆婆却发火了，说："我去工地被你们拦回了，我知道我老了帮不动了，但这点心意也不让我尽，还让不让我死了闭眼呀？"这番话说得老仇书记声都不敢作，噙着热泪赶忙接下了那个沉甸甸的包袱。他心想，通车时一定要将范婆婆接首席上座。可是到了三年多后的这一天，愿望却没办法实现了，范婆婆在公路竣工的前夜去世了。范婆婆走得很坦然、很从容，她那一直有的笑容仍在，她也是可以瞑目的，全村的人都去为她送葬，老仇书记亲自为她抬棺。

路基在缓慢向前推进，除了农忙的那几天，云台山的人三年多的大部分时间都在重复着这件事情。三年多，工地上始终有一个坚定的身影，如果读故事的人以为是老仇书记那就错了，老仇书记自然是全身心为了修路，但他的时间有一大半是花在了募集资金上。这个一直奔忙在工地上的特殊人物是李老四，一个年近五旬的老光棍汉，让人想不到的是他居然是出勤率最高的人，他在工地上整整干了1109天。李老四是个用镐能手，他力气大得惊人，几镐下去，麻骨土就一片片下来了。有人说，在前期没有用到挖掘机的时候，李老四就是半台挖掘机。那天的竣工仪式上，县电视台的记者听说了这个情况，追着李老四问：一个单身汉哪来的动力？这么干究竟图什么？李老四红着脸说："我就是要山上的伢们不要像我一样也找不着媳妇儿。"

范婆婆和李老四的事迹仅仅是云台山打通通往镇上公路过程中的两个普通事例，这样的事例在三年多的时间之中何止百件千件，甚至在以后的旅游发展上，都能看到云台山人满满的付出和牺牲。

老仇书记就倒在了云台山向旅游业进军的路上。因为他自始至终是将修路当作一个开端去谋划的，为了说动在安化茶旅集团担任高管的内侄到云台山投资，通路后的两年他差不多都是泡在茶旅集团，直到茶旅决定用五亿规模的资金投资云台山，并最终在合同上盖章的那一刻，也许是绷紧了的弦终于放松，意外发生了，老仇书记倒下了。远在广东发展的仇书记毅然放弃经营得好好的公司，决心完成父亲的未竟事业，当然那个时候仇书记还不是书记。后来经过云台山父老乡亲的一致推举，镇党委决定任命仇书记为云台山村支部书记。仇书记果然不负众望，仅用了五年的时间，云台山就发生了翻天覆地的变化。

这才有了后来我们看到的以险为奇，以秀见长，以幽为美，拥有大自然赋予的神奇而独特的旅游资源的云台山风景区。2018年，随着茶旅集团全面收购龙泉洞股份，并购云上茶业，"山下看洞，山腰访仙，山中品茶，山巅修道"的独特体验终于成型。现在云台山风景区内已经有了惊险刺激的玻璃栈道、玻璃滑道、高空滑索、丛林穿越、CS野战基地、大型斗牛场、空中玻璃桥；有了富含浓郁文化色彩的梅山文化雕塑、神仙满岩、好汉聚义、牛气冲天、德记则石碑、雪峰湖地质公园石碑、龙腾湾苗瑶建筑群；还有了彩云谷茶园、云台山大叶茶园、爱国主义教育基地、野生动物园、十字路口大广场、梦幻大舞台、飞机餐厅等。除了众多自然与人文景观,景区还将建设湘中地区首个飞行基地。

　　大美云台山的宏伟蓝图正在一步步实现,无论是老仇书记、范婆婆、李老四,还是仇书记和他们这些后来者,都是在用他们的不懈努力演绎着属于云台山自己的故事。看着茶座正中意气风发的仇书记,我从他那坚毅的眼神中读懂了云台山故事的精髓。

亲友溢誉(附录)

虚心使人进步,骄傲使人落后。面对夸奖,正确的姿态是把它当作鼓励,努力完善自己,这样才不会辜负老师和亲友的初衷。

旺生的胆识

张曙文

不用屈指，结识旺生兄已有 37 个年头了。那是 1984 年春上的一天，我作为县电台群工部的记者，在时任古庙河区文化站站长贺君佐先生的陪同下，走访了业余通讯员胡旺生同志。在生福桥小学那简陋的校舍里，我和旺生侃侃而谈。我们首先谈通讯报道，后来又谈文学创作，再后来，话题扯到了教学和人生。就是这次短暂的相识，旺生给我留下了十分深刻的印象，大有相见恨晚的感觉。

世界很大，罗田却不大。1995 年 3 月，我调任古庙河乡党委宣传委员，同时，兼任着乡党政办公室主任职务。此时的旺生，已经擢升为生福桥小学校长，又兼任明月文学社社长。

教学工作是旺生的主业。他的一生中有 15 年是在教学岗位上度过的，应该浓墨重彩地写上几句。可惜，旺生的教学情况我并不十分了解，因为，我没有直接分管教育工作，难以作出客观评价，但如果让我以一个朋友的身份来推测，他的工作应该会干得比较出色。作出这样的推测，主要基于四点：第一，他是一个有事业心，有进取心，对工作认真负责的人；第二，他是一个吃苦耐劳，勇于担当，不善于也不愿意阿谀逢迎、投机取巧的人；第三，他有过硬的文化知识功底，这是做好教学工作的先决条件；第四，他能够从一名普通教师走上校长岗位，也正好说明他的工作与人品一样能够得到教职工的认可和上级领导的肯定。每年寒暑假，我应邀参加教师集训大会时，眼见旺生屡屡登上主席台接受表彰和奖励，就是明证。以上纯属我个人对他的一点看法，对与不对，大家可以直说。这段话似与本文主题无关，完全可以不写，但是，我觉得旺生作为一名成功人士，在对自己人生经历作出回顾和总结的同时，如果能够再听取别人对他的一些看法，兴许是他所期盼的。对他的后代而言，如果能够从这本书中知道自己的长辈在旁人眼中是一个什么样的人，有哪些地方值得学习和借鉴，多少也应该有些帮助和裨益。

相比之下，明月文学社的工作，我倒了解得多一些。明月文学社集聚了匡河、古庙河、白莲河三个乡镇的30多位业余作者，不定期地出版着《明月文学》杂志。每到杂志出刊时，我们几位主要作者总是会在一起，选稿、改稿、联系印刷等，忙得不可开交。其实，大家从办刊中并未得到什么物质上的满足，还要往里倒贴费用，但仍然乐此不疲。在这个物欲横流的社会里，居然还有这样一批"傻子"。有位业余作者创作了一篇小说，旺生见小说立意新颖，构思巧妙，可读性强，只是叙述没有条理，层次不清晰，逻辑思维不缜密。于是，他将原作推倒重来，从布局谋篇，遣词用句，到标点符号，都作了较大的改动，不变的只是作者的姓名。经过"大手术"以后的作品，投寄出去以后，被广西玉林市的《金田》杂志采用。那位作者十分高兴，自费邮购了30本该期杂志，分送给各位文友。

旺生上有双目失明的老母，下有两个儿子念书，妻子咏华操持家务、耕种责任田地。仅靠旺生当民办教师那微薄的收入，犹如杯水车薪。我们那一帮人，还时不时地到他家"打牙祭"。有一次，黄冈日报社何志弘老师到古庙河乡采访。我知道，她是市佛协成员，便安排她拜谒三界寺。旺生知道以后，主动邀请我们一行人到他家吃午饭。中午，我们在他家里，酒喝了又倒，菜吃了又端。时间过去20多年了，至今回想起这些，仍觉于心不忍。

1999年以后，旺生把教学工作交给妻子，自己只身来到武汉，经营书籍出版业务。我每次抵汉，都要拜访他，说是拜访，其实是"打秋风"。尽管如此，每一次造访都受到了他热情的接待。记得第一次到他那里做客，他亲自开车把我从车站接了去。到达酒店以后，几位受邀的陪客早已等在了那里,他向大家介绍说:"这位就是我家乡的领导,张书记!"在座的客人中,有一位紧接着说:"你们村的书记,好朴实。"旺生立马纠正道:"哪说是村书记,他是乡领导,正科级干部。"其实,我倒真觉得没什么,乡镇干部成年累月与农民朋友打交道,穿着朴实一些,与他们的距离就更近一点。可是,他却极力为我撑回"面子"。

有人把交朋友的标准概括为三条:讲真话,体贴人,知识渊博。我以为,这三条旺生都具备。

2005年初,按照县委组织部的规定,我属于全县78名离岗退养的干部之一。这对于只有义务、没有权力的我来说,好比长跑运动员完成了万米决赛,正在劳役的耕牛卸下了沉重的轭头一样,身心都是一种解脱。可是,反过来说,自己当年还不满五十周岁,面对狭小的生活圈子,简单的人和事,虽然没有失落的感觉,但是,在我看来,工作是一种寄托。一个没有思想寄托和精神追求的人,就像没有灵魂,尽管衣食无虞,与行尸走肉何异?今后的路怎么走,我心里一片茫然。一次到汉,我向旺生诉说心中苦闷,旺生沉思良久,然后,像一位哲人似的说:"人要学会适应社会,社会不可能去适应每一个人。"一语点醒梦中人,我反复咀嚼旺生的话,觉得很有道理。于是,我主动融入社会:所在村硬化水泥路面,我应邀参与;姑母出版《岁月留痕》一书,我帮忙收集素材、编辑文稿、校对文字、联系印刷,忙得不亦乐乎;后来,家里建新房,娶儿媳妇,我一忙又是一年;孙女楚祯出世以后,我又远赴广东省惠州市。离家远了,旺生的话依然记在心里,什么共产党员、正科级干部通通暂时搁置一边。我放下身段,先后做过市商贸学校校工、如家酒店安全服务员。所有这些,虽然没有给自己带来较大的经济收益,但是,也不至于被社会所抛弃。

我与旺生年龄相差不过十岁,都有那场史无前例的"文化大革命"的经历,又没有受过高等教育。说实话,说在学校学到了很多知识,那是一句笑话。旺生之所以成功,我以为一是天赋,二是勤奋。每次到他那里,见到他那装修气派的办公室、排列整齐的办公设备、琳琅满目的书籍和一批朝气蓬勃的员工,我着实惊羡不已。

除了这些,我以为旺生最大的特点,在于他的胆识。早在千禧年之初,他只身闯荡九省通衢的大武汉。在当今竞争激烈的社会里,生存已属不易,他还闯出了自己的一片天地,当上了《成功教育》杂志的"老总"。受财不露白的古训影响,旺生没有告诉我他拥有多少资财。但是,据我观察,这些年,他在老家盖起了楼房,在武汉购置了房产,买了车,两个儿子都念完了大学并先后娶妻生子,所有这些,没有一定经济实力的人是望尘莫及的。相形之下,我时常自叹弗如,要不是有一份稳定的工作和一份固定的工资收入,我无论如何,是比不过旺生的。

搁笔十多年了,得知旺生的作品集即将付梓,不写点什么,情理上都说不过去。于情,我们是结交了30多年的朋友,出书是人生中的一件大事,捧不了钱场,捧个人场,写点文字以示祝贺,也算凑个热闹;于理,拙作《年轮》出版时,旺生抽出宝贵的时间,以《榜样的力量》为题,写出了一篇热情洋溢的文章。

拉拉杂杂地写到这里,文章似乎应该结束了。旺生兄满意否我不得而知,如果读者中有认识或了解我的人,认为我文思还算敏捷,文笔还算流畅就不错了。一句"老张未老",就是对我最好的评价。

(作者张曙文曾任乡村教师、编辑、记者、乡镇党委宣传委员,现为正科级退休干部。先后在中央、省市级报刊发表稿件3000多篇,多篇作品荣获"好新闻"奖,多次被评为省市模范通讯员,曾出版文集《年轮》。)

踏歌前行

郑光辉

一年前,旺生兄对我说他想出一本自己的集子,我以为他是一时冲动,说说而已。没承想,今天他真的将一摞厚厚的编辑好的书稿放在我面前。我迫不及待地快速浏览,许多文章是那么的熟悉,里面的故事恍如在昨天。

这是一本他个人的文学作品专集,他用细腻的笔触、深沉的情感记录了儿时的山村,山清水秀、鸡鸭成群、鸟语花香、黄昏炊烟,是那么祥和安然。他用日记体式真实记录了他的工作历程,重墨记载了我们一同创办《成功教育》杂志的点点滴滴,盘点了我们坚实求索而留下的深深足迹,再现了我们之间从老乡到同事,再到好兄弟的感情升华。看到这些熟悉的文字,回想起那时同事们的一颦一笑,我热血沸腾。我想,这本文集也应是记载我们创业的一个缩影本,一本宝贵的历史见证之书,我由衷地高兴。

与旺生兄初识是在2005年,那时他已策划出版《湖北教育机构大全》一书,在湖北省教育界引起了极大反响。该书完整地收录了近两万个教育机构的基本信息,还重点推荐了近二百所跻身国家级的重点大中小学,书中数据真实详尽、文字朴素凝练、图片真实感人。能够策划组织出版这样一本大型教育工具书,足见旺生兄的工作能力是多么强,于是我对他有一种莫名的好感!

旺生兄是湖北罗田人,与我算是黄冈地区的老乡,因为彼此都是乡音难改,交流起来十分亲切。那时旺生兄才四十岁出头,是一个相貌堂堂、敦厚干练的儒雅帅哥。他言语坦诚朴实,行为大方得体,目光中闪烁着希望和追求。从交谈中,我开始了解到他的过去、他的现在,并深深地对这个大哥产生了一种敬佩之情。

二十世纪七八十年代的罗田，与全国绝大部分山区一样，交通不便，物质贫乏。幸运的是，良好的家庭教育，让旺生兄的精神生活不至于过于贫乏。旺生兄从小热爱文学，在旺生兄眼里，家乡重峦叠嶂的薄刀峰、清澈见底的白莲河水、纯净湛蓝的天空、郁郁葱葱的树林，乃至一草一木都是美丽的，人们也是淳朴善良的。也正因如此，他眼里的世界从来都比别人更加温柔美好。

高中毕业后，旺生兄如愿成为当地的一名语文教师，后来上了函授大专。听说他当老师时，很受学生喜欢。课外时他经常与同学们打成一片，吹箫抚琴，吟诗作画；课内讲授小说时谈笑风生，品读诗歌时激情飞扬。他最热衷的是他的文学梦，还亲自成立了文学社。他说，那时文友的日子虽然过得穷苦，但大家热爱文学，埋头在煤油灯下进行文学创作，刻蜡纸，将作品油印成册。带着对乡土文学的热爱，他和文友走遍了罗田的山山水水，写尽了当时的农村生活百态。旺生兄的文学作品有个特点，口语化较重，总是带着绵绵柔情，以情动人，字里行间透露着春雨般细腻的情思，沁人心脾，暖人心怀。作品刻画的是一个个栩栩如生的人物形象，展现的是一幅幅人间百态的多彩画卷。因此，旺生兄成为了当时黄冈地区小有名气的文学青年。除了有浓厚的文学情怀外，旺生兄也有着与生俱来的教育情怀，素质教育是他生命中的诗和远方。他撰写的一系列教育通讯经常被媒体刊登，当年他本人被湖北教育报刊社聘为特约通讯员。

2000年，旺生兄暂别了他热爱的教育事业，加入湖北教育报刊社从事媒体工作。由于记者的工作性质，他经常需要到各地学校采访，接触到学校教育的方方面面。1999年10月，中共湖北省委省政府做出《关于深化教育改革全面推进素质教育的决定》，并对此进行全面部署。之后，市、区教育主管部门积极响应，相继出台文件，大力实施素质教育。旺生兄深入了解到我省中小学素质教育中存在诸多问题，于是策划出版了《素质教育在湖北》系列丛书，该书分领导专家篇、理论思考篇、基层实践篇、记者访谈篇、学习探索篇、经验体会篇六个部分，从不同方面、不同角度反映了湖北推进素质教育的进展情况以及前所未有的教改风貌，为推进我省的素质教育改革添上了浓墨重彩的一笔。

由于志向相投，我与旺生兄成了好朋友。2006年底，我们一起策划创办《成功》杂志教育版，旺生负责杂志的总运营。《成功》杂志隶属于湖北人民出版社，不属于教育部门主管的杂志。在当时教育杂志竞争异常激烈的形势下，创办一本教育行业杂志是何等艰难，相当于分吃教育部门主管杂志的一杯羹。市场饱和，渠道受限，资金严重不足，最重要的是还与一位同事办刊思路不统一，天天聚在一起争辩。面对内外交困，作为杂志总舵主，旺生兄的压力可想而知，他一边耐心安抚另一位同事，一边亲自带头跑市场。《成功》杂志从创刊到最后被划转，整整七个年头，我们将杂志做成了湖北省优秀期刊。在这七个年头里，我们同甘共苦、心心相印，每次决策都是一拍即合，旺生兄的每一个眼神我都能领会，我的每一个动作他都深知其意，我们已经从好同事变成了好兄弟。

《成功》杂志被全国报刊改革改制划转后，我们暂时各自开辟自己的事业。旺生兄与湖北省教育信息化发展中心合作创办"湖北学校网"，成为我省教育信息化网群中一颗闪耀的明星。而今，旺生兄当选为湖北省素质教育研究会副秘书长，并一手创办了湖北省素质教育研究会会刊《湖北素质教育》，全面负责杂志社的工作。

旺生兄以文会友，广交天下，这成了他人生的财富。正因为他对文学与教育的爱好与坚守，上至省委常委、全国知名教育专家，下到全省各中小学校长，都成了他的好朋友。

旺生兄作为生于大别山脚下的孩子，如今有着众多的头衔：主编、秘书长、董事长。然而，他最喜欢的头衔，仍然是那个普普通通的"胡老师"。因为，旺生兄永葆一颗少年之心，那是一颗热爱文学、心系山区教育的心。

（作者郑光辉毕业于武汉大学中文系，曾担任《中国经营报》湖北记者站站长，有多篇长篇新闻通讯作品发表于国家级、省级报刊。现为杂志社主编，中国致公党湖北省新闻撰稿人，湖北省政协专家团队成员。）

温暖的影子

——父亲节的敬礼

胡 宇

毕业在即,分别就在眼前。这将会是我在本科时代陪父亲度过的最后一个父亲节了。

有时候从镜子里,我总能感觉到他的影子。记得小时候,大人们总说我和妈妈长得像,我就很不高兴。是啊,小男孩一般更倾向成为父亲的粉丝,希望得到别人的认同。或许为了证明自己更像爸爸,我开始了一种潜意识的模仿。我曾很贪玩,很好动,很喜欢哭,但是慢慢地,当我从奶奶那里知道父亲小时候的情形时,我开始改变了,变得安静、好学、坚强。

在我童年的记忆里,经常出现这样一个场景:放学后,一个小男孩爬在水泥砖堆成的高墙上,安安静静地看书,书名是《少年英雄赖宁》《卓娅和舒拉的故事》《青春之歌》,抑或是《作文小窍门》。墙下一群小把戏在尽情地嬉戏,当落日吝啬地收起最后一片余晖,妈妈开始了呼唤,小男孩小心翼翼地护着书,纵身跳下砖墙,等待第二天放学。奶奶说父亲很喜欢看书,只是他当年能借到的书太少太少了。

成长仿佛是一瞬之间,不流泪在一个大男孩看来就是坚强。小学四年级时,也是在放学途中,我本来想跳过一个小水坑,结果滑倒了,单手撑地,只听咔嚓一声,一阵剧痛袭来,我左手腕部以下失去了知觉。直到被精通偏方的曾老奶奶宣称"这手看来断了,很严重"时,我才安静地哭出来,这中间的一两个小时,我竟然还在看书。不知道该用"不知者无畏"还是该用"关公刮骨疗伤"来形容我的"坚强"。

父亲喜欢写作,也颇有研究,很多荣誉证书都被他精心地放到了一个小柜子里。我与他相同的爱好也是来自他的培养和影响,他对我要求严格,也喜欢鼓励我,只要我愿意写作文,不管写得多幼稚可笑,父亲总是会不知疲倦地给他的小儿子批改和讲解,父子之间的这个习惯一直持续到现在。

我还记得一个比较有意思的事情:大学军训时,父亲从武昌过来看我,在路过西门时看到校报一群年轻人在招新,便特意提醒让我争取去校报记者团学习锻炼,后来我也真的进去了,在里面学习了两三年,也收获了很多。只是父子文风开始变得大相径庭了,因为我喜欢用浪漫的情调和华丽的辞藻抒发感情,而他坚守朴素的乡土风情。近年来,父亲工作繁忙,留给纯粹文学创作的时间也很少了。

父亲性格内敛,不逞强。某日,在同学聚会上,我一再拒绝频繁敬酒喝酒,结果被朋友们"批评"了一番,说我不该有所保留。后来还是喝了很多,但值得庆幸的是没有达到"逍遥"的状态。曲终人散时,我记起了几个月前陪父亲和他的几个朋友吃饭时的情景。也是在酒散时,我们父子送那几个"醉人"回家。听着他们满嘴的胡话,我们父子相视一笑。回来时,父亲说:"他们永远不知道我的酒量多少,酒桌不同于人生,不能完全毫无保留,喝的是酒,糟塌的是身体。人们佩服的是一个人的品行和才干,不是他的酒量。"

父亲性格开朗,喜爱旅游,年轻时以"读万卷书,行万里路"为座右铭。母亲曾和我说起过一个有趣的故事:在母亲快要生我时,乡教育组刚好组织中小学优秀校长北京一周游,父亲一直都很想去北京看看,便不等我的到来,毅然抓住

了"千年等一回"的机会去了北京。等到他回家,才知道他的小儿子都已经出生三天了。接下来的几天,母亲干脆都不让他抱我。

大二的时候,没有出过远门的我忽然很想走出武汉,看看外面的世界。当我把我的一次假期出游计划告诉父亲时,他非常赞同,不仅在资金上支持我,还分享了他的一些难忘的旅游经历。后来我又去了岳阳、苏州和杭州,在旅途中学到了关于历史、地理和自然的知识,也收获了很多感想,领悟了一些人生哲理,发现"行万里路"的确很有必要。

十年前,迫于生活的压力,父亲辞去了乡村小学校长的工作,来到武汉发展,现在一家杂志社工作。虽然他不教书了,但每年的教师节我都会给父亲打电话,祝我敬爱的胡老师节日快乐。作为我的启蒙老师、作文老师、生活指导老师,他总是无私地关注着我,用他的言行影响着我,用他的爱温暖着我。

谨以此文献给父亲,祝您节日快乐!

(本文为小儿子胡宇本科即将毕业时所写)

父亲读书与写书

胡　广

父亲终于要出书了,这是他多年的心愿,我为他能达成心愿感到由衷的高兴。

父亲的很多文章我是读过的,除了早年他发表在一些报刊上的文章外,因为那时候我毕竟还小,读不懂也理解不了大人的事情。但是父亲爱读书、爱写文章我却是知道的,我常常看到他在电灯下甚至是煤油灯下手不释卷的身影。条件是艰苦的,可对精神文化的追求不会因此而止步。

记得那时候,家里的柜子里除了书还是书,还有案头上、床板上也都是书,这些书籍有买来的也有借来的。我那时甚至为这么多书不能变成漂亮的衣服和鞋子而懊恼。书籍似乎是父亲的命根子,平常有空就看书不说,吃饭走路也看书,甚至连上厕所都在看书。也正因为读的书多,父亲在老家那一块是有名的"秀才",当然这与父亲本身就是教书先生也是有关的。

父亲除了读书以外,也写文章。2000年父亲到武汉工作后写的文章我基本上都读过,因为父亲后来习惯将写好了的文章发在QQ空间和微信朋友圈里。而我每每看到他新写了文章,除了特别忙时,一定会第一时间去认真拜读,并且写出自己的感受。

这次,当父亲将他精心编辑的《乡音》书稿放到我面前的时候,我仍感悟颇多。虽然立秋已经过了,但每天的温度仍然在30摄氏度上下。然而,当我再一次读到这些文章时,燥热顿时被冰释,一丝清凉涌上心头。

父亲的文章与为人一样,朴实无华是最大的特色和亮点。比如在《寸草春晖》这个章节里,父亲是以我们家为单位来展示亲情的。差不多五代人的情缘,说隔时代也好,隔时空也罢,但这就是延续的亲情。可以看出父亲对太爷爷的感情和对我们的孩子的感情如出一辙,只是对太爷爷是尊重,而对我们的孩子更多的是爱怜。

让我感触最深的是《舅舅,我为您祝福》这篇文章,虽然舅爷爷仙逝已经三十年了,但在父亲的情感世界中,舅爷爷还是昨天的舅爷爷,还没有远去。舅爷爷我是有点印象的,依稀记得那位一脸笑态的老人可亲可敬的形象。人说时间可以模糊很多记忆,但关于舅爷爷的记忆却随着时间的流逝在父亲的头脑中变得更为清晰,舅甥之间的感情可见一斑。

父亲在写关于姑妈的文章时也是饱蘸了深情的。姑妈有着和众多农村妇女一样的勤劳善良的品质,也有着自己鲜明的个性特点——大嗓门。从不会炒菜到被请上大雅之堂,角色的转换让姑妈成为一个全新农村人的形象。父亲写《妹妹》很大程度上也是表达对奶奶的深深怀念,这篇文章除了不吝笔墨夸赞姑妈以外,我也是读懂了这个弦外之音的,因为姑妈是最能传承奶奶品格的人。

父亲在武汉生活了二十多年,却始终没有忘记大别山里的家乡,这就是乡情所在。在《梦回乡关》小辑里,家乡的小河、大枫树,甚至一草一木,无一不被赋予灵性;家乡的元宵节、童谣,还有那浓浓的年味,无一不是别有韵味。极尽赞美之词自然是因为热爱,梦里满眼是乡关。

万千称呼,独喜老师! 父亲在《老师》这篇文章里既回顾了自己的中小学老师——老师的爱是源自心底的,学生对老师的尊敬也是发自心底的,师生之间是亲密无间的爱;也写了自己工作中遇到的老师——这些老师在他工作和生活的道路上给予过无私的支持和帮助,也正因为如此,父亲才有了如今的收获和进步。

父亲在《相知恨晚》这个章节里,写到了很多他的至交,这里不仅有老师同学,还有亲戚朋友。比如亲家的真诚、黑组长的狡黠、张委员热心周到的关切、周书记服务群众的意识、钱老师对待工作的认真务实,还有老大的幸福生活,这些都构成了他们独特的个人魅力!

古话说，读万卷书不如行万里路。大道康庄，山河壮美，父亲近些年爱上了旅游，这当然与他的工作稍显轻松和经济条件稍有改观有莫大的关系，但是父亲不是为了旅游而旅游，他的游历都幻化成了一篇篇优美的文章。北京的神圣、上海的繁华、桂林的浪漫、杭州的紧凑、大西部的辽阔、五祖寺的肃穆、云台山的多彩，还有深港澳的开放和泰新马的异域风情皆映入眼帘。有些时候我们是陪他一起的，有些时候是他自己邀约朋友一起的，没有陪他一起但读了他的游记也是感同身受，如同陪了他一起一样。今后，如果父亲有游历的想法，我要尽可能陪他一起。

父亲写书出书对我们家来说也是一件大事，尽管这件大事父亲没有让我们去操心，所有的事情他都身体力行。但是我和弟弟商量了，无论如何我们也要尽一份心，父亲为我们兄弟的成长，为我们这个家庭的建设是做出了卓越贡献的，现在他的这件大事我们必须要参与，只有这样我们才会安心。

祝贺父亲，父亲终于将读书和写书有机地融为一体了。文如其人，我从父亲的书稿里读到的并不仅仅是文章的朴实，还有人品的无华。我一直觉得写文章和做人应该是一个道理，重要的是品质和精神，所以我要永远向父亲学习。

贺《乡音》出版兼创业成功致意(外二首)

刘建文

玉笛梅花五月欢,翩翩黄鹤醉中看。
江城晓月连淞沪,文字清风见胆肝。
未下海时天地窄,敢扬帆后水云宽。
雪泥鸿爪诚非易,记取当年办社刊。

题生福桥

仁山环圣水,墟落远城郊。
结社称明月,吟怀上碧霄。
得鱼呼酒煮,索句带花邀。
风俗尊生福,儿童唱竹谣。

白莲寄怀

鸥鹭传呼欲采莲,众山奔向水云边。
当年载酒渔舟老,依旧春风上钓竿。

(作者刘建文系罗田县匡河镇文化站站长、中华诗词学会会员、湖北诗词学会会员,发表诗作近千首,著有诗集《涵冶诗选》。)

乡音入梦人陶醉
岁月成书字温馨

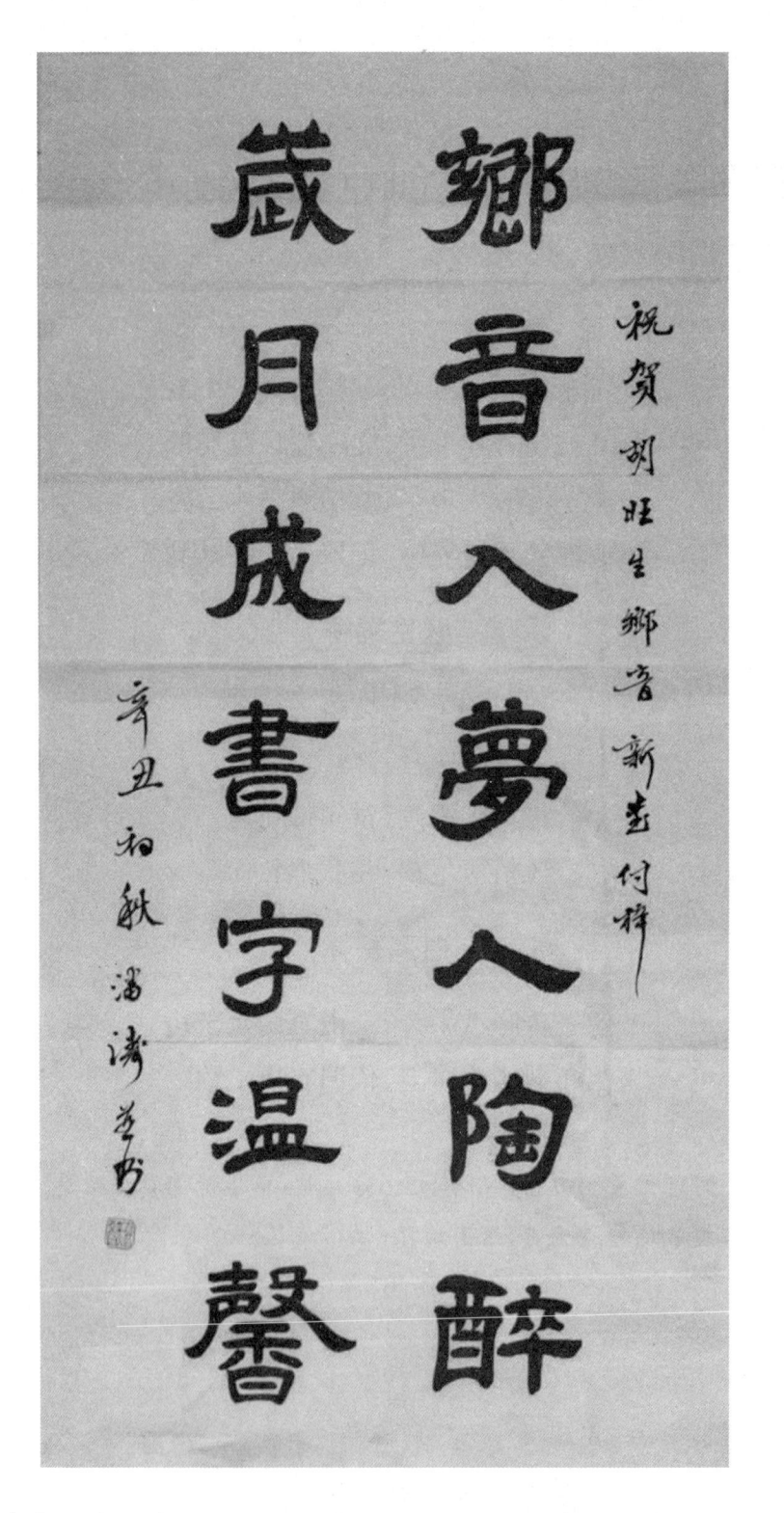

祝贺胡旺生乡音新著付梓

辛丑初秋 潘涛 书

（作者潘涛系湖北省文联原党组书记、湖北省楹联学会原会长、湖北省书法家协会理事。）

后　记

　　二十多年来,我一直和文字以及书籍打交道,案头上、书柜里由自己主编或参与编辑的书籍杂志多达近百种,只是这些大型的、小型的书籍中,很少有自己创作的成分。虽然出版与我息息相关,但是从作为一名文学青年时起,我想要出版一本自己的作品集的愿望始终没有达成。因为一旦某一件事情成了工作,你就必须全身心地投入其中。而今,相对来说工作已经没有那么紧张,于是我就又起了心思,一定要将文集弄出来,以了却这桩心愿。

　　出版自己的文集这件事情说容易也容易,主要是近水楼台,出版的事宜我比较懂行;说难也难,因为大部分作品都发表于20世纪90年代,那时都是手稿外加纸质杂志,现在一要搜集,二要重新打印文字,所以还要费些周折。但是既然要做,那也就不存在困难一说,何况这本就是自己心甘情愿地吃苦受累。

　　说干就干,通过一年多时间的整理,这本书稿的雏形终于出来了,我将它分成了五个小辑。每个小辑涉及一个方面的内容,并在篇章页上添了导语,为的就是方便朋友们对每个小辑进行阅读和理解。接下来就是寻觅出版社,其实我原先打算以杂志专辑的名义出版,因为毕竟自己有参与几个杂志的具体工作,编排就相对简单很多。但是想想还是否决了这个想法,因为书籍还是要通过出版社来出版才显得正规和合乎情理。在此,由衷感谢为本书出版牵线搭桥的肖本亮先生。

　　心愿归心愿,但是到了真正有书面世的这一天内心还是非常忐忑不安的,一是害怕自己的确还没有到著书立说这个层次,资质尚浅;二是早期的一些作品还远远不够成熟,与现在的潮流也不一定十分契合;三是时间仓促,错误在所难免。基于这些,就难免惶恐。不过好在自己有自知之明,摒弃了一些自己认为不太合适的内容,而且真正读书的人看到的也会是正能量的东西。

任何事情的成功都不是偶然的,这其中别人的鼎力相助会起到举足轻重的作用。这本书得以顺利付梓,当然也得感谢为此付出了心血的家人、领导和朋友。感谢为本书题写书名和楹联的湖北省文联原党组书记、省楹联学会原会长潘涛老师;感谢在百忙中专门抽出时间为本书作序的著名作家、湖北省作家协会副主席高晓晖老师,他在序言中的肯定以及鼓励像和煦的阳光一样温暖着我,照亮我前进的路途。

另外,还要感谢正在读着我的这些所谓作品的您。在这个越来越多的人不关注纸质书籍的时代,您能如此耐心地听我倾诉,不敢说知音,但至少我们有着共同的兴趣和爱好,所以我要真诚地向您表达我的谢意!

2022年3月于武汉